KB177416

외롭지만 힘껏 인생을 건너자,
하루키 월드

외롭지만 힘껏 인생을 건너자, 하루키 월드

장석주 지음

서구의 '원심력'으로 일본이라는 '구심점'에서 멀어지다

○

한 작가를 좋아하면 그 작가의 전 작품을 찾아 읽는다. 이것을 전
작주의 독서법이라고 하는데, 나는 전작주의 독서법을 선호한다.
마치 맛있는 음식을 탐식하듯이 나는 설렘과 흥분 속에서 읽기에
집중한다. 뇌의 세포는 자주 하는 일을 더 잘할 수 있도록 신경 네
트워크를 활성화하며 새로운 연결들을 만든다. 우리가 읽는 것이
뇌를 자극하면서 정서와 기억을 만들고 이를 바탕으로 새로운 뇌
를 빚는다. 뇌는 가소성可塑性이라 늘 심리적이고 신경학적 자극을
받으며 지속적으로 바뀐다. 우리 존재는 읽고 느끼고 상상하고 사
유한 것, 뇌의 지각작용의 총합이다. 전작주의 독서법은 한 대상에
대한 뇌의 지각 적응 능력을 최적화시키고, 기억을 더 생생하게
하는 데 기여한다.

　책을 읽는 것은 책을 연주하는 행위이다. "정확하게는 책 읽는
행위를 연주한다. 우리는 책을 연주하면서 공연에 참여한다."● 독

● 피터 멘델선드, 『책을 읽을 때 우리가 보는 것들』, 김진원 옮김, 글항아리, 2016, 178쪽.

자는 책의 연주자인 동시에 청중이다. 여러 작가의 책들을 전작주의 독서법으로 읽었다. 한 작가에 매혹되면 그 작가의 거의 모든 책들을 찾아 읽는 것이다. 프란츠 카프카를, 알베르 카뮈를, 블라디미르 나보코프를, 니코스 카잔차키스를, 파스칼 키냐르를, 폴 오스터를 그렇게 읽었다. 내가 전작주의 독서법으로 읽은 또다른 작가는 무라카미 하루키다. 나는 하루키의 첫 소설 『바람의 노래를 들어라』에서부터 가장 최근작인 『기사단장 죽이기』까지 모두 읽었다. 하루키 소설은 진입 장벽이 높지 않다. 달리 말하면 누구나 쉽게 읽을 수 있다. 그러나 하루키 문학에 열광하며 '취향의 공동체'를 이루는 구성 분자들의 지적 수준이 고르지 않음이 하루키를 폄훼할 수 있는 논리적 근거가 될 수는 없다. 그동안 하루키는 세계적인 작가로 성장했다. 그의 소설들은 수십 개 나라에서 번역되어 널리 읽히고, 문학상도 여럿 수상한 바 있으니 그에게 노벨문학상이라는 면류관이 씌워진다고 해서 기이하게 여길 이유가 없다.

하루키의 첫 소설은 1979년에 나온다. 문학이 거대담론의 시대에서 미시담론의 시대로, 역사의 영역에서 개인 자아의 영역으로 선회하는 때였다. 1980년대로 넘어오자 많은 작가들이 심각한 주제를 배제한 미시담론을, 개인의 실존과 세계와의 개별적 싸움을 담은 스토리를 경쾌한 문체로 써냈다. 그 선두에 하루키가 있었다. 하루키는 이전의 소설가들과는 다른 새로운 유형의 작가다. 하루키는 죽음에 대해서조차 심각하지 말 것, 항상 스쳐지나가는 세계의 표면을 포착할 것 — 표면이 심연이다! —, 멜랑콜리와 유희적인 요소를 뒤섞을 것을 모토로 하는 듯 보였다. '하루키 키드'들은 바로 그런 점에 열광한 것으로 보인다.

하루키는 나쓰메 소세키나 가와바타 야스나리, 미시마 유키오나 다자이 오사무로 이어지는 섬세한 정서나 도저한 탐미주의 같은 일본문학의 맥락에서 비켜서 있다. 하루키는 사춘기 시절을 미국작가들, 재즈, 서양 고전음악에 빠져 보내고, 와세다 대학 학부 시절엔 미국영화에 열광한다. 그의 상상력과 의식을 빚는 데 영향을 끼친 것은 미국 포스트모더니즘 계열의 커트 보니것과 리처드 브라우티건 같은 작가들이다. 그렇게 탈일본적 문화 환경에서 빚어진 하루키의 감성세계는 무국적이고 탈일본적이라는 평가를 받는다. 그의 상상력과 감성을 키워준 '서구'의 원심력으로 '일본'이라는 구심점에서 멀어진다.

일본의 기성세대는 폐허를 극복하고 풍요를 일궜다. 하지만 현실의 음습함과 폐단들도 나타난다. 전후 세대가 폐허를 딛고 일본의 성공 신화를 썼다면, 하루키를 포함한 '전공투' 세대들은 그 기성질서에 편입하기를 거부한다. 새로운 세대는 기성세대에 저항하면서 정치적 대안을 모색하지만 실패한다. 그들은 패배의 후유증을 앓는다. 기존 체제에 대한 저항과 투쟁의 연대에서 파편으로 떨어져나와 방황하는 '상실의 세대'의 의식은 깊은 공허에 물든다. 하루키는 한 작중인물의 입을 빌려 이렇게 말한다.

"나도 나름대로 노력은 했다고. 스스로도 믿을 수 없을 정도로 말이야. 나를 생각하는 것만큼이나 타인을 생각해보았고, 그 때문에 경찰에게 두들겨맞기도 했어. 하지만 때가 되면 결국 모두 자기 자리로 돌아가더군. 그런데 나만은 돌아갈 자리가 없었던 거야. 의자 차지하기 게임 같은 거지."

— 『바람의 노래를 들어라』 중에서

1960년대 극렬하던 학원분쟁은 막을 내리고 1970년대가 열린다. 1970년대는 이미 '다른 세상'이다. 거대담론이 막을 내리면서 일본사회가 급격하게 포스트모던 사회로 기운다. 하루키는 "아침부터 밤까지 육체노동을 하고 빚을 갚는 일"로 이십대를 다 보낸다. "이십대 중반 도쿄의 고쿠분지라는 시에서 재즈 카페를 시작했다. 결혼을 하고 빚을 떠안고, 경험도 없는 풋내기 주제에 무작정 장사를 시작한 것이다. 아침부터 밤까지 재즈를 듣고 싶다는 단 한 가지 이유로. 그렇게 세상은 더없이 단순했다. 1974년의 일이다."(『잡문집』) 하루키는 집에 있던 피아노를 재즈 카페에 옮겨놓고 주말마다 로컬 뮤지션의 라이브 무대를 연다. 재즈 카페는 단골을 늘리며 제법 장사가 잘 되어 빚을 다 갚는다. 하루키는 19세기 러시아 소설과 영미문학 페이퍼백만 "마구잡이로 읽어대느라" 일본 현대소설을 읽지 못했다고 말한다. 그런 그가 서른 직전 갑자기 어떤 공허감 속에서 열정에 휘감긴 채로 소설을 써낸다. 하루키는 다들 자기 자리로 돌아가는데, 돌아갈 곳이 없어져버린 청춘의 초상을 그려낸다. 『바람의 노래를 들어라』와 『1973년의 핀볼』은 바로 이들 돌아갈 곳이 없는 세대의 공허를 새로운 스타일로 써내려간 소설들이다. 하루키 자신의 세대에 대한 증언을 담은 감각적인 문체의 소설은 그렇게 세상에 나와 빛을 본다. "나는 어떤 특별한 힘에 의해 소설을 쓸 기회를 부여받은 것이다."(『직업으로서의 소설가』) 그들은 '레종 데트르'를 잃고 맥주와 연애, 사소한 것에 집착하고 그 안에서 의미를 찾으려고 시늉하지만 환멸 속에서 지리멸렬해진 삶에는 의미가 휘발되어버리고 없다. '상실의 세대'는 그런 의미 찾기의 불가능성을 영악스러울 정도로 잘 알고 있는 것이다. 하루키는 이 환멸의 시대의 도래와 함께 다가온 정보사회의 폭력성을 누구보다 일찍이 감지하고 그쪽으로 작가의 촉수를 뻗어나간다.

『1973년의 핀볼』에 전력 배분장치인 '배전반' 얘기가 나온다. 주인공 '나'는 새로운 배전반으로 교체한 뒤 낡은 배전반을 저수지로 던지며 애도한다. "배전반이여, 저수지의 밑바닥에 편히 잠들라." 그것은 지나간 1960년대에 대한 애도이고, 또한 한 세계의 종언과 함께 퍼스널 컴퓨터를 기반으로 하는 전자문명 시대의 도래를 암시한다. 『1973년의 핀볼』에는 쌍둥이 여자가 나오는데, 이들에게 '208' '209'라는 숫자가 부여된다. 모든 정보들이 숫자로 가공되어 유통된다는 사실에 대한 암시다. 『양을 쫓는 모험』은 정보사회에서 펼쳐지는 정보 조작과 정보 감시가 어떻게 개인의 주체성을 짓밟는가를 보여준다. 이미 세계는 패놉티콘panopticon의 사회로 들어와 있다. 개인 정보들이 데이터베이스화되어 감시되는 사회이다. 『세계의 끝과 하드보일드 원더랜드』에서 이것은 보다 구체화하는데, 모든 숫자 정보를 뇌에서 변환시켜 암호화하는 세계라는 알레고리를 얻는다. 하루키는 인류가 한 번도 겪어보지 못한 이런 세계를 '하드보일드 원더랜드'라고 명명한다. 그것에 맞서기보다는 누에가 고치를 만들어 숨듯 그들은 자기만의 세계를 구축하고 그 안에 숨는다.

하루키의 소설은 자주 자아를 참호 삼아 숨는 '외톨이'의 의식세계를 따라간다. 아버지(권력)와는 불화하고 여자들(솔메이트)은 불가해한 것을 좇아 떠난다. 하루키의 남자들은 혼자 밥 먹고, 맥주를 마시며, 자기 취향의 음악에 심취한다. 그들은 누군가와 진실한 소통을 원하지만 그것이 쉽지는 않다. 납득할 수 없는 이유로 사라진 여자를 찾아 나서지만 그들의 행방은 묘연하다. 그래도 낙담하지 않고 예전의 세계로 돌아가 칩거한다. '독거 가족' 현상은 일본만이 아니고 독일, 프랑스, 미국, 그리고 한국에서도 늘어나는 사회 현상이다. 이는 자본주의 체제를 떠받치는 중산층의 와해에 대한 조짐이다. 하루키는 예민한 작가적 직관으로 이것을 선취하고 제 소설에서 묘사한다.

하루키의 묵시록 상상력은 『양을 쫓는 모험』과 『댄스 댄스 댄스』에서 발화되어 『해변의 카프카』에 이르러 보다 원숙한 문학세계로 진입한다. 그때 나는 감탄하고 진심으로 작가에게 경의를 표했다. 하루키는 『해변의 카프카』로 예루살렘 문학상을 거머쥐는

데, 수상 소감에서 "높고 단단한 벽과 그 벽에 부딪혀 깨지는 달걀이 있다면, 나는 언제나 달걀의 편에 설 것이다"라고 천명한다. 인간은 저마다 벽과 마주하고 선 "깨지기 쉬운 껍질 속에 담긴 고유한 대체할 수 없는 영혼"이다. 멋지지 않은가!

나는 단편 「중국행 슬로보트」와 장편 『세계의 끝과 하드보일드 원더랜드』를 좋아한다. 그는 「중국행 슬로보트」에서 완벽한 단편 미학을 보여주고, 『세계의 끝과 하드보일드 원더랜드』에서 선과 악으로 복잡하게 뒤얽힌 세계를 붙잡아낸다. 『세계의 끝과 하드보일드 원더랜드』에서 그의 삶과 세계의 통찰은 깊어지고 넓어지며, 서사 구조는 만다라같이 복잡해지고 심오해진다. 나는 하루키가 『해변의 카프카』와 『1Q84』에서 이룬 문학적 성취를 높이 평가한다. 하루키는 두 작품에서 소설이 이야기를 통한 일종의 미학적 인간 탐구이고, 추상에 지나지 않은 모호한 악에 형태와 윤곽을 부여하고, 그것에 맞서는 작업임을 드러낸다. 하루키는 한낱 '오락물'을 써내는 고만고만한 작가가 아니라 '이야기의 제국'을 세운 거장이다.

2017년 하루키의 신작 『기사단장 죽이기』가 출간되며 다시 하루키의 계절이 돌아왔다. 왜 하루키 소설을 읽는가? 무엇보다도 하루키는 페이지터너라는 명성에 걸맞은 소설을 써낸다. 또한 이 세상의 다양한 서사들은 재미와 쾌락만이 아니라 인간의 욕망과 정서적 필요에 부응한다. 인류는 무수히 많은 이야기를 지어내고 그 이야기들에 귀를 기울이며 살아왔다. 이야기는 더 많은 현실에 대한 이해와 공감 능력을 키울 뿐만 아니라 인간의 시간을 유한에서 무한으로 연장하고 초생명적 비약을 위한 도약대가 된다. 하루키 소설은 좋은 드라마나 영화들이 그렇듯이, 혹은 과거의 신화들과 마찬가지로 '상상 속의 질서'나 '상상의 공동체'의 토대인 협력망을 만드는 매뉴얼로 작동한다.

하루키 신작 『기사단장 죽이기』 1, 2권은 독자의 엄청난 호응을 얻었는데, 어느 정도 예상했던 바다. 1권 '이데아' 편과 2권 '메타포' 편을 합치면 1,200쪽에 가깝지만 단숨에 읽혔다. 옷과 자동차 브랜드의 정밀한 묘사에서 엿보이는 패션 감각이나 클래식 음악에 대한 식견을 포함해 작중인물의 실종과 귀환을 중심으로 서사의 미스터리한 전개가 돋보였다. 이 소설을 읽은 첫 느낌은 '하루키 월드의 총체적 집약!'이라는 것.

하루키 최고의 소설들로 『세계의 끝과 하드보일드 원더랜드』 『해변의 카프카』 『1Q84』를 꼽을 수 있는데, 여기에 『기사단장 죽이기』를 보태야 할지도 모른다. 이 소설의 흡인력은 '하루키 코드들'의 종합판이라 할 만큼 익숙한 것의 혼재를 통한 미학의 구현에서 찾을 수 있다. 하루키는 대중에게 가장 잘 통했던 요소들을 가동시킨다. 현실과 비현실의 혼합, 갑작스러운 관계의 파탄, 작중인물의 혼란과 긴 여행, 성애의 장면들, 고급스러운 기호와 취향, 뜻밖의 조력자 등장 따위는 하루키 소설의 낯익은 코드들이다. 이 소설이 어떤 기시감을 드러내는 것은 불가피한 일이다.

'양'과 '일각수'와 '리틀 피플'의 상징을 거쳐, '노르웨이의 숲'과 '국경의 남쪽'을 경유하고, '불확실한 벽'들로 둘러싸인 '세계의 끝'을 넘어서, '두 개의 달이 동시에 뜨는 세계'를 지나서 도착한 지점은 '어디에도 거주하지 않음', 즉 무無의 장소, 바로 『기사단장 죽이기』의 세계이다.

 소설 속 '나'는 삼십대 중반의 초상화가로 결혼 6년 차 아내에게서 결별 통고와 이혼 선언을 듣는다. 그길로 집을 나서 일본 열도를 몇 달 동안 헤맨다. 이것은 『노르웨이의 숲』의 작중화자가 일본 열도를 방랑하는 것과 겹쳐진다. '나'는 인생 전환점에서 오지의 서식처를 구하는 15만 년 전 원시 인류와 같이 긴 여로 속에서 암중모색하며 떠돈다. '나'는 미술대학 동창의 아버지인 화가 도모히코의 집에서 은둔하며 그림을 그리던 어느 날 다락방에 방치된 〈기사단장 죽이기〉라는 그림과 마주친다.

 '나'는 〈기사단장 죽이기〉라는 수수께끼를 품은 그림과 만나면서 불가사의한 경험 속으로 빨려든다. 〈기사단장 죽이기〉라는 그림, 잡목림에 뚫린 구덩이 속 기묘한 방울 소리, 그림 속 기사단장의 모습을 빌려 나타난 '이데아', 흰색 스바루 포레스터를 타는 중년남자. 골짜기 맞은편의 불가사의한 백발의 인물. 미스터리는 또다른 미스터리로 연결된다. 이렇게 불가사의한 사건의 연쇄 속에서 나날들이 흘러간다. '나'는 무의 장소에서 '무의 제작'에 열중하는데, 〈기사단장 죽이기〉라는 그림과 조우하면서 평온한 삶은 사라진다. 삶의 방향이 뒤틀리고 현실의 질서가 깨지면서 '나'는 무시로 역전逆轉과 전복顚覆의 흐름으로 제 의지와 무관하게 빨려들어간다.

비밀에 싸인 이웃 남자가 초상화를 의뢰하고, 〈기사단장 죽이기〉 그림 속 기사단장의 형태를 취한 '이데아'의 방문을 받는다. 우연과 우연이 겹치면서 생긴 카오스 속에서 '나'는 '운명'이라고 불리는 혼란과 마주친다. 초상화를 의뢰한 멘시키가 골짜기의 대저택에서 건너편 집 소녀를 관찰하는 장면은 어딘지 낯익다. 이 기시감은 스콧 피츠제럴드의 『위대한 개츠비』에서 개츠비가 해협 저 건너편 데이지 집의 녹색 불빛을 바라보는 장면에 대한 오마주이다. 『기사단장 죽이기』에는 미스터리한 사건이 연속으로 발생하고, 예측 불가능의 카오스에서 우연한 만남들, 낯선 여자와의 성애 같은 코드들의 반복, 앞선 것에 대한 오마주의 흔적이 산포되어 있다.

'나'는 한 음식점 화장실의 세면대 거울에 비친 제 얼굴을 바라보며 자문한다. "나는 이제 어디로 가려는 걸까, 내 모습을 보면서 생각했다. 아니, 그보다 나는 대체 어디로 와버렸을까? 여긴 대체 어디일까? 아니, 그보다 근본적으로, 나는 대체 누구인가?" 자기 정체성을 묻는 이 물음에 대한 해답은 자신에게서 구할 수 없다. 호모 사피엔스가 지구에 출현한 지 30만 년이 넘었지만 인류는 여전히 이 수수께끼를 풀지 못한 채 전전긍긍한다. 삶을 감싸는 세계의 흐름이 어느 순간 통제할 수 없게 바뀌지만 '나'는 그 흐름이 왜 바뀌었는지 알지 못한다. 어쨌든 세계의 흐름이 바뀌면서 '나'

는 수수께끼를 떠안고 카오스로 말려든다.

'나'의 혼란에는 부재와 상실의 경험이 원체험으로 숨어 있다. 이 원체험은 12세 여동생의 갑작스러운 죽음이다. '나'는 카오스 상태에서 그 환영을 뒤좇는다. '나'는 현실과 비현실, 지상(의식)과 지하(무의식), 실재의 세계와 판타지 세계, 두 극단의 세계가 뒤엉키면서 혼란으로 내몰린다. 들뢰즈와 가타리는 카오스를 "탄생과 소멸의 무한 속도"라고 정의한다. 카오스는 속도의 무한에서 나타나는 무질서의 한 양태다. 카오스는 질서의 극한이 불러오는 무질서이고, 무질서를 삼킨 혼돈 그 자체이다. 무질서의 극한에서 생성이 발생한다. 모든 것이 카오스에서 시작하고, 이 발생들은 다시 카오스에 삼켜진다. 카오스는 무의 무, 무의 무의 무, 무의 무의 무의 무이다.

우주가 카오스 그 자체라면, 인간은 그 소용돌이에서 떨어져 나온 작은 입자다. 생이라는 것의 실체는 이 카오스를 카오스로 겪어내는 시간-경험에 다름 아니다. 하루키의 『기사단장 죽이기』는 카오스를 카오스로 겪는 시간-경험을, 하루키의 용어로 바꾸자면, '구덩이 파기'의 미스터리를 그린 소설이다. 어쩌면 이것은 "목적이 없는 행위, 진보가 없는 노력, 아무데도 다다르지 않는 보행"(『세계의 끝과 하드보일드 원더랜드』)일지도 모른다. 우리가 이 카오스를 선택한 것은 아니지만 어느 날 자명한 세계 너머의 수수께끼 같은 저편과 마주치면서 승리도 없고 패배도 없는 이 우연의 운명을 겪어낸다. 『기사단장 죽이기』는 우리가 개별자로 겪는 '구덩이 파기'에 대한 또다른 이야기 버전일 테다.

그동안 하루키의 소설, 에세이, 인터뷰, 대담, 연구서 들을 가능한 범주에서 두루 찾아 읽었다. 하루키는 한껏 고양된 이념의 시대가 종언을 고한 뒤, 자기 의지와 상관없이 속화된 자본주의 세계로 떠밀려온 사람들, 그중에서도 집단이나 국가의 폭력과 평범한 악에 저항하면서 자기의 존엄성을 지켜내려는 연약한 개인의 저항에 대한 서사들을 써왔다. 그것은 삶과 죽음에 대한 이야기이고, 인간의 존엄성과 숭고함을 기리는 이야기이며, 생이 품은 우연과 불가사의한 이야기이다. 우리는 이것들을 읽으면서 모호함 속에서 떠오르는 '세계상'을 측정해보고, 형태가 없는 평범한 악들로 둘러싸인 세계에서 어떻게 살 것인가를 고민했다.

이 책 『외롭지만 힘껏 인생을 건너자, 하루키 월드』는 고양이와 재즈와 달리기를 사랑하는 작가 하루키의 소설이 촉매가 되어 펼쳐진 사유와 상상의 작은 열매다. 자, 이제 작가 하루키의 인간과 문학세계의 전모를 더듬어볼 수 있는 '하루키 월드'로 여러분을 안내하고자 한다.

무라카미 하루키의 주요 소설들

『바람의 노래를 들어라』(1979)

『1973년의 핀볼』(1980)

『양을 쫓는 모험』(1982)

『세계의 끝과 하드보일드 원더랜드』(1985)

『노르웨이의 숲』(1987)

『댄스 댄스 댄스』(1988)

『국경의 남쪽, 태양의 서쪽』(1992)

『태엽 감는 새』(1994, 1995)

『스푸트니크의 연인』(1999)

『해변의 카프카』(2002)

『애프터 다크』(2004)

『1Q84』(2009, 2010)

『색채가 없는 다자키 쓰쿠루와 그가 순례를 떠난 해』(2013)

『기사단장 죽이기』(2017)

차례

1부

하루키 월드의 시작

어느 날 돌연 소설가가 되는 기적

물질과 생명은 제 안에 무수한 주름들을 갖고 있다. 차라리 그것들은 주름의 접힘 그 자체다. 사람은 몸을 갖고 있는 한에서 겹주름의 존재다. 우리 자아는 주름 속에서 주름으로 접힌 채 웅크려 있다. "주름은 주름들로 분화되고, 이 주름들은 내부로 침투하고 외부로 벗어나며, 이렇게 해서 위와 아래로 분절된다."* 우리 안의 기억이라는 이름의 지층들, 무수한 이야기, 정념, 상상, 백일몽들은 주름의 또다른 층위를 이룬다. 주름은 하나 안의 여럿이다. 사유라는 주름, 욕망이라는 주름, 영혼이라는 주름들. 우리 신체는 그저 단백질 덩어리가 아니라 많은 주름들의 겹침에 따른 결과물이다.

한 사람은 무수한 주름들의 집적체인 것이다. 이를테면 목소리는 음성적 주름이다. 유아기는 어른의 내부에 접혀 있는 주름이다. 마찬가지로 기억은 망각의 주름들이다. 주름은 안으로 밀려들어

---

* 질 들뢰즈, 『주름, 라이프니츠와 바로크』, 이찬웅 옮김, 문학과지성사, 2004, 69쪽.

23

가면서 접히고, 바깥으로 밀려나가면서 펼쳐진다. 이 두 운동, 주름의 접힘과 펼침은 대상이 내장한 차이와 반복의 리듬들이다. 안으로 밀려들어 접히면서 바깥에 주름을 만들고, 바깥으로 펼쳐지면서 안으로 접히는 주름을 만든다. 이때 내부의 주름은 바깥으로 펼쳐지는 데 실패한 주름이고, 외부의 주름은 안으로 접히는 데 실패한 주름이다.

　지구와 우주 역시 제 안에 무수한 주름을 갖고 있다. 지구의 지층들, 동굴, 광맥, 수맥 따위가 내부의 주름들이다. 우주 안의 성간星間 가스와 구름, 은하, 블랙홀은 그것 내부의 주름들이다. 우주는 차라리 주름의 접힘 그 자체다. 그것들은 일정한 리듬을 갖고 제 안의 주름을 펼쳤다가 접었다가를 반복한다. "펼침은 증가함, 자라남이고, 또한 접힘은 감소함, 줄어듦, '세계의 외진 곳으로 되돌아옴'이다."• 우리의 돌아옴은 주름으로부터의 돌아옴이다. 주름은 우리 존재의 기원이다. "주름은 더 나아가 〈형상〉을 결정하고 나타나게 하며, 이것을 표현의 형상, 게슈탈트, 발생적 요소 또는 변곡의 무한한 선, 유일한 변수를 가진 곡선으로 만든다."•• 주름의 내재성의 양태일 뿐만 아니라 외재성의 양태이기도 하다. 주름은 안과 바깥에서 상호 삼투하며 새로운 주름을 이룬다. 우리는 주름 속에서 주름의 형상을 한 채 숨쉬고 살아간다.

• 질 들뢰즈, 앞의 책, 21쪽.
•• 질 들뢰즈, 앞의 책, 69쪽.

우리는 저마다 하나의 유기체적인 신체로 존재하고, 이 신체는 항상 사건들의 주름 속에 있다. 사건들의 주름은 시간과 장소라는 두 개의 주름 사이를 지나간다. 신체는 사건들의 주름 속에서 우연히 발견된다. 사건은 주름들의 판을 움직여 변동을 만든다. 사건들을 겪으며 내포체들과 외연을 바꾸며 이 과정에서 주름들은 새로운 형상과 양태로 돌아온다. 감기를 앓은 어린아이는 감기 전의 그 어린아이가 아니다. 그 내면의 형질이 바뀐 존재이기 때문이다. 아이를 낳은 여자는 아이를 낳기 전의 그 여자가 아니다. 그 역시 임신과 출산의 경험을 통해 새로운 주름을 만드는 까닭이다.

무엇보다도 인간의 뇌는 수많은 주름들로 접혀 있다. 여자의 자궁에서 난자와 정자가 결합하는 순간부터 뇌는 세포분열을 하며 풍선처럼 부푼다. 외부의 세포가 안으로 이동하는 가운데 신경계를 이룰 세포 속 유전자를 자극한다. 임신 초기 8주 동안 태아는 세포 과잉 생산의 시간을 거치면서 뇌는 세 부분으로 분할된다. 이 시기 25만 개의 신경모세포들이 활동하며 초기 신경세포들이 만들어지며 주름으로 접힌 뇌가 빚어진다. 그러나 아직 이 뇌는 완성된 것이 아니다. 신경관 내부에서 세포분열이 계속되면서 엄청난 양의 뉴런들이 생산된다. 이 뉴런들은 뇌의 각 위치로 움직여 자리를 잡는다.• 뇌는 외부에서 보자면 복잡한 주름으로 이루어져 있는데, 두개골과 안쪽의 경막, 거미막, 연막 등 세 겹의 뇌막

• 존 레이티, 『뇌 1.4킬로그램의 사용법』, 김소희 옮김, 21세기북스, 2010, 38~39쪽.

으로 감싸여 있다. 뇌는 세 부분으로 나뉜다. 대뇌피질로 싸인 대뇌, 소뇌피질로 싸인 소뇌, 대뇌와 소뇌 사이의 간뇌가 그것이다. 뇌는 중뇌, 교뇌, 연수로 이어지고, 교뇌는 연수와 소뇌, 대뇌와 소뇌를 연결한다. 연수는 척수와 이어져 몸 전체를 연결한다.●

뇌는 감각 입력과 신경 시스템 전체를 장악하고 처리한다. 우선 감각은 세 종류이다. 특수 감각으로 시각, 청각, 미각, 평형감각이 있고, 일반 감각으로 촉각, 온도감각, 위치감각, 고유감각이 있고, 진동 감각으로 분별촉각과 비분별촉각으로 나뉘는 촉각이 있다. 이것의 도움으로 인간은 걷고, 위험을 감지하며, 생존 활동을 펼칠 수가 있다. 어쨌든 이 뇌의 주름들 속에서 마음, 생각, 의식, 언어들이 생성되고 활성화되는 것이다. 이에 따라 인간은 울고, 웃고, 먹고, 생각하고, 말하고, 사랑하고, 자신이 누구인지를 이해하고, 세상을 어떻게 바라볼지를 결정하며, 수많은 사회적 관계망 속에서 균형을 잡고 살아간다.

뇌는 1천억 개의 신경세포와 뉴런들, 그리고 우리 은하의 별들보다 1천5백 배나 더 많은 시냅스로 이루어진 주름-생태계라고 할 수 있다. 인간이 주름의 존재라는 한에서 세상의 그 많은 소설의 문장과 영감은 그 주름에서 온다고 할 수 있다. 하루키는 "소설가의 기본은 이야기를 하는 것tell a story"이라고 말한다. 이야기를 하려면 "의식의 하부"로 내려가 거기서 이야기의 재료들을 가져와

● 박문호, 『뇌, 생각의 출현』, 휴머니스트, 2008, 169쪽.

야 한다. 소설가들은 "그 지하의 어둠 속에서 자신에게 필요한 것
―즉 소설에 필요한 양분―을 찾아내 손에 들고 의식의 상부 영역
으로 되돌아"온다.(『직업으로서의 소설가』) 인간의 뇌 활동에서 의
식으로 스캔되는 부분은 5퍼센트이고, 나머지 95퍼센트는 의식화
되지 않는 영역에서 일어난다. 하루키가 말한 의식의 하부에 있는
"지하의 어둠"은 무의식의 영역을 가리키는 것이다. 집단무의식과
개별 무의식이 뒤섞인 이 "지하의 어둠"은 무의식의 기억들, 다시
말해 모든 예술 창작의 재료들이 쌓인 창고다. 작가의 상상력은
혼돈 그 자체인 무의식의 기억들에 들러붙어 자양분을 빨아들이
며 싹을 틔운다.

　하루키는 1978년 4월 날씨가 쾌청한 어느 날 진구 구장에서 하
는 야쿠르트 스왈로스와 히로시마 카프의 낮 경기를 보러 간다.
1회 말 야쿠르트의 한 타자가 2루타를 만들었을 때, 돌연 "그래, 나
도 소설을 쓸 수 있을지 모른다"라는 생각을 떠올린다. 그것은 영
어로 말하자면 에피파니epiphany의 순간, 일종의 계시가 내려온 찰
나다. 하루키는 그 찰나를 두고 "어느 날 돌연 뭔가가 눈앞에 쑥
나타나고 그것에 의해 모든 일의 양상이 확 바뀌"는 느낌이었다고
말한다. 드물지만 누군가의 운명은 예기치 않은 순간 자기도 모르
는 사이에 그 양상이 바뀌어버린다.

　어쨌든 하루키는 재즈 카페의 영업이 끝난 한밤중 부엌 식탁
에서 뭔가를 끼적인다. 그는 제 취향이 끌리는 대로 여러 작가들

의 책을 부지런히 읽었지만 소설을 써보는 것은 처음이었다. 누군가에게 소설 창작법을 배운 적도 없고 습작 경험도 전무한 재즈 카페의 주인은 어느 날 갑자기 소설 쓰기에 매달린다. 그렇게 나온 소설이 『바람의 노래를 들어라』이다. 하루키는 이 소설을 『군조』라는 잡지의 신인상 공모에 투고했는데, 얼마쯤 지난 어느 봄날 일요일 아침에 잡지의 편집자에게서 "무라카미 씨가 응모한 소설이 신인상 최종심에 올랐습니다"라는 전화 한 통을 받는다. 하루키는 전날 밤늦게 재즈 카페 영업을 마친 뒤 돌아와 잠들었다가 잠이 덜 깬 채로 전화를 받은 터라 잡지 편집자의 말을 이해하지 못했다. 잘 알다시피 하루키는 이 소설로 군조 신인문학상을 받으며 작가로 등단한다. 재즈 카페의 운영자에서 소설가로 전업할 수 있는 계기를 만든 것이다.

'하루키 월드'의 시작

『바람의 노래를 들어라』, 1979

『바람의 노래를 들어라』가 나온 해는 1979년이다. 하루키는 그해 이 중편소설로 제22회 군조 신인문학상을 수상하며 등단한다. 당시 심사위원은 사사키 기이치, 사타 이네코, 시마오 도시오, 마루야 사이이치, 요시유키 준노스케 등인데, 심사위원 만장일치로 수상이 결정되었다고 한다. 심사위원 중 한 사람은 "경쾌함 속에 내면을 향하는 눈"이 있다는 긍정적인 평가를 내놓았다. 그러나 하루키는 1979년 상반기 아쿠타가와 상 수상 후보에 이름을 올렸지만 수상에는 실패한다.

하루키 소설이 일본 정통소설의 문법에서 벗어난 것이란 사실은 인정받는다. 소설가 오에 겐자부로는 하루키 소설을 "현대의 미국소설을 절묘하게 모방한 작품"으로 보고, 이를 탐탁지 않게 여겨 "무익한 시도"라고 깎아내린다. 엔도 슈사쿠는 "얄미울 정도로 계산적인 소설"이며 "현재 유행하는, 소설에서 모든 의미를 제거한 수법"의 구사에 대해 지적하며 "반소설적"이라는 평가와 함께 회의를 드러낸다. 두번째 소설 『1973년의 핀볼』이 잇달아 1980년 상반기 아쿠타가와 상 후보에 오르지만 이 작품도 "이 시대를 사는 스물네 살의 감성과 지성이 잘 그려져 있다"는 평과 "천박한 안목"이라는 엇갈리는 평을 받으며 수상에는 실패한다. 하루키의 저 유례없는 탈역사성과 탈정치성이 돋보이는 소설이 일본문학에 없던 독창성을 지녔다는 점은 인정받지만 문학성까지 평가를 받는 데는 미치지 못한 것이다.

『바람의 노래를 들어라』는 1970년 8월 8일에 시작해서 18일 뒤, 같은 해 8월 26일에 끝나는 여름의 이야기다. 하루키는 한없이 경쾌한 문장으로 젊은이들의 상처를 드러내고, 낭만적 방황의 흔적들을 섬세하게 더듬는다. '쥐'라고 불리는 대학 친구와 '나'는 대학 입학 동기고, 둘은 어느 날 만취한 채 만난다. 1960년대 말 일본 대학가는 베트남 반전운동, 흑인 인권운동, 프랑스의 5월 혁명의 영향을 받고 있었다. 이 무렵 일본 대학가는 반체제와 반권력의 극렬한 투쟁 열기에 휩쓸렸다. 하지만 '전공투'는 이내 막을 내렸다. '전공투'란 '전국학생공동투쟁회의'의 약칭이다. 1960년대 중반 무렵 여러 대학이나 학원에서 개별 양상으로 펼쳐지던 대학 분쟁이 개량 투쟁이나 반대 투쟁만으로는 안 된다는 인식으로 뭉쳐진다. 1970년 안보 상황에 연동된 투쟁이 합쳐지면서 전국 대학이 연대하는 체제 저항운동의 양상으로 나아가고, 아울러 투쟁 방식도 급진적인 폭력으로 번진다. 학생 조직은 대중적 전투를 치를 준비를 갖추며 투쟁하는 주체들의 구심점 노릇을 한다. 1960년대의 고도 경제 성장 정책에 의한 인플레 기조와 노동력 부족이라는 배경 아래 정부가 이끄는 대학의 노동력 생산 기지화, 부르주아 이데올로기 생산 공장으로의 재편 등이 '전공투' 운동의 촉매가 된 배경이다. 대학의 재편은 학비 인상, 기숙사, 학원에 대한 관리 강화, 커리큘럼 개편 등으로 구체적인 양상으로 드러난다. 1960년대 말에 이르러 목적별 대학과 대학원만 둔 대학의 구상, 쓰쿠바 대학 설치 등으로 펼쳐진다. 정부 주도로 이루어진 대학교육의 제국주의적 재편과 관리 체제 강화에 대한 반발이 1960년대 학원 투쟁의 배경이다. 세계 각지의 스튜던트 파워, 즉 프랑스의 5월 혁명, 서독·미국에서의 학생 중심의 체제 저항운동과도 닮은 양상을 드러낸다. 즉 정보화사회의 진행과 고도로 발달한 그 정보화사회의 관리조직 체제 강화에 대한 저항이었다. 대학 투쟁은 학원이나 대학의 개별화된 영역을 넘어 '대학 혁명'의 슬로건을 내걸고, '권력 투쟁'으로까지 치닫는다. 이른바 '전공투' 운동은 대학 해체론이나 자기 부정론에서 볼 수 있듯이 세대 간의 권력 투쟁인 동시에 새로운 세계를 열망함이 불씨가 되어 번진 사상운동이었다.

그 '전공투'를 겪은 '나'와 '쥐'는 그 시절에서 밀려나와 한없이 나른한 공허와 권태의 시기를 보낸다. 그 여름날에 그들이 한 일은 무엇인가? "여름 내내 나하고 쥐는 마치 무엇인가에 홀린 것처럼 25미터 풀을 가득 채울 정도의 맥주를 퍼마셨고, 제이스 바의 바닥에 5센티미터는 쌓일 만큼의 땅콩 껍질을 버렸다. 그때는 그렇게라도 하지 않으면 살아남지 못할 정도로 지루한 여름이었다."

좋은 시절이 지나가고, 더는 좋은 시절이 올 것 같지 않은
회색빛 권태와 무료함을 견디는 방식은 찾을 수가 없었던 것이다.
그들을 사로잡았던 '이념적 연대'의 불꽃같은 시대는 덧없이 흘러가고,
'장밋빛 미래의 세계'가 도래할 가능성은 전무하다.

좋은 시절이 지나가고, 더는 좋은 시절이 올 것 같지 않은 회색빛 권태와 무료함을 견디는 방식은 찾을 수가 없었던 것이다. 그들을 사로잡았던 '이념적 연대'의 불꽃같은 시대는 덧없이 흘러가고, '장밋빛 미래의 세계'가 도래할 가능성은 전무하다. 바로 그때 '나'와 '쥐'는 개인 단위로 돌아가 각자 도생을 모색하는 시대에 덩그러니 남은 자신의 왜소하고 초라한 모습을 발견한 것이다.

베토벤 피아노 소나타 3번, 플로베르의『감정 교육』, 그리고 비치 보이스의 LP〈캘리포니아 걸스〉, 마일스 데이비스, 라디오 팝스 리퀘스트 프로그램, 한없이 가벼운 연애가 혼재된 서사는 경쾌한 속도로 흘러간다. '나'는 인간의 존재 이유를 테마로 하는 소설을 쓰고자 하나 실패한다. 그 실패는 당시 삶의 의미 있는 기획들이 더는 수행될 수 없었음을 암시한다. 그리하여 "모든 사물을 수치로 바꾸지 않고는 견딜 수 없는 버릇"에 빠지는데, 그 충동에 사로잡혀 전철의 승객 수를 헤아리고, 맥박수를 헤아린다. 일정 기간 동안 겪은 섹스 횟수를 세고, 피운 담배 개비의 숫자를 헤아린다. 이 무위에 가까운 행위는 존재 이유를 잃고 외톨이로 고립된 자의 심리적 자기방어의 기제가 작동한 흔적이다. 그것마저 하지 않는다면 살아 있을 이유가 없기에. '나'는 6,922번째 담배를 피울 때 세번째 잤던 여자가 죽었다는 소식을 듣는다.

죽음은 하루키 소설의 중요한 모티브다. 하루키 초기 소설에 깔린 이상한 멜랑콜리, 마음 깊은 곳을 어루만지는 듯한 다정한 쓸

쓸함은 인간에게 예외 없는 죽음 탓에 생겨나는 생의 덧없음에 잇대어 있다. 하루키는 1981년 「8월의 암자 : 나의 '호조키方丈記' 체험」이라는 에세이를 내놓는다. 아버지와의 추억을 그린 에세이로 초등학생 무렵 아버지를 따라 바쇼 암자를 방문한 얘기를 펼쳐낸다. 아버지는 고등학교 국어교사직에 있으면서 따로 학생들을 모아 하이쿠 서클을 꾸렸는데, 그 학생들을 데리고 암자를 찾은 것이다. 학생들과 함께 암자에 간 어린 하루키는 어쩐 일인지 그곳에 머무는 동안 이상한 허무주의에 사로잡혀 '죽음'에 대해 생각한다. "공부를 하는 동안, 나는 혼자서 툇마루에 앉아 멍하니 바깥 경치를 바라보고 있었다. 그리고 인간의 죽음에 대해 생각했다." 먼 미래의 일로 죽음이 도래하겠지만 그것은 두려워할 일이 아니라는 것이다. 어린 하루키는 "죽음이란 변형된 삶에 지나지 않는다"고 그 또래답지 않은 영특한 생각을 한다.• 이런 생각은 『노르웨이의 숲』에서 한 문장으로 불쑥 되살아난다. "죽음은 삶의 대극에 있는 것이 아니라, 그 일부로서 존재한다." 죽음에 대한 하루키의 태도를 엿볼 수 있는 문장이다.

『바람의 노래를 들어라』는 하루키 문학의 원형질을 담은 처녀작이다. 작가의 처녀작이란 앞으로 전개될 그의 작품세계의 한 원형을 담고 있는 경우가 보통이다. 그 원형은 무의식의 의미망을 보여주는데, 그것은 자잘하게 쪼개지고 변형되어 작품들에 반복

• 히라노 요시노부, 『하루키, 하루키』, 조주희 옮김, 아르볼, 2012, 163쪽.

적으로 나타난다. 하루키의 등단작에도 하루키 문학을 지배하는 상징 이미지들과, 특유의 짧고 속도감 있는 문체, 이후의 작품에 끈덕지게 되풀이되는 '상실'이라는 주제, 가벼움에의 경도, 세계와의 적당한 거리 두기, 세계-사건에 개입하지 않고 그 위를 가볍게 미끄러지듯이 살아가는 작중인물의 태도들이 숨김없이 드러난다.

나는 전에 인간의 존재 이유를 테마로 한 짧은 소설을 쓰려고 했던 적이 있다. 결국 소설은 완성하지 못했지만, 나는 그동안 줄곧 인간의 '레종 데트르'에 대해서 생각했고, 덕분에 기묘한 버릇이 생기게 되었다. 모든 사물을 수치로 바꾸지 않고는 견딜 수 없는 버릇이었다. 약 여덟 달 동안 나는 그런 충동에 시달렸다. 전철에 타자마자 승객 수를 헤아리고, 계단 수를 전부 세고, 시간만 나면 맥박수를 셌다. 당시의 기록에 따르면, 1969년 8월 15일부터 이듬해 4월 3일 사이에 나는 강의에 358번 출석했고, 섹스를 54번 했고, 담배를 6,921개비 피운 것으로 되어 있다.

—『바람의 노래를 들어라』 중에서

『바람의 노래를 들어라』는 방학을 맞아 항구도시인 고향으로 돌아와 있는 스물한 살의 '나'가 대학을 중퇴하고 그 항구도시에서 무위도식하며 지내는 '쥐'라는 별명을 가진 한 친구와 함께 보냈던 어느 해 한여름 18일간의 이야기다. 그들은 그 여름 내내 중국인 J가 경영하고 있는 '제이스 바'에서 맥주를 마시거나, 여자를 만나거나, 죽은 작가들의 책을 읽거나, 낡은 레코드를 들으며 보낸다.

하루키 문학의 테마 : 레종 데트르의 상실

사물과 행위가 숫자로 환치될 때 그것은 그 고유의 속성을 상실하고 그저 무의미한 숫자로만 부각된다. '모든 것을 수치로 치환'하는 행위는 분명 아무 뜻도 없는 무위의 행위, 다시 말해 '나'를 둘러싸고 있는 현실을 진지하고 심각한 사유의 대상으로 삼는 것이 아니라 '농담' 속에 무화無化시켜버리려는 행위다. 오히려 사물의 가치와 의미를 의도적으로 증발시켜버리는, 보상이나 대가도 주어지지 않는 이 무용한 노동은 의미가 고갈되어버린 불모의 삶에 대한 은유일 테다.

'나'는 레종 데트르를 주제로 하는 소설을 쓰려고 하다가 그 '이상한 버릇'에 사로잡히게 된 것이다. '레종 데트르의 상실', 이것은 하루키 문학에 씌워진 원죄와 같은 테마다. '나'와 '쥐'는 그것과 싸우며 한여름을 보내는데, 이미 패배가 예정되어 있는 싸움이다. 그들이 할 수 있는 일이라는 것은 여자를 만나 가볍게 섹스를 하고 헤어지고, 그리고 한여름 내내 바에서 무료한 시간을 보내며 엄청난 양의 맥주를 마신다. 현실에 대한 환멸은 깊지만 그렇게 공허한 행위로 스스로를 위로하고 보상한다. "그렇게라도 하지 않으면 살아남을 수 없을 만큼 지루한 여름"이니까. 성공이나 부의 축적은 '쥐'의 외침처럼, 아무 뜻도 가질 수 없는 "진드기"와 같은 그 무엇이다. 전후의 혼란기에 상당한 부를 축적한 '쥐'의 아버지처럼 남들을 기만하는 뻔뻔하고 추악한 행위의 결과로 얻어진 성공이란 '진드기'로 사는 것, 즉 아무 뜻도 없고 악취가 나는 것이다.

그들의 내면에 희미하게 남아 있는 꿈이란 외롭게 고립되어 있는 '나'를 타인에게 전달하고 이해받고 싶다는 것, 혹은 '완벽한 문장'을 써보고 싶다는 것 따위다. 특히 '나'를 타인에게 전달한다는 것의 중요성에 대해서는 주인공의 어린 시절 체험을 통해 생생하게 형상화해낸다. 어린 시절의 '나'는 말이 없어서 그의 부모들은 그를 정신과 의사에게 데리고 간다. 정신과 의사는 어린 '나'에게 "문명은 전달이야"라고 말한다. 그리고 자신의 의사를 타인에게 "표현하지 못한다면 그것은 존재하지 않는 것하고 같아. 알겠어? 제로란 말이야"라고 충고한다.

『바람의 노래를 들어라』에서 '나'는 스물아홉 살이 되고, '쥐'는 서른 살을 맞는다. 비치 보이스가 새로운 앨범을 내고, '나'는 결혼하여 아내와 함께 도쿄에 산다. '쥐'는 아직도 계속해서 소설을 쓰고 있다고 근황을 전한다. 특이한 것은 하루키가 창조한 가공의 작가 데릭 하트필드에 관한 부분이다. 하루키는 데릭 하트필드가 1909년 오하이오주의 작은 마을에서 태어났고 1938년 어머니가 죽자 뉴욕까지 가서 엠파이어 스테이트 빌딩 옥상에서 투신자살을 했다고 약력을 적는다. '나'는 오하이오주의 작은 마을에 있는 데릭 하트필드의 묘지를 찾아간다. 묘지에 들장미를 바치고, 합장을 한 뒤 무덤가에 주저앉아 담배를 피운다. 그리고 돌아와 소설을 쓴다. 하루키의 첫 소설은 자전적인 경험과 허구의 상상력이 기묘하게 뒤섞인 소설이다. 데릭 하트필드라는 가공의 작가 얘기를 덧붙임으로써 『바람의 노래를 들어라』가 공허감과 무력감에 빠진 청춘의 방황을 더듬어보고, 하루키 자신의 완벽한 문장 쓰기를 향한 길고 힘든 도정道程을 고백하는 소설이었음을 드러낸다.

하루키는 1949년 1월 12일, 일본 교토의 한 중산층 가정에서 태어난다. 두 살 때 가족과 함께 교토를 떠나 고베로 이사 간다. 하루키는 어린 시절, 국어교사인 아버지의 영향으로 많은 책들을 읽으며 보낸다. 하루키는 대학 입시에 실패하고 아시야 시립도서관인 우치데 도서관에 나가 앉아 입시 공부에 열중한다. 뒷날 그 도서관 게시판에는 '하루키가 공부한 공간'이라는 신문 기사 자료가 스크랩되어 있었다고 한다. 하루키는 1968년, 재수 끝에 와세다 대학교 제1문학부 연극과에 입학한다. 대학에 들어간 뒤 기숙사 생활을 하는데, 나중에 이 기숙사 생활 경험을 『노르웨이의 숲』에서 녹여낸다.

1974년 하루키는 와세다 대학 재학중에 재즈 카페 〈피터 캣〉을 도쿄 시내에서 떨어진 고쿠분지에서 개업한다. 당시 하루키는 같은 와세다 대학 출신의 요코와 결혼한 뒤인데, 둘이 모은 돈에 은행과 장인에게서 빌린 돈을 합쳐 재즈 카페 개업비용을 마련한다. 고쿠분지에서 연 〈피터 캣〉을 3년 정도 운영하다가 센다가야로 옮긴다. 이때 무사시노 미술대학에 재학중인 무라카미 류가 부스스한 머리를 하고는 재즈 카페에 자주 나타난다. 이때 하루키의 나이는 스물아홉이다.

하루키는 스콧 피츠제럴드가 했던 "남과 다른 무언가를 이야기하고 싶다면 남과 다른 말로 이야기해라"라는 말을 되새긴다. 남과는 다른 방식으로 다른 이야기를 쓰고 싶었던 것이다. 이 소설은 그해 7월 고단샤에서 단행본으로 나오고, 9월 아쿠타가와 상 후보작에 오른다. 오에 겐자부로와 엔도 슈사쿠와 같은 중견작가들이 심사를 하는데, 일본문학의 전통에서 완전히 벗어나 있는 이 소설을 두고 "미국소설의 영향"을 받았다거나 "외국 번역 소설을 지나치게 많이 읽고 쓴 듯한 서구적인 작품" "반反소설"이라는 평가들이 눈에 띈다. 어떤 심사위원들은 심사평에서 한 줄도 언급하지 않음으로써 하루키 소설에 대한 반감을 확실하게 드러낸다.

여름의 빛들은 공중에 덧없는 성채를 지었다가 허물기를 반복한다. 스무 살의 나는 사람 키보다 더 높게 자란 파초가 있고, 연못이 딸린 집을 갖게 되면, 여름마다 나무 그늘 아래 의자를 놓고 책을 산더미같이 쌓아놓고 읽으리라, 했다. 그게 내가 품었던 꿈 중에서 가장 가슴 설레게 하는 꿈이다. 『바람의 노래를 들어라』는 여름에 읽으면 공연히 기분이 좋아진다. 눈부신 일광이 넘실거리는 여름만큼 인생의 영광과 덧없음을 보여주는 계절은 없으니까!
'나'는 바닷가 근처의 테니스 코트에서 두 명의 여자가 흰 모자를 쓰고 선글라스를 낀 채 서로 볼을 주고받는 광경을 바라본다.

나는 오 분가량 그 모습을 바라보고 나서 차로 돌아와 시트를 뒤로 젖히고 눈을 감은 채 한동안 파도 소리에 뒤섞인 공 치는 소리를 멍하니 듣고 있었다. 부드러운 남풍이 실어다준 바다 내음과 불타는 듯한 아스팔트 냄새가 나로 하여금 오래전의 여름날을 생각나게 했다. 여자의 피부 온기, 오래된 로큰롤, 갓 세탁한 버튼 다운 셔츠, 풀장 탈의실에서 피어오른 담배 냄새, 어렴풋한 예감, 모두 언제 끝날지 모르는 달콤한 여름날의 꿈이었다.

―『바람의 노래를 들어라』 중에서

남풍에 실린 바다 내음, 여자의 피부 온기, 담배 냄새, 어렴풋한 예감 따위는 빠르게 휘발되어버린다. 이 감각적 기호들은 흐르고 번지면서 빨리 사라지는 것이기에 삶의 덧없음과 조응한다. 이것은 깨고 나면 사라지는 여름날의 꿈과 같다. 누추한 삶이 품은 달콤한 여름날의 꿈이란 얼마나 황홀한가! 그 꿈이 황홀한 것은 한 번 가고 나면 두 번 다시 돌이킬 수 없는 것이기 때문이다.

이것은 깨고 나면 사라지는 여름날의 꿈과 같다.
누추한 삶이 품은 달콤한 여름날의 꿈이란 얼마나 황홀한가!
그 꿈이 황홀한 것은 한 번 가고 나면
두 번 돌이킬 수 없는 것이기 때문이다.

봄날의 곰같이 하루키를 읽는 것

○

○

○

벚꽃이 만개한 4월 어느 날, 하루키 소설을 읽는 기쁨과 그 충만감에 대하여 쓰고 싶었다. 햇볕은 찬란하고, 흰 벚꽃 잎은 난분분 날린다. 봄날 햇볕을 쬐며 겨울잠에서 깬 곰같이 한가롭게 하루키의 『세계의 끝과 하드보일드 원더랜드』를 읽는 일은 상상만으로도 마음을 충만하게 하는 바가 있다. 소설을 읽는 일은 기묘한 고독 속에서 완벽한 자유를 누리는 것이다. 소설책을 손에 들고 있는 한 나는 현실의 책임이나 월급과 맞바꾸는 업무의 세계와는 거리를 두고 떨어져 있는 것이다.

알다시피 소설은 허구의 이야기다. 소설을 읽는 일은 그 허구의 세계로 자발적으로 빠져들어가는 일이다. 소설 읽기는 아무데로도 가지 않는 여행이다. 아무데도 가지 않는 여행이기에 중간 기착지도 없다. 이 여행은 움직이지 않으면서 움직일 따름이다. 따라서 이 여행은 고요의 동학動學이다. 소설을 읽는 자는 몽상과 백일몽에 빠져 허구의 세계와 현실 세계를 뒤섞고 상상의 세계를 빚는다. 나는 왜 하루키 소설을 읽는가? 물론 하루키 소설이 재미있고, 읽을 때마다 의미를 되새기게 하는 까닭이다. 하지만 그것만으로 다 설명이 되지는 않는다. 하루키 소설을 읽는 데에는 그보다 더 근원적인 무엇인가가 있다. 그게 뭘까?

하루키는 대학 재학중에 재즈 카페를 열어 주인 노릇을 하다가 갑자기 소설가로 변신해서 일본 열도를 열광시키더니 '세계적인 작가'의 반열에 들어선다. 일본에서는 하루키를 읽는 법에 대한 책들이 여럿 나와 있고 지금도 유사한 책이 쏟아지고 있는데, 『무라카미 하루키』, 『무라카미 하루키론』, 『무라카미 하루키를 알 수 있다』, 『무라카미 하루키 작품연구 사전』, 『무라카미 하루키와 미국』, 『무라카미 하루키를 걷는다』, 『무라카미 하루키 스터디 01~05』, 『무라카미 하루키와 일본의 '기억'』, 『무라카미 하루키 옐로 사전』, 『무라카미 하루키, 탑과 바다 건너편에』, 『무라카미 하루키 서커스단의 행방』, 『무라카미 하루키, 전환하다』 등등이 있다. '하루키 현상'을 담은 이런 책들이 국내에 빠르게 소개되고 있다. 내가 읽은 가토 노리히로의 『무라카미 하루키는 어렵다』, 유카와 유타카와 고야마 데쓰로가 함께 쓴 『무라카미 하루키를 읽는 오후』, 우치다 타츠루의 『하루키 씨를 조심하세요』, 사이토 미나코의 『문단 아이돌론』, 오쓰카 에이지의 『이야기론으로 읽는 무라카미 하루키와 미야자키 하야오』 등도 그런 류의 책이다. 앞서거니 뒤서거니 나와 눈길을 끈 이 책들은 '하루키 월드'를 탐색하는 데 도움이 될 '가이드북'이다. 하루키는 일본에서 어떤 방식으로 읽히는가? 혹시 일본 내 수용 방식은 우리의 그것과 다른가? 수용미학의 관점에서 이들 책들 몇 권을 살펴보자.

평론가인 가토 노리히로가 쓴『무라카미 하루키는 어렵다』는 하루키 문학세계가 어떻게 변화했는지 그 궤적을 더듬는다. 하루키 문학을 "부정성의 행방"(1979 - 1987), "자석이 작동하지 않는 세계에서"(1987 - 1999), "어둠 속으로"(1999 - 2010) 등 세 개의 시기로 나누고, 그 의미를 따진다. 하루키의 초기 단편들부터『1Q84』까지 다루면서, 하루키가 "근대의 끝과 포스트모던 시대의 시작을 산 최초의 아시아 소설가"이고, 그 위치에서 국제성과 보편성을 획득한 것으로 이해한다. 또한 하루키 소설들은 "상승 지향, 노력, 명랑, 쾌활" 따위의 "대중적인 긍정성"이 사라진 뒤 "빈곤, 고독, 반역" 따위의 부정성을 반영한다고 설명한다. 첫번째 시기의 하루키는 '전공투'를 겪으며 기존 제도에 저항하지만 아무것도 얻지 못한 채 뒤로 물러선 '상실의 세대'를 증언한다. 일본의 전후 세대는 폐허를 딛고 성공 신화를 쓴다. 반면 다음 세대는 그들의 부모 세대가 일군 물질적 부를 누리면서도 기성세대의 조직과 체제에 일방적으로 편입되기를 거부한다. 그들은 세계를 바꾸고 혁명을 하자는 프랑스의 '68혁명'이나 미국의 베트남 참전을 반대하고 평화 운동을 펼친 히피 세대의 영향을 받는다. 하지만 기존 체제에 대한 저항과 투쟁의 연대에서 아이덴티티를 찾지 못하고, 대안 찾기에서 실패하면서 이들은 깊은 공허에 빠져드는 것이다. '레종 데트르'를 잃은 이들 '상실의 세대'는 맥주와 연애, 사소한 것들에 집착하고 이것들에서 의미를 찾으려고 고심하지만 이미 의미가 고갈된 세계에서 그것의 불가능함을 깨닫고 허무주의에 감염되는 것이다. 가토 노리히로는 "고도자본주의 사회, 포스트모던 사회의 도래와 함께 부정성이 고갈되고 마침내는 소멸하는 사태"에 직면하는 일본사회에서 하루키 소설들이 어떻게 읽히고 어떤 문화사적 의미를 갖는가를 따지는 것이다.

하루키의 작중인물은 회사나 사회와 같은 집단에서 조각으로 떨어져나와 혼자 밥을 먹고 술을 마신다. 그러다가 돌연 알 수 없는 사건에 연루되면서 평범한 일상의 평화는 여지없이 깨지고 불가피하게 미스터리한 모험에 나선다. 하루키는 설화적 원형에 가까운 서사를 수수께끼와 서스펜스를 뒤섞어 변주하면서 되풀이한다. 어딘가 현실의 축이 기묘하게 기울면서 부조리한 현실감 속에 내동댕이쳐진 현대인의 고갈과 공허, 상실과 허무주의를 그만큼 잘 쓸 수 있는 작가를 찾기란 쉽지 않다. 문체는 가볍고 감각적이며, 서사 구조는 촘촘한 밀도와 완벽한 짜임새가 있다.

현실에서 사라지는 것들을 찾아 떠나는 작중인물의 여정을 따라가는 하루키 소설들은 하드보일드 소설과 묘하게 닮아 있다. 이를테면 『1973년의 핀볼』에서는 전설적인 핀볼 머신을 찾는 모험을 보여주고, 『양을 쫓는 모험』에서 '나'는 등에 별 모양이 있는 양을 찾아 떠난 친구 '쥐'의 행적을 추적한다. 『태엽 감는 새』에서는 사라진 아내의 뒤를 쫓고, 『스푸트니크의 연인』에서는 연인이 그리스에서 갑자기 모습을 감춘다. 이들이 사라지는 것은 상실에 대한 반응이기보다는 세계의 손상이나 결락에 대한 반응이다. 어딘가 왜곡된 현실에서 자아가 일그러지는 충격을 받은 이들은 이쪽의 세계에서 저쪽의 세계에로 이끌려 건너간다. 이전의 현실과는 완전히 "다른 세계"와 만나는 것이다. 하루키는 자신의 문학 생애 중 첫번째 변곡점을 맞으며 내놓은『세계의 끝과 하드보일드 원더랜드』에서, 중기 문학을 예고하는『해변의 카프카』에서 "은유적인 세계에서 환유적인 세계로의 이행"을 보여준다. 하루키는 개체의 세계에서 쌍의 세계로, 다시 아버지와 아들의 대립으로 나아가며, 자기 손상을 확인한 작중인물이 가해자인 '아버지 죽이기'에 나선다. 물론 이것은 상징적인 것이다. 작중인물이 가해자를 죽임으로써 자기 손상에서 회복되려는 열망을 드러낸다.

『해변의 카프카』는 이 '아버지 죽이기'라는 설화적 주제를 가장 선명하게 드러낸 작품이다.『1Q84』에서 '아버지'는 사교 집단의 교주와 같은 인물로 대체된다. 청부 살인업자인 여성 아오마메는 어린 여성들을 성적으로 유린하는 '선구'의 교주를 죽이라는 의뢰를 받고 나선다. 이 교주는 아오마메에게 자신이 지금까지 무수한 고통을 이겨내며 살아왔다고 말하며 자신을 죽여 이 고통에서 벗어나게 해달라고 요청한다. "네가 덴고를 살리기 위해 나를 죽이겠다면 기꺼이 응하겠다. 사랑이 없으면 모든 것은 그저 싸구려 연극에 지나지 않는다."

하루키의 작중인물은 회사나 사회와 같은 집단에서 조각으로 떨어져나와
혼자 밥을 먹고 술을 마신다. 그러다가 돌연 알 수 없는 사건에 연루되면서
평범한 일상의 평화는 여지없이 깨지고 불가피하게 미스터리한 모험에 나선다.

우치다 타츠루의 『하루키 씨를 조심하세요』는 하루키 팬을 자처하는 이의 따뜻한 '하루키론'이다. 하루키의 소설들 — 뿐만 아니라 에세이, 기행문, 의미론까지 — 을 자신이 좋아하는 방식으로 읽고 그 소감들을 써내려간 책이다. 좋은 소설들, 즉 '강력한 서사'들은 "이야기의 필터를 통해 개인적 기억을 재구축하고 '기시감'을 스스로 지어"낸다. 그리하여 우리에게 "이야기에 나오는 '똑같은 체험'을 해본 적이 있다는 거짓 기억"을 만들고, 그것으로 우리를 트라우마에서 해방시킨다. 이때 소설은 일종의 '상상-거울'이다. 이 거울은 망각으로 흐릿해지는 기억을 되살려낸다. 기억이 꼭 직접 겪은 것이어야만 하는 것은 아니다. 이 기억의 범주에 겪을 수도 있는 일들, 겪어야 하는 일들, 겪었더라면 좋았을 일들도 다 포함된다. 소설이라는 '기억-거울' 속에는 삶의 본질과 정수가 비친다. 모호한 것에 대해 쓸 때조차 얼음처럼 투명하고, 가장 사소한 것에 대해 쓸 때 그 안에 깃든 사소하지 않은 의미를 찾아내 영롱한 의미체로 바꿔버리며, 서사 구조를 짤 때는 철학자 데카르트같이 명석함과 섬세함을 보여주는 하루키 소설을 읽는 것은 우리 안에서 사라진 노스탤지어와 삶의 본질을 되짚어보는 행위다. 하루키는 항상 현실 저 너머에서 작동하는 또다른 현실에 대해 쓴다. 그것을 시뮬라크르라고 해도 좋고, 판타지라고 해도 좋고, 비동시성의 동시성이라고 해도 좋다. 사회의 외톨이들이 부조리한 감각으로 현실 저 너머와 연결되고, 예측 불가능한 모험이 펼쳐지는데, 그것이 하루키 소설의 일관된 흐름이다.

하루키는 줄곧 일본 이야기만 쓰고 있다. 어쩌면 일본작가가 일본을 배경으로 펼쳐지는 일본 이야기를 쓰는 것은 너무나 당연한 일인지도 모른다. "일본어로 쓴다는 것은 일본인이란 무엇인가, 일본이란 어떤 나라인가를 생각하는 일이다." 하루키를 두고 탈국적이거나 무국적의 작가라고 말하지만 그는 기본적으로 일본의 정체성에 대해 사유하면서 일본어로 소설을 쓰고 있는 '일본작가'인 셈이다. 문학과 관련한 저널리즘 쪽에서 일한 바 있는 유카와 유타카, 고야마 데쓰로의 공동 대담으로 이루어진 『무라카미 하루키를 읽는 오후』는 하루키 초기 단편들부터 『색채가 없는 다자키 쓰쿠루와 그가 순례를 떠난 해』까지 보편적 해석을 펼친다. 이를테면 이런 것이다. 하루키의 장편에서는 왜 우는 작중인물이 나오는 경우가 많을까? 물론 사람이 우는 것은 슬픔 때문이다. 먼저 잃어버린 사람이나 대상이 일으키는 상실의 슬픔, 그다음은 그것들이 자신을 버티게 해주던 존재의 실체라는 깨달음에서 오는 고통 때문일 테다. 하지만 이런 해석이란 특이할 게 없는 지극히 평이한 것이다.

소설가는 끊임없이 인간 내면을 탐사하면서 인간이라는 수수께끼를 풀어가는 존재다. 범박하게 말하자면 인간은 빛과 어둠, 선과 악을 함께 가진 다중적인 존재다. 하루키는 소설가로서 인간의 부조리한 양면성에 주목한다. 『국경의 남쪽, 태양의 서쪽』에 나오는 "나라는 인간은 궁극적으로는 악을 행할 수 있는 인간이라는 사실을 알았다"라는 구절에서도 그 점은 드러난다. 사린 독가스로 불특정 다수의 살인을 기도한 옴진리교 사건을 다룬 르포르타주 『언더그라운드』나 『약속된 장소에서』를 내놓은 것도 인간 내면에 깃든 악의 실체를 파헤치기 위함이다. 그가 이 기이한 사건을 통해 엿본 것은 세계를 떠받치는 도덕과 규범이 무너진 혼란과 무질서의 어둠 속에서 꾸는 악몽들, 즉 아버지가 없어서 빚어진 "지표가 없는 악몽"의 세계였다.

『1Q84』가 전제주의적 관리사회로 변해버린 미래 사회의 공포에 대해 쓴 조지 오웰의 『1984』에서 반향된 작품이라는 것은 누구나 알 수 있는 사실이다. 유카와 유타카와 고야마 데쓰로는 대화 〈『1Q84』를 해독한다〉에서 "달이 하나만이 아닌 세계, 즉 원리주의에 대항하는 의지가 담긴 내용"으로 풀이한 것은 단순하고 평면적이다. 『1Q84』는 '아버지'를 잃은 세대의 상실감이라는 감정이 바탕이 되는 '제1의 세계'에서 나쁜 아버지들이 활개를 치면서 세상을 어지럽히는 두 개의 달이 뜨는, 부조리하고 기이한 어둠 속 '제2의 세계'로 갔다가 다시 아버지의 굴레에서 풀린 '제3의 세계'로 나아간다. '제3의 세계'는 다시 본래대로의 합리와 정연한 질서가 자리잡은 현실이다.

그런데 아버지가 부재하다는 조건은 변함이 없지만 이 현실은 애초의 현실과는 어딘지 모르게 달라진 세계다. 이 세계는 부재하는 아버지의 시간들이 공간화한 현실이다. 이것은 『1Q84』 3권 마지막 부분에 아오마메와 덴고 두 주인공들이 달이 지고 해가 뜰

때 별이 이동하는 장면에서 나온다. 이 장면은 이들이 자신도 모르게 '제3의 세계'에 들어왔다는 사실을 암시한다. 하루키 소설은 변증법적인 과정을 거쳐서 다양한 관점과 세계관이 얽히고 충돌하는 복잡한 세계로 진입하고 있다. 당연히 소설에서도 변화의 조짐들이 나타나는데, 바로 시점의 전환이다. 초기 소설의 일인칭 시점에서 삼인칭 시점의 소설로 바뀌는 것이다.

하루키는 시야의 협소함과 단순성에 귀착될 수밖에 없는 일인칭 시점에서 타자들을 더 객관적으로 드러낼 수 있는 삼인칭 시점으로 나아간다. 『해변의 카프카』와 단편집 『신의 아이들은 모두 춤춘다』를 거쳐, 일인칭 소설에서 "다양한 사람의 관점과 세계관이 서로 얽히는" 삼인칭 소설로 진화하는 서사의 변화 양상을 드러낸 작품이 『1Q84』다. 이것은 세계를 넓혀가면서 인간 이해의 복잡성에 도전하는 도스토옙스키의 세계와 닮았다. 『무라카미 하루키를 읽는 오후』를 다 읽고 난 뒤 아쉬움이 남는 것은 하루키 소설에 대한 해석의 평이함 때문이다. 특히 『1Q84』에서 등장하는 '리틀 피플'을 '작은 사람'이라는 뜻의 '왜인倭人', 즉 일본인으로 해석하는 것도 실소가 나올 만큼 자의적이다.

사이토 미나코의 『문단 아이돌론』에서 하루키에 대한 비판은 비하에 가까운 것이어서 조금은 놀랐다. 물론 이 책이 무라카미 하루키만 다루는 것은 아니다. 일본문단의 '아이돌'로 요시모토 바나나와 무라카미 류, 다치바나 다카시 등 여덟 명의 대중 '스타급'

작가와 지식인들이 함께 소환된 책이다. 사이토 미나코는 대중 소비 시대의 갑작스러운 도래와 함께 떠오른 이들 문단 '아이돌'에 대한 비판의 날을 세워 난도질한다. 첫번째 배심원단 앞에 불려나온 것은 하루키다. 하루키는 사소설 같은 일본문학의 전통에서 비켜서 있다는 점 때문인지 일본문단 한편에서는 하루키 문학에 대한 회의론이 여전히 존재한다.

하루키를 비판하는 이들은 '하루키 현상'을 일본의 '거품경제 시대'와 포스트모더니즘 이론의 소개에 맞물리며 '오타쿠 문화'에 편승한 오락 문학의 한 범주라고 폄하한다. 하루키 소설을 애니메이션이나 게임 문화의 한 변종으로 취급하며, "무라카미 하루키 해독 게임은 포스트모더니즘＝뉴 아카데미즘이라는 1980년대의 사상적 유행 속에서" 하루키 현상이 나타났다고 말한다. 사이토 미나코는 하루키 문학이 "독자의 참여를 부추기는 인터랙티브 텍스트"이고 "퍼즐이나 게임을 풀고 싶은 욕망을 자극하는" 측면을 지적하면서 "수수께끼를 푸는 솜씨를 자랑하고 싶어 안달난 젊은 비평가"들에게나 유혹적인 '문학 거품'의 일부로 단정하고 그 의미를 깎아내린다. 『태엽 감는 새』가 나온 시점에서 '자, 이제 오락실 영업은 끝. 게임 오버. 스위치 오프'를 선언했다" 투의 문장은 비아냥일 뿐 그 이상도 이하도 아니다. '전공투' '상실' '소외' '자폐' '다른 세계' 같은 코드를 숨긴 하루키 소설에 열광한 독자를 게임 중독자들과 동급의 부류로 취급하는 것은 지나치다는 느낌이 없지 않다. 하지만 하루키 문학이 일본 내부에서 이렇듯 냉정한 비판을 받으며 수용된다는 사실을 아는 것도 나쁜 일만은 아닐 것이다.

노스탤지어를 자극하는 소설들
「장님 버드나무와 잠자는 여자」, 1983

하루키 소설은 우리 안의 노스탤지어를 자극한다. 노스탤지어는 기억의 내밀한 삶에 가닿으려는 불가능한 욕망이고, 혹은 욕망이 품은 욕망의 불가능함이다. 노스탤지어는 잃어버린 것을 향한 오마주이다. 따라서 그것은 감미로운 슬픔을 동반한다. 노스탤지어는 가리키는 최종 목적지가 과거-미래이고, 예전에는 있었지만 지금은 없는 장소이다. 사라진 시간과 없는 장소에 가닿으려는 불가능으로 부풀어오른 욕망이라는 점에서 그것은 늘 좌절의 슬픔으로 귀결되는 것이다. "노스탤지어는 모든 반복이 진짜가 아님을 슬퍼하고, 반복을 통해 동일성에 도달 가능성을 부인하는 반복이다."•

　살아갈 시간은 줄고, 살아온 시간이 길어질 때 우리는 점점 더 노스탤지어의 침윤에 취약해진다. 연어가 먼 항해를 마치고 결국은 모천母川으로 회귀하듯이 우리는 저마다 늘 엷은 슬픔을 품은

• 수잔 스튜어트, 『갈망에 대하여』, 박경선 옮김, 산처럼, 2016, 60쪽.

채 기원을 향하는 것이다. 말할 것도 없이 기원은 인류가 잃어버린 원초의 낙원이다. 가장 좋은 소설은 늘 내 안의 상실과 부재, 즉 내 안의 순진무구한 노스탤지어를 자극함으로써 온통 감미로움으로 물들인다. 하루키의 좋은 소설을 읽을 때마다 내가 엷은 슬픔을 느끼는 것은 그 때문이다.

「장님 버드나무와 잠자는 여자」는 하루키의 초기 장편 『양을 쫓는 모험』(1982)과 『세계의 끝과 하드보일드 원더랜드』(1985) 사이에 쓴 단편을 모은 『반딧불이』(일본 출간 당시 원제는 『반딧불이·헛간을 태우다·그 밖의 단편』)에 실린 작품이다. 일본의 1980년대는 소비주의와 정보화에 바탕을 둔 고도자본주의 사회에로 빠르게 변화하던 시대이다. 정치적 대안들, 즉 정치적 연대 속에서 모색하던 이상주의와 선, 세상을 바꿀 수 있다는 낙관적 기대가 무너지고, 그 대신 빈자리를 풍요로운 소비와 경제에 대한 과잉의 기대가 차지해버린다. 하루키 세대에게 '전공투'의 몰락과 대학생활을 동시에 끝내고 사회로 나와 맞은 삼십대 시절은 상실과 고갈의 시기다. 이 세대에게 1980년대란 반딧불이 같은 희미하게 가물거리던 청춘의 빛이 사라진 시대다. 과거의 몰락과 함께 밀려온 소비주의 현실의 도래를 목격하며 환멸에 진절머리를 친다. 하루키의 『바람의 노래를 들어라』와 『1973년의 핀볼』은 새롭게 도래한 사회에 부적응을 보이며 몰락하는 이들의 심리와 방황을 인상적으로 묘사한다. '쥐'가 바로 그것의 표상적 인물이다.

초기 단편인 「장님 버드나무와 잠자는 여자」는 스물다섯 살 된 풋풋한 청년의 싱그러운 이야기다. 하루키 소설의 좋은 특징, 즉 노스탤지어를 자극하는 일면이 고스란히 드러나 있다. 5월, 초여름의 밝은 기운이 넘치는 어느 날에 '나'는 난청을 앓고 있는 14세의 사촌동생을 데리고 병원을 가는 중이다. '나'는 사촌동생과는 어딘지 모르게 격절감을 느낀다. 그것은 아주 사소한 세대차 같은 것인데, 이를테면 "잃어버린 경험이 없는 인간에게 잃어버린 것을 설명하는 것은 불가능하다"라거나 "내가 이 소년에게 해줄 수 있는 얘기는 아무것도 없는 것 같다. 뭔가 필요한 말을 해주려고 해도 말이 순간 제대로 나오지 않았다"라는 문장 따위에서 드러난다.

> 등을 쭉 펴고 눈을 감자 바람 냄새가 났다. 과실처럼 풍요로움을 머금은 바람이었다. 거기에는 까칠한 껍질이 있고, 과육의 끈적거림이 있고, 씨앗의 도톨거림이 있었다. 과육이 공중에서 터지자 씨앗은 부드러운 산탄이 되어 내 맨팔에 박혔다. 그리고 그뒤에는 미미한 통증이 남았다.
>
> ─「장님 버드나무와 잠자는 여자」 중에서

첫 시작에서 후각(바람 냄새)과 촉각(까칠함, 끈적거림, 도톨거림)과 통각(미미한 통증)이 어우러져 오감을 자극한다. 오감을 풍성하게 자극하는 이 외부적인 것들은 우리 안의 살아 있음의 영롱함을 일깨운다. 이것은 죽거나 사라진 것들에 대한 애틋함을 생생하게 되새기는 배경이다. 오감의 생생함 속에서 살아 있음은 도드라지고, 저 너머 망각의 소실점 뒤로 사라진 것들에 대한 기억은 아련해진다. 좋은 작가와 나쁜 작가의 차이는 흩어져 있는 삶의 재료들을 모아 설계를 짜서 구조화하고 이야기들을 감각적 명료화를 통해 얼마나 잘 빚어내느냐에 따라 갈린다. 작가는 소극적 독자를 작품 안으로 끌어들이고 흔들어놓아야 한다. 그렇게 함으로써 독자를 "감응되고 유도된 행위자"로, "주관적이고 적극적인 열광자"로 바꿔놓아야 하는 것이다.● 하루키 소설은 대개 치밀한 설계로 잘 짜인 작품들이다. 구조에 거의 빈틈을 찾아볼 수가 없는 것이다.

'나'와 사촌동생은 병원으로 가는데, 이 여정은 흘러가 지금은 없는, 오로지 기억에만 남은 어느 한때, 과거-미래로 가는 여정이다. 「장님 버드나무와 잠자는 여자」는 잃어버린 시간과 장소를 찾아가는 여정을 다룬다. 두 사람이 탄 버스 승객들은 둘을 제외하고는 모두 노인들이다. '나'는 "버스 안을 지배하고 있는 기묘한 분위기"를 감지하는데, 그것은 바로 "마치 전세버스처럼 버스의 승객 전원이 노인들"인 데서 비롯된 것이다. 이것은 "어딘지 비현실적이고 낯선 광경"이다. '나'는 왜 버스 안의 노인들에게서 비현실적이고 낯선 느낌을 가졌을까. 노인들은 소실점 너머로 사라지기

● 배수아, 「옮긴이의 말」(로베르트 발저, 『산책자』, 배수아 옮김, 한겨레출판, 2017, 379쪽.)

직전에 놓인 존재다. '나'는 비상한 직관력으로 노인에게서 소멸의 냄새를 맡는다.

'나'는 오랜만에 예전 동네로 돌아온 탓에 노스탤지어의 감미로움에 젖은 옛 기억을 떠올린다. 노스탤지어에 젖은 사람은 사라져 이제는 아련함 속에서 그 자취만 찾을 수 있는 과거에 매료된 사람이다. 노스탤지어는 실재의 사라짐이 전제되지 않고는 그 동력을 가질 수 없다. 노스탤지어는 실재가 아니라 실재에 달라붙어 바글거리던 욕망과 그 욕망의 아우라를 뒤쫓는 욕망이다. 그것은 실재가 아니기 때문에 유토피아를 대신할 수 있다. 노스탤지어는 현재를 부정하고 과거를 동경하게끔 이끈다. "노스탤지어는 대상 없는 슬픔, 갈망을 만들어낸 슬픔이다."• 노스탤지어는 우리가 기억의 주인이라는 사실을 일깨우면서 이렇게 명령한다. 기억하라, 그리고 새로워져라!

'나'의 안에서 꿈틀대는 노스탤지어의 기원은 열일곱 살 때 친구와 함께 친구의 여자친구가 입원한 바닷가 병원으로 병문안을 갔던 기억이다. 친구의 여자친구 ─친구의 여자친구라는 점에서 불가능한 욕망의 대상이다. 대상을 향한 불가능함이 대상을 향한 주체의 애틋함을 더욱 키운다─ 는 아름다웠고, 환자복 사이로 "햇볕에 전혀 그을리지 않은 하얀 가슴"이 얼핏 드러난다. '나'는 친구의 여자친구가 몸을 구부릴 때 보인 브이자로 파인 유방 사이의 매끄럽

• 수잔 스튜어트, 앞의 책, 59쪽.

고 하얀 살을 기억한다. '나'의 노스탤지어는 거머쥘 수 없는 대상에 대한 욕망, 애초에 실현이 불가능한 욕망이다. 언제나 결핍과 부재로서만 존재하는 그 친구의 여자친구에서 비롯된 노스탤지어는 '나'를 멜랑콜리로 빠뜨린다. 노스탤지어는 살아낸 경험에서 비롯되는 것이지만 그 시간, 그 대상으로 회귀할 수 있는 수단이 없다. 그런 까닭에 이 슬픔은 대상 없는 슬픔이고, 갈망을 자극하는 슬픔이라고 할 수 있다.

"장님 버드나무는 겉으로 보기에는 아주 작지만, 뿌리는 상상도 할 수 없을 만큼 깊어." 그녀는 설명했다. "실제로 어느 수령에 도달하면 장님 버드나무는 위로 자라는 걸 멈추고 아래로 아래로만 뻗어가. 그래서 어둠을 양분 삼아 자라."

―「장님 버드나무와 잠자는 여자」 중에서

'나'는 콜라를 마시고 협죽도를 바라보았던 당시의 아련한 기억을 헤집어보며 그 여자가 했던 장님 버드나무와 잠자는 여자에 대한 이야기를 떠올린다. 어쩐지 '나'는 친구의 여자친구가 펼쳤던 장님 버드나무와 잠자는 여자의 이야기를 잊지 못한 채 기억한다. 여자는 어딘가에 장님 버드나무가 있고, 그 버드나무의 꽃가루를 묻힌 작은 파리가 귓속으로 들어가 여자를 잠재우는 얘기를 천연덕스럽게 펼쳤다. 하지만 장님 버드나무 따위는 이 세상 어디에도 없다. 어둠을 양분 삼아 자라는 나무란 것은 공상 속에서나 있는 식물이다. 장님 버드나무가 자라는 땅은 일종의 유토피아다. 그것의 본질은 부재함이다.

「장님 버드나무와 잠자는 여자」는 일종의 유토피아, 혹은 잃어버린 대상, 혹은 흘러가버린 청춘의 아름다운 한때를 기리는 우화다. 청춘의 한때는 돌연 나타났다가 사라진 천사 같은 것이다. 그것은 아름답지만 영원히 머물지 않는다. 눈부시게 청명한 여름날, 아름다운 친구의 여자친구, 그 여자친구의 얘기 속 장님 버드나무와 잠자는 여자, 이 모든 것은 꿈결같이 아련한 시간 저 너머로 사라진다. 그때 친구는 죽고 없고, 그 친구의 여자친구 역시 어디에 사는지 모른다.

시간은 흘러가고, 한번 흘러간 것은 돌아오지 않는다. 시간이 흘렀어도 갈망은 여전히 남아 있다. 하지만 대상은 영원히 부재인 채로 있다. 대상이 부재인 까닭에 이 갈망은 영원한 욕망으로 굳어진다. '나'는 병원에서 치료를 끝낸 사촌동생을 데리고 이 상실과 허망함을 안은 채 버스를 탄다. 「장님 버드나무와 잠자는 여자」가 여운을 남기는 것은 이 작품이 청춘에 바치는 송가頌歌이기 때문이다. 청춘의 갈망과 상실, 그로 인한 청결한 고독, 청춘의 아우라를 좇는 노스탤지어는 하루키 초기 문학의 한 원형질이다.

「장님 버드나무와 잠자는 여자」는 일종의 유토피아,
혹은 잃어버린 대상, 혹은 흘러가버린 청춘의 아름다운 한때를 기리는 우화다.
청춘의 한때는 돌연 나타났다가 사라진 천사 같은 것이다.
그것은 아름답지만 영원히 머물지 않는다.

2부

두 개의 달이 뜬 세계

'비'와 '우물'

하루키 소설 속 이미지에 대하여

하루키 단편 중에서 강렬한 인상을 남긴 또다른 작품을 꼽자면 「땅속 그녀의 작은 개」이다. 첫 단편집에 실린 「중국행 슬로보트」와 마찬가지로 스토리는 단순하다.

'나'는 해마다 비수기의 리조트 호텔을 찾는다. "창밖에는 비가 내렸다. 비는 벌써 사흘째 내리고 있었다. 단조롭고 개성 없고 끈질긴 비였다." '나'는 비가 내리는 날, 한산한 호텔 식당에서 혼자 식사를 하고, 혼자 위스키를 마시며 시간을 보낸다. 비는 사흘 내내 계속 내린다. "눈을 뜨면 언제나 비가 내리고 있었다." '나'는 비에 갇혀 내내 비를 바라본다. 리조트 호텔에 도착한 첫날부터 내리기 시작한 비는 "머리를 혼란스럽게" 하고, "오랫동안 비를 보고 있으면 비 쪽이 현실인지 내 쪽이 현실인지 알 수 없"게 만든다. 비는 현실 인식을 흐리게 만들어서 현실과 비현실의 중간쯤에 머물게 하는 것이다. '나'는 불가피하게 비의 영향에서 벗어나지 못한 채 있다.

창으로는 바다가 보였다. 평소 같으면 수백 미터 앞쪽 해안선에 작은 초록빛 섬이 보일 테지만 오늘 아침은 그 윤곽조차 찾을 수 없었다. 비가 회색 하늘과 어두운 바다의 경계를 완전히 지워버렸다. 빗속에서 모든 게 흐릿하게 번졌다. 하지만 모든 게 흐릿하게 번져 보이는 것은 내가 안경을 잃어버린 탓인지도 모른다. 나는 눈을 감고 눈두덩 위로 안구를 지그시 눌렀다. 오른쪽 눈이 몹시 뻑뻑했다. 잠시 뒤 눈을 떴을 때도 비는 여전히 내렸다. 그리고 초록빛 섬은 그 뒤에 가려져 있었다.

—「땅속 그녀의 작은 개」 중에서

비 내리는 날씨와 낮게 흐린 하늘, 젖은 땅은 단순한 배경이 아니다. 비와 흐린 날씨는 우리의 감정과 몸에 영향을 미칠 뿐만 아니라 이 단편에서 중요한 상징물이다. 비는 해안선 너머에 있는 초록빛 섬의 윤곽조차 찾을 수 없게 하고, 하늘과 바다의 경계를 지우면서 "모든 게 흐릿하게" 번져 보이게 한다. 비는 사물이나 풍경의 윤곽을 가리고 흐릿하게 숨긴다. 풍경을 감추고 숨기는 비는 때때로 풍경들에 알 수 없는 멜랑콜리와 기품을 부여한다. '나'는 그 비에 민감하게 반응한다. "나는 사흘 내내 비를 보고 있었기에 비를 바라보는 방식에 대해서는 상당한 전문가가 되어 있었다. 정말로 비를 바라보는 인간과 그렇지 않은 인간을 구별할 정도는 된다." 비가 연이어 내리는 궂은 날씨 탓에 실내는 습기를 잔뜩 머금은 공기로 음습하고 축축해진다.

비가 오는 동안에는 모든 사물이 과장되어 보이게 하는 어떤 어둠이 있다. 게다가 이 비는, 우리 몸을 얼마간 명상으로 인도하여 그 영혼을 보다 한없이 섬세하게 만드는 과정을 통해 친숙하게 말을 건넨다. 비는 이런 소리로도 말한다. (⋯⋯) 끊임없이 귀를 사로잡으며 주의를 끌고 숨 돌릴 겨를을 주지 않는다. 벽, 나무, 바위에 밴 습기가 자아내는 이런 갈색조는 모든 사물의 인상에 덧입혀진다. 그리고 그것이 나그네의 주변에 펼쳐내는 고독과 침묵은, 사람과 동물이 모두 조용히 각자의 안식처로 돌아가도록 만들기 때문에, 더욱 분명한 인상을 주게 된다. 외투를 입고 모자를 눌러쓴 채 인적 없는 오솔길을 천천히 걸어가는 나그네는 주변의 모든 것에서 강한 인상을 받게 되는데, 그 모든 것은 그의 시야와 상상력 속에서 확대된다. 시냇물은 불어 있고 풀은 더 무성하며 바위의 윤곽은 더 뚜렷해진다. 하늘은 지상에 더 가깝게 낮아지고 모든 사물은 더 좁아진 지평 안에 갇혀 더 많은 자리를 차지하고 더 커지는 것이다.●

비 오는 날은 빛이 차단되는 탓에 어둡다. 비는 단조로운 소리를 내며 내리고, 이곳과 저곳을 차단한다. 비는 저쪽 세계를 흐릿하게 만든다. 비는 습기로 떠돌다가 벽과 사물들에 스민다. "비는 계속 줄기차게 내렸다. 커튼과 시트, 소파, 벽지, 모든 것이 눅눅했다." 온 방은 습기로 가득찬다. 비는 고독과 침묵의 세계를 불러온

●알랭 코르뱅 외, 『날씨의 맛』, 길혜연 옮김, 책세상, 2016, 14~15쪽에서 재인용.

다. 비가 흐릿하게 만드는 것은 풍경만이 아니다. '나'의 미래 역시 모호하고 불투명하다. '나'는 여자친구와 조만간 헤어질지도 모른다. 빗발이 성겨지고 이윽고 그치지만 '나'는 여전히 비의 세계에서 벗어나지 못한다. '나'는 자면서 생생한 꿈을 꾸는 가운데 "온몸이 흠뻑 젖도록 땀"을 흘리고, 욕실로 들어가 샤워 꼭지를 튼다. "뜨거운 물이 소리를 내며 욕조 바닥을 내리쳤다." '나'의 주위를 물의 세계가 포박하고 있고, '나'는 그 한가운데에서 표류중이다.

이 표류는 심리적인 것이지만, 더 큰 표류에 대한 암시일지도 모른다. '나'는 늘 운運이 좋다고 생각한다. 그러나 어느 순간 운의 양상이 바뀐다. "우선 여자친구와 싸웠다. 그다음은 비가 내리기 시작했다." 비는 명백히 바뀌어버린 운의 양상을 암시한다. "호텔방에서 그녀(여자친구)의 아파트로 몇 번 전화를 걸었다. 아무도 받지 않았다. 신호음만 하염없이 울렸다." 그리고 "나는 아무도 없는 풀장이 좋아. 조용하고, 모든 것이 멈춰 있고, 어딘지 모르게 무기질적이고"라고 말하는 낯선 여자의 제안으로 호텔 풀장에서 데이트를 한다. '나'는 풀장 수면을 가로지르는 잔물결을 바라보며 여자의 얘기를 듣는다.

"시체는 정원에 묻기로 했어." 그녀가 말을 이었다. "정원 한 귀퉁이 황매화나무 옆에. 아버지가 구덩이를 파줬어. 5월 어느 날 밤이었지. 그렇게 깊이는 아니고, 70센티미터쯤? 내가 가장 아끼던 스웨터로 개를 감싸서 나무상자에 넣었어. 위스키 상자였나. 그 안에 이것저것 같이 넣어줬어. 나와 함께 찍은 사진이랑 사료랑 내 손수건, 항상 갖고 놀던 테니스공에 내 머리카락도 넣었어. 그리고 예금통장도."

— 「땅속 그녀의 작은 개」 중에서

'나'는 여자친구와 다툰 뒤라 여자친구는 도쿄에 남고 혼자 리조트 호텔에 휴가를 온다. 여자친구와의 이별을 앞두고 약간의 쓸쓸함과 한가로움 속에서 업무를 처리하거나, 텔레비전으로 스포츠 뉴스를 보면서 맥주를 마신다. 그리고 비 내리는 휴가지의 리조트 호텔에서 한 여자를 만나고 대화를 나눈다. 여자가 꺼낸 얘기는 뜻밖에도 죽은 개에 대한 것이다. "눈을 뜨면 언제나 비가 내리고" "온몸이 흠뻑 땀에 젖은 채" 깨어나고, 다시 물이 가득찬 풀장 가에서 낯선 여자와 데이트한다. 이렇듯 '나'를 집요하게 따라다니는 비와 물은 "정원 한 귀퉁이 황매화나무 옆에" 구덩이를 파고 묻은 죽은 개로 이어진다. 「땅속 그녀의 작은 개」를 뒤덮은 것은 비와 물의 이미지다. 비는 지상으로 내려 땅을 적시고 지하로 스민다. 비와 땅은 서로를 받아들인다. 여기에는 생명인 불이 깃들여지가 없고, 오직 차갑고 축축한 물만 받아들인다. 땅속 구덩이에 죽은 개가 묻힌다. 비의 주요 성분은 물이다. 차고 축축하며 끈적이고 어두운 물은 죽음이고, 여성적 물질이다.

반면 불은 그 본질에서 남성적 원소, 유황에서 나온다. 남성의 고환은 불의 씨앗들을 저장하는 작은 창고다. 남성을 움직이는 것은 힘, 용기, 의지다. "사물들의 여성적 원리는 표면과 외피의 원리요, 품이요, 은신처요, 포근함이다. 남성적 원리는 중심의 원리요, 불꽃이나 의지처럼 능동적이고 갑작스러운 '힘'의 중심이다."● 여성의 수태는 오로지 불을 가진 남성의 생식력을 제 안으로 끌어당길 때만 가능하다. 여성의 질膣은 불의 정기를 자궁으로 이끄는 도관이다. 남성의 생식력만이 여성적 물에 작용하여 수태시킬 수 있다. 즉 물에 작용하여 형태를 결정짓는 불은 수컷의 원소다. 정낭은 불의 씨앗들, 정액이라는 액체화된 불의 저장소다. 여자들은 이미 그 내부에 남성적 요소들을 숨긴 "신비스러운 남자들"이다. 거꾸로 불의 원리로 움직이는 남성적 활동들, 팽창 같은 물리적 활동들을 전유하는 남자들은 실은 "열에 의해 팽창된 여성"일 뿐이다.

비는 물의 대표 이미지 중 하나다. 하루키 소설에서 물은 비와 우물과 바다 이미지로 변주된다. 하루키의 작중인물은 '우물'을 통해 이어지는 수로水路를 통해 달아난다. 우물은 이쪽 세계와 저쪽 세계를 잇는 경계에 놓여 있다. 우물은 이쪽 세계에서 벗어나는 출구이자 낯선 저쪽 세계에로 들어서는 입구다. 하루키의 등단작 『바람의 노래를 들어라』에 나오는 '화성의 우물'도 잊을 수가 없을 만큼 인상적이다. '깊은 우물'의 모티브는 여러 소설에서 변주된다. 우물 이미지는 『바람의 노래를 들어라』『노르웨이의 숲』『태엽

● 가스통 바슐라르, 『불의 정신분석』, 김병욱 옮김, 이학사, 2007, 103쪽

감는 새』에 되풀이해서 나온다. 하루키는 "화성의 지표에 무수히 퍼진 바닥 없는 우물"의 이야기를 길게 늘어놓는데, '화성의 우물' 은 물이 없는 메말라버린 우물이다. 그것은 생명 없는 세계, 즉 고 갈과 불모의 표상이다.

그것은 화성의 지표에 무수히 파여 있는 바닥 없는 우물 속으로 내 려간 청년의 이야기다. (……) 물론 몇 명의 탐험가와 조사대가 우 물 속으로 내려갔다. 로프를 가진 사람들은 끝이 없는 우물의 깊이 와, 옆으로 나 있는 긴 굴 때문에 되돌아와야만 했었고, 로프를 지 니지 않았던 사람들은 그 누구도 돌아오지 못했다.

어느 날, 우주를 방황하던 한 청년이 우물 속으로 들어갔다. 그는 우주의 광대함에 권태를 느끼고, 아무도 모르게 죽으려 했던 것이 다. 우물 밑으로 내려갈수록 조금씩 기분이 좋아졌고, 기묘한 힘이 부드럽게 그의 몸을 감싸기 시작했다. 1킬로미터가량 내려간 그는 적당한 굴을 발견하고 그곳으로 기어들어가 구불구불한 그 길을 정처 없이 계속 걸어들어갔다. 몇 시간을 걸었는지 알 수가 없었 다. 시계가 멈춰버렸기 때문이다. 두 시간일지도 모르고 이틀일지 도 몰랐다. 공복감이나 피로감은 전혀 없었으며, 처음에 느낀 기묘 한 힘은 변함없이 그의 몸을 감싸고 있었다.

그리고 어느 순간, 그는 갑자기 햇빛을 느꼈다. 우물 속 옆으로 나 있는 굴은 다른 우물과 연결되어 있었던 것이다. 그는 우물을 기어 올라가 다시 지상으로 나왔다. 그는 우물의 가장자리에 걸터앉아 서 무엇 하나 가로막는 것이 없는 황야를 바라보고 태양을 바라보았다. 그런데 뭔가가 달랐다. 바람의 냄새, 태양……

—『바람의 노래를 들어라』 중에서

물은 하루키의 중요한 원형 상징 중 하나다. 비는 공중을 흐르는 물이고, 우물 속 물은 지하에 침잠된 물이다. 비가 가벼운 물이라면, 우물 속 물은 무거운 물이다. 우물은 '나'의 무의식의 저 깊은 곳이고, 세계와 차단된 은신처이자 미지의 어둠이 도사리고 있는 비밀스러운 세계다. 이 '우물'은『노르웨이의 숲』에서 나오코가 요양하던 곳의 들판에 있던 그 우물이다. "그렇다. 그녀는 나에게 들판의 우물 얘기를 하고 있었다. 그런 우물이 실제로 존재하고 있었는지 어떤지 나는 모른다. 어쩌면, 그것은 그녀의 내부에만 존재하는 이미지나 기호였는지도 모른다."『노르웨이의 숲』의 우물은 물이 솟아나는 원천이고, 지하의 심연이다. 우물은 어둠을 머금고 있는 공동空洞이며 비밀스러운 장소다. 우물은 요나의 배 속, 깊은 구렁, 무덤, 동굴의 이미지와 겹쳐진다. 나오코는 병든 몸을 들판에 버려진 우물에 던져 죽는다. 우물이 여성의 자궁을 상징한다는 점에서 우물에 투신하는 행위는 죽음과 동시에 다시 태어나고 싶다는 무의식의 욕망을 보여준다. 하루키의 작중인물들이 자주 우물 속으로 숨는 것은 두 겹의 의미를 갖는다. 우물은 죽음의 자리이자 새롭게 다시 태어나는 갱생의 자리인 것이다.

나는 그 완벽한 어둠의 바닥에 웅크리고 있었다. 눈으로 볼 수 있는 것은 무無뿐이었다. 나는 그 무의 일부가 되어 있었다. 나는 눈을 감고 나의 심장 소리와 혈액이 체내를 순환하는 소리, 폐가 풀무질하듯 수축하는 소리, 그리고 미끈미끈한 내장이 먹을 것을 찾아 몸을 비비꼬는 소리를 들었다. 깊은 어둠 속에서는 모든 움직임이, 모든 진동이 부자연스럽게 확장되어 있었다. 이것이 나의 육체인 것이다. 그러나 어둠 속에서 그것은 너무나 생생하게 살아 있는 몸뚱이였다.

—『태엽 감는 새』 2권 중에서

우물은 세계와 격리된 어둠의 세계다. 거기서 발견하는 것은 무無와 죽음이다. '나'는 그 우물 속에서 죽음에 포박되어 있는 육체의 생생함과 마주친다. '나'는 육체가 죽음에 가녀린 상태로 맞서며, 심장 박동 소리와 혈액이 순환하는 소리, 폐가 풀무질하며 수축하는 소리, 그리고 음식물을 소화시키며 내는 장腸의 소리에 귀를 기울인다.

『태엽 감는 새』 1부에서 2부로 이어지는 끝자락에 작중인물인 오카다 도루가 풀에서 수영을 하다가 환영에 빠져 익사 직전 구조원에게 구출되는 이야기가 나온다. 일인칭 화자인 '나'는 수영을 하다가 풀이 우물의 밑바닥이라는 환영으로 말려들어간다. '나'는 "그 우물은 세계의 모든 우물 가운데 하나며, 나는 세계의 모든 나 가운데 한 사람이었다"라고 말한다. '나'는 마른 우물의 세계에서 벗어나 물의 세계로 넘어온다. 작중인물이 마른 우물에서 만난 것은 무와 죽음이다. 이제 그 무와 죽음, 고갈과 불모의 세계에서 생명과 정화로 표상하는 우물의 세계로 넘어온 것이다.

출렁이는 물이 감싼 물의 심연에서 "오랜만에 조용하고 안락한 기분"과 "안에서 얼어붙었던 몇 가지가 무너지고 녹아내리는 것"을 느낀다. 그리고 갖가지 "기억과 생각과 감촉이 한꺼번에 밀려와서 내 안에 있던 감정의 덩어리 같은 것은 흘려"보낸다. 무엇인가 '나'의 안에 있던 것이 무너지고 녹아내린다. 이렇듯 해체와 붕괴되는 것은 과거 속에서 딱딱하게 굳어진 '나'다. 다시 말해 흐름과 맥락을 잃은 채 뒤죽박죽이 되어버린 혼란의 세계에서 무력함과 불안, 절망으로 화석화된 채 '죽은 삶'을 겨우 이어가던 과거의 '나'다. 물의 심연에서 과거의 '나'는 죽고 새로운 '나'가 생명을 얻어 깨어나는 것이다. 『태엽 감는 새』에서의 우물은 죽음과 정화, 그리고 재생을 주는 신성한 그 무엇의 표상이다.

하루키의 소설에서 물은 비와 우물과 바다 이미지로 변주된다.
우물은 이쪽 세계와 저쪽 세계를 잇는 경계에 놓여 있다.
우물은 이쪽 세계에서 벗어나는 출구이자 낯선 저쪽 세계에로 들어서는 출구다.

친구여, 중국은 너무도 멀다

「중국행 슬로보트」, 1980

하루키 문학의 매력은 무엇인가? 내가 하루키 문학의 열혈 독자가
된 것은 우연의 일이었을 테다. 인생은 믿을 수 없는 우연의 연속
이다. 평생 한 번 만날 수 있을까 말까 한 모란앵무새를 기르는 특
이한 취미를 가진 사람을 하루 두 번이나 잇달아 만난다거나, 그
날 오후 자신이 좀생이별에 다녀왔다고 주장하는 안경 쓴 외과 의
사와 무릎을 맞대고 커피를 마실 수 있는 게 인생이다.

내가 하루키 소설을 읽은 건 고독했던 탓이라고 해두자. 하지만
고독은 실존의 근원 조건이 아닌가. 치매 환자나 식물인간은 고독
의 명석함에 빠질 수가 없다. 그들에겐 실존의 디테일이라는 게
아예 소멸되어버리기 때문이다. 고독이 없는 자에게는 삶의 오롯
함도 있을 수 없다. 마찬가지 이유로 동물에겐 고독이 없다. 나는
우연과 고독 속에서 하루키 소설을 찾아 읽었다.

하루키 소설을 읽고 나면 기분이 좋아진다. 가을날 환한 햇빛이
쏟아져 들어오는 창가 의자에 앉아 하루키의 「중국행 슬로보트」나

「장님 버드나무와 잠자는 여자」를 읽을 때 행복감이 가득 차오른다. 「중국행 슬로보트」의 끝부분에서 "그래도 나는 그 옛날 충실한 외야수로서의 자그마한 자부심을 트렁크 바닥에 챙겨놓고 항구의 돌계단에 앉아 텅 빈 수평선 위로 언젠가 모습을 드러낼지도 모르는 중국행 슬로보트를 기다릴 것이다. 그리고 중국 거리의 빛나는 지붕을 그리워하고 그 푸른 초원을 기다릴 것이다"라고 이어지는 문장을 읽을 때 가슴을 스치고 지나가는 그리움으로 내 가슴은 뭉클해진다. 그 찰나 돌연 나를 감싼 것은 사랑하던 것들이 저만치 물러나 아련해진 느낌이었다. 작중화자는 항구의 돌계단에 앉아면 수평선을 바라보며 제 안에 가득찬 두려움을 떨치고 일어날 결심을 굳힌다. 4번 타자가 몸 쪽 변화구를 두려워하지 않듯이, 혹은 혁명가가 교수대를 두려워하지 않듯이. 이 단편은 "친구여, 중국은 너무도 멀다"라는 돌연한 문장으로 끝난다. 하루키가 꿈꾼 거리의 빛나는 지붕들과 푸른 초원이 펼쳐진 '먼 중국'은 어디일까? 아마도 그곳은 사람들이 그토록 꿈꾸는 유토피아나 샹그릴라 같은 장소가 아닐까?

나는 「중국행 슬로보트」를 처음 읽던 시절에서 멀리 떨어져 있다. 그 시절의 여자와는 헤어졌고, 그뒤 몇 번이나 실패를 겪고 인생이 복잡하게 뒤엉켜 그것을 헤치고 나오느라 힘들었다. 나는 시련에 휘둘려 지칠 때마다 하루키 소설을 읽던 행복한 순간을 기억하려고 애썼다. 무념무상 속에서 그 행복의 원형질을 느껴보려고 집중하면 가슴을 옥죄는 압박감에서 벗어날 수가 있었다.

하루키 소설은 왜 기분을 좋게 만드는 것일까?
더 나아가 하루키 소설은 오늘 어떤 의미를 갖는가?
젊은 독자들은 왜 그토록 하루키 소설에 열광할까?
나는 그런 물음들을 가슴에 품고
'하루키 월드'를 가로지르는 모험에 나서려고 한다.

이렇듯 하루키 소설은 상실과 붕괴를 겪은 사람들조차 세상은 살 만한 것이다, 라고 말하며 격려의 의미로 우리 어깨를 툭, 두드려준다. 어디선가 난민들은 떠돌고 테러로 사람들이 죽거나 다치지만 아직 세상은 살 만하고, 내가 품은 근심들이야말로 가장 하찮아 보인다. 돈을 떼먹고 달아난 동창생 녀석이 뻔뻔한 얼굴로 나타나더라도 껄껄 웃으며, 사람이 살다보면 그럴 수도 있지, 라고 관용을 베풀 수 있을 것 같다. 하루키 소설 어딘가에는 '행복 DNA'가 숨어 있는 듯하다. 그러니 의기소침하고 우울한 날 오후에 홍차 한 잔을 마시며 하루키 소설을 읽으면 그 효과는 만점이다.

하루키 소설은 왜 기분을 좋게 만드는 것일까? 더 나아가 하루키 소설은 오늘날 어떤 의미를 갖는가? 세계의 젊은이들은 왜 그토록 하루키 소설에 열광할까? 하루키 소설의 그 무엇이 그들의 심장을 뛰게 하는가? 나는 그런 물음들을 품고 '하루키 월드'를 가로지르는 모험에 나서려 한다. 하루키의 중요한 작품들, 즉 초기 단편 『바람의 노래를 들어라』(1979)에서 『기사단장 죽이기』(2017)에 이르기까지 꼼꼼하게 읽고 여러 이미지의 의미를 되새겨보고 싶다.

나는 1990년대로 접어들며 한국에 분 '하루키 현상'을 가장 가까운 거리에서 지켜보았다. 한국에서는 소수를 제외하고는 대부분 무라카미 하루키라는 작가를 모르던 시절, 나는 한 작은 출판사에서 저작권 계약 없이 해적판으로 펴낸 『바람의 노래를 들어라』를 그 소설 형식의 새로움에 감탄하며 읽었다. 얼마 뒤 문학사상사에서 『상실의 시대』(원제 『노르웨이의 숲』)가 나왔을 때, 재빠르게 읽고 작가들과 가진 술자리에서 『상실의 시대』는 정말 뛰어난 연애소설이며, 감히 스콧 피츠제럴드의 『위대한 개츠비』와 견줄 만한 작품이라고 과장되게 떠들었다. 이 소설이 일본에서 몇백만 부가 팔렸다는 사실은 나중에야 알았다. 곧 하루키 열풍이 일어나고, 국내의 출판사들이 다투어 하루키 소설과 산문집들을 번역해서 펴내기 시작한다. 그 무렵 하루키의 불가사의하고 기묘한 이야기들은 담은 소설들, 『바람의 노래를 들어라』에서 『1Q84』까지를 읽고, 또한 경쾌하고 명징한 세계 인식과 재치 넘치는 문장이 빛나는 산문집을 두루 찾아 읽었다. 『문학사상』 등의 청탁을 받아 여러 편의 '하루키론'을 발표했는데, 그 평론 중, 더러 일본에도 소개된 바가 있다.

> 한국의 문학평론가인 장석주씨는 "무라카미 하루키의 소설을 읽는 일은 즐겁다. 나는 그의 소설에서 '동시대성의 감각'을 발견한다" 라고 썼다. 그리고 "무라카미 하루키라는 이름은 역사, 신, 이념과 같은 절대적인 가치가 붕괴한 이래, 집단에서 개별화로, 이념에서 욕망으로 달려가는 고도자본주의 세계인 1990년대의, 새로운 문학의 상징이고 기호다"라고 썼다. ●

● 구리모라 료이치, 「'상실의 시대'의 젊은이들」. 이 글은 한국에서 교도통신사 특파원을 역임한 료이치 씨가 쓴 『한(恨)의 나라 견문록』에 나오는데, 이것을 『하루키 문학 수첩』(문학사상사 자료연구실 편저, 문학사상사, 1996, 60쪽)에서 재수록한 것이다.

구리모라 료이치라는 한 일본 언론인이 쓴 책에서 내 비평 문장을 언급한 대목을 발견하고 놀랐다. 뭐, 새로운 분석이나 이해는 아니지만 어떤 반향이 있었던 것은 사실이다. 하루키의 작중인물들은 대개 알 수 없는 미스터리와 함께 혼란과 고독에 유폐된다. 인생에서 상실의 경험을 겪은 채 외톨이로 남겨져 어둠의 가장 밑바닥에 가라앉아 있다가, 이윽고 고독과 상실을 넘어서는 모험에 나선다. '하루키 월드'는 고독과 상실의 세계이고, 그런 세계 속에서 구원을 모색하는 모험의 세계다. 그런 '하루키 월드'라는 게 정말 있다면 나는 그런 세계의 입장권을 받을 만한 자격쯤은 갖추었다고 생각한다.

'하루키 현상'은 그냥 일과성으로 끝나지 않는다. 하루키 소설들은 동아시아 국가에서 큰 성공을 거두고, 미국과 유럽에서도 돌풍을 일으킨다. 하루키 소설들은 이미 50여 개 나라에서 번역되어 나오고, 2009년에는 이스라엘에서 주는 '예루살렘 상'을, 2016년에는 덴마크에서 주는 '안데르센 문학상'을 잇달아 수상하며, 해마다 노벨문학상의 유력 후보로 떠오른다. 그럼에도 불구하고 하루키 문학에 대한 좋고 싫음이 극단으로 엇갈리며 그의 신작은 자주 논쟁에 휘말린다. 한국에는 하루키 소설에 열광하는 많은 젊은 독자들이 존재한다. '문학동네'에서 펴낸 『1Q84』 시리즈 전 권이 2백만 부가 넘게 나간 것으로 알려져 있다. 실로 어마어마한 부수다.

다른 한쪽에서는 하루키 소설을 두고 그저 그런 외설과 오락을 파는 '하위문학'에 지나지 않는다고 비판한다. 지식인 집단들, 즉 문학을 전공한 대학교수나 비평가들은 하루키의 소설에 대해 언급하는 것을 기피하면서 '침묵의 카르텔'을 형성한다. 암묵적으로 하루키를 읽는 일은 수치스러운 일이고, 그의 이름이 금기어라는 사실에 동의하고 있는 셈이다. 한국의 지식인들 사이에서 대중문학의 한 현상에 불과한 하루키 소설을 즐겨 읽는다고 말하는 사람은 찾기 힘들다. 반면 하루키 문학에 혐오감을 드러내고 극렬한 용어를 써서 비판하는 사람은 여럿 있다. 원로 평론가 유종호가 내놓은 반응은 주목할 만하다. 유종호는 『노르웨이의 숲』을 들어 "고급문학의 죽음을 재촉하는 허드레 대중문학"이라고 폄하한다. 동아일보는 유종호의 '하루키 비판'에 대해 꽤 이례적으로 긴 기사를 낸다.

원로평론가 유종호씨가 무라카미 하루키의 장편소설 『노르웨이의 숲』을 혹독하게 비난했다. 유씨는 문예지 『현대문학』 6월호에 기고한 「문학의 전락—무라카미 현상을 놓고」에서 『노르웨이의 숲』은 고급문학의 죽음을 재촉하는 허드레 대중문학"이라고 주장했다. 『노르웨이의 숲』은 1989년 『상실의 시대』라는 제목으로 국내에 소개돼 베스트셀러가 되면서 '무라카미 바람'을 일으킨 책. 유씨는 대학 초년생 중 가장 감명 깊게 혹은 흥미 있게 읽은 문학책으로 『노르웨이의 숲』을 드는 학생이 압도적으로 많다면서, 자신이 본 바로는 "성적으로 격리된 수용소 재소자들이 일상적으로 나눔직한 성의 얘기로 가득차 있다"고 밝혔다. 유씨는 이 작품 속에 "성적인 문제로 좌절이나 일탈을 경험하는 사람이 많고 성적 호기심을 부추기는 성적인 얘기가 전경화되어 있고, 고교 3년 여학생의 자살을 위시해서 수수께끼 같은 자살이 빈번하다"고 지적했다. 유씨는 또 "소설의 화자가 대학생활이 무의미하다고 생각하면서 헤르만 헤세의 『수레바퀴 밑에서』를 읽는 등 등장인물들이 다소간 학교교육의 피해자 내지는 희생자란 함의를 풍기고 있다"며 "요컨대 감상적인 허무주의를 깔고 읽기 쉽게 쓰인, 성적 일탈자와 괴짜들의 교제 과정에서 드러나는 특이한 음담패설집"이라고 주장했다. 유씨는 "불안한 청년기에 가벼운 우울증을 앓고 있는 심약한 청년들에게 이 책은 마약과 같이 단기간의 안이한 위로를 제공해줄 것"이라면서 "약삭빠른 글장수의 책이지 결코 예술가의 책은 아니라고 생각한다"고 밝혔다. 유씨는 한편으로는 "작가가 이미 사회의 엘리트라는 자부심을 상실했거나 예술적 포부를 가질 수 없는 시대의 언어상품"이라며 작품을 낳은 시대를 비판하기도 했다. 그는 "무라카미가 거둔 상업적 성공을 비하하거나 폄훼하고 싶은 생각은 없다"면서 "다만 그의 문학은 우리가 가지고 있는 문학의 이상에서 너무나 동떨어진 하급문학일 뿐"이라고 말했다. 유씨는 24일 기자와의 전화통화에서 "상당수의 대학생이 문학적 위엄을 보여주는 고전을 제쳐놓고 『노르웨이의 숲』을 가장 감명 깊게 읽었다고 해서, 곤혹스럽고 우려가 되어 글을 쓰게 됐다"고 밝혔다.●

● 동아일보 2006년 5월 25일자 〈평론가 유종호씨, "무라카미 『노르웨이의 숲』은 음담패설집"〉

이런 사정은 일본 내에서도 비슷해 보인다. 하루키 문학을 '하위문화'의 범주에서 논의하고, 하루키의 등단작인 『바람의 노래를 들어라』의 문체를 '다방 주인 문체'라고 비아냥거리고 '야구모자를 쓴 문학'이라고 가차없이 깎아내린다. 물론 하루키 소설을 높이 평가하는 비평가들도 많다. 이를테면 미우라 마사시, 시미즈 요시노리, 이시하라 지아키, 가와무라 미나토, 후지이 쇼조, 스즈무라 가즈나리, 가자무라 요시히코, 아라카와 요지, 가와모토 사부로, 누마노 미쓰요시, 와다 다다히코, 요시카와 야스히사 등등의 비평가들은 하루키 문학에 우호적인 비평가들이다.

반면에 하루키 비판자들은 하루키의 소설을 "독자의 참여를 부추기는 인터랙티브 텍스트"로 간주하고, "1960년대 이후에 태어난 세대가 애니메이션 게임을 중심으로 형성한 문화"의 일부, 즉 '오타쿠 문화' 현상으로 취급하는 경향도 없지 않다.• 일본의 비평가 가라타니 고진은 하루키 소설을 "신화나 의례에 가까운 로맨스의 뻔뻔한 부활"이라고 혹평하고, 일본의 작가 오에 겐자부로는 오늘의 사회나 세계 문제들에 대해 무관심하고 '수동적인 자세'를 취한 채 풍요로운 소비 중심의 도시 환경에서 "얼마간의 투명한 비애감과 함께" 가벼움을 추구하며 "유쾌하고도 경쾌하게" 살아가는 세대의 이야기를 반영한다고 지적한다.•• 다른 한편에서는 하루키

• 사이토 미나코, 『문단 아이돌론』, 나일등 옮김, 한겨레출판, 2017, 40쪽.
•• 일본의 두번째 노벨문학상 수상작가 오에 겐자부로는 〈전후 문학에서 오늘날의 곤경까지〉라는 강연에서 무라카미 하루키 문학을 다음과 같이 평가한다. "무라카미 문

소설을 고도자본주의 시대의 오디세이아라거나, 그를 스콧 피츠제럴드, 스티븐 킹, 도스토옙스키, 가르시아 마르케스와 같은 '세계적인 작가'들과 동렬에 두고 논의하는 비평이 쏟아진다. 한 작가를 두고 이렇게 평가가 엇갈리는 경우는 흔치 않은 일이다.

하루키 소설은 왜 이토록이나 평가가 극단적으로 엇갈리는 것인가? 하루키가 등단 직후 내놓은 두 편의 소설이 주목을 받고 여러 매체에서 아쿠타가와 상의 '가장 유력한 후보'라고 호들갑을 떠는 바람에 하루키 자신도 내심 수상을 기대했을지도 모른다. "나 자신은 수상을 하든 안 하든, 정말 어느 쪽이든 괜찮았지만 후보에 오르면 발표날이 다가올수록 주위 사람들이 묘하게 들썽들썽해서 그런 기척들이 적잖이 성가셨던 게 기억납니다. 이상한 기대감이 있고 그 나름의 소소한 짜증 같은 게 있습니다."(『직업으로서의 소설가』) 결과적으로 하루키는 수상에 실패하고 아는 편집자들에게 위로를 받으며 "이걸로 이제 무라카미 씨는 마감입니다. 이제 아쿠타가와 상 후보가 될 일은 없을 거예요"라는 말을 들었다.

아쿠타가와 상은 분게이슌주가 주관하는 일종의 신인상이다.

학의 특징은, 사회에 대해서, 혹은 개인 생활의 가장 가까운 환경에 대해서조차 일체 '능동적인 자세'를 취하지 않겠다는 각오로 이루어져 있습니다. 그것을 바탕으로, 사회적 관습에서 비롯되는 환경으로부터의 영향에 저항하지 않고, 마치 배경 음악을 듣는 것처럼 순순히 수동적으로 받아들이며, 자신의 파괴된 내적인 몽상의 세계를 짜내는, 그것이 바로 그의 방법입니다."

세 명의 '중국인'은 아무런 상호 연관이 없다.
'중국인'은 아무도 아닌 사람, 누군가가 되기를 강요당하거나
자기 증명을 요구받지 않은 존재들이다.
그들은 그저 인생의 어느 순간을 스쳐지나간 타자들이다.

1935년 아쿠타가와 류노스케가 죽은 뒤 친구인 기쿠치 간이 만들었다. 기쿠치 간은 그 자신 역시 유명 소설가이면서 분게이슌주라는 출판사를 운영한 사람이다. 이 상은 해마다 1월, 7월 두 번에 걸쳐 수상자를 내는데, 해를 거듭할수록 권위가 더해져 지금은 일본 최고의 문학상으로 자리를 잡았다. 여러 좋은 작가들이 이 상을 받은 뒤 작가로서의 입지를 단단하게 굳혔지만 일본문학을 대표할 만한 미시마 유키오나 다자이 오사무같이 뛰어난 작가는 이 상을 받지 못했다.

하루키 소설은 심사위원으로 나선 일본 중견작가들에게서 '버터 냄새가 난다'라는 평가를 받았다. 조악한 미국소설의 아류를 벗어나지 못했다고 가혹하게 폄하된 것이다. 『바람의 노래를 들어라』는 일본문학에는 없던 '다름'과 '낯섦'을 드러낸다. 그뒤를 잇는 「중국행 슬로보트」 역시 기존 일본문학에는 없던 방식으로, 즉 '다름'과 '낯섦'으로 이야기를 발화시킨다. 아무 연관이 없는 것들을 아주 무심하게 연결하는 이 발화의 양식이 보여준 새로움이야말로 하루키 문학의 정수精髓다. 1980년 3월, 문예지 『우미』 4월호에 나온 이 소설 제목은 동명의 재즈 스탠더드 넘버에서 가져온 것이다. 이 단편은 세 개의 일화로 구성되어 있다. 세 개의 일화에는 세 명의 다른 '중국인'들 이야기가 펼쳐진다.

맨 처음 중국인을 만난 게 언제였을까.
이 글은 말하자면 그런 고고학적인 의문에서 출발한다. 다양한 출토픔에 라벨이 붙고 종류별로 나뉘어 분석이 이루어질 것이다.

자, 맨 처음 중국인을 만난 게 언제였지?

1959년, 혹은 1960년이라는 내 추정이지만 둘 중 어느 쪽이라고
해도 차이는 없다.

—「중국행 슬로보트」 중에서

작중화자는 지금까지 만난 중국인 세 명을 제 기억 안에서 불러
낸다. 첫번째 중국인은 항구도시의 산기슭에 있던 중국인 자녀를
가르치기 위한 초등학교 선생이다. '나'는 모의고사장의 시험 감독
관으로 들어온 이 온화한 인상의 중국인 교사와 처음 대면한 기억
을 떠올린다.

두번째 중국인은 대학교 2학년 때 아르바이트하는 곳에서 만
난 열아홉 살의 소녀다. '나'는 아르바이트 마지막날 중국인 소녀
를 디스코장에 데려간다. 신주쿠 역 플랫폼에서 중국인 소녀의 전
화번호를 받고 전철에 태워 보내려는데, 이 전철은 중국인 소녀의
목적지와 반대 방향으로 가는 열차였다. '나'는 잘못을 깨닫고 서
둘러 전철을 타고 중국인 소녀를 만나 잘못을 바로잡고 다음에 만
날 약속을 하고 헤어진다. 그러나 무심코 중국인 소녀의 연락처가
적힌 성냥갑을 버린다.

세번째 중국인은 고등학교 시절에 알던 중국인이다. 스물여덟
살의 '나'는 결혼한 지 6년이 지나 있었다. 카페에서 우연히 그를
만나지만 알아보지 못한다. 나중에 그가 고등학교 동창으로 백과
사전 파는 일을 한다는 사실을 안다. '나'는 그에게 주소를 적어주

고 헤어진다.

세 명의 '중국인'은 아무런 상호 연관이 없다. 사실을 말하자면 '중국인'은 누군가를 특정하지 않은 타자 일반의 기호다. '중국인'은 아무도 아닌 사람, 누군가가 되기를 강요당하거나 자기 증명을 요구받지 않은 존재들이다. 그들은 그저 인생의 어느 순간을 스쳐 지나간 타자이다. 이 스쳐가는 타자들에게서 언뜻 모리스 블랑쇼가 『무한한 대화』에서 쓴 "지고의 확실성에 대한 지고의 불확실성, 부재하는 신의 현존"을 느낀다. 이 '중국인'들은 타자 중에서도 고향을 떠나 이국을 떠도는 사람들이다.

세 개의 중국인 일화에 앞서 어린 시절 동네 야구를 하다가 넘어져 기절했다가 깨어난 기억에 대한 이야기를 한다. 기억이 잠시 끊겼다가 돌아온 것이다. 기억의 끊김, 그것은 작은 죽음이다. 그 이야기에 이끌려 아주 자연스럽게 "죽음은 어째서인지 중국인을 기억나게 한다"는 문장이 나온다. 그렇게 나와 무관한 장소에서 무관한 방식으로 살아가는 타자를 향한 동경과 환대, 그리고 연대의 느낌을 드러낸다. 이 마음의 밑바닥에는 '중국인'을 향한 연민과 투명한 슬픔 속에서도 분명한 공존과 평화에의 의지가 괴어 있다.

도쿄 — 그리고 어느 날, 야마노테 선 전철 안에서 이 도쿄라는 도시조차 리얼리티를 잃기 시작한다. 그 풍경은 창밖에서 갑작스레 붕괴하기 시작한다. 나는 차표를 쥐고 그 광경을 가만히 바라본다.

도쿄의 거리에 나의 중국이 재처럼 쏟아져내려 이 거리를 결정적으로 침식해간다. 그것은 차차 사라져간다. 그렇다, 여기는 나의 장소도 아닌 것이다. 그렇게 우리의 언어는 사라지고 우리가 품었던 꿈은 언젠가 뿌옇게 지워진다.

—「중국행 슬로보트」 중에서

상실과 붕괴는 살면서 겪는 보편 체험이다. 조금 갑작스럽지만 창밖에 건재하는 도시가 "리얼리티를 잃기" 시작한 찰나에 대해 쓴다. '나'는 야마노테 선 전철 안에서 문득 창밖에 펼쳐지는 풍경이 갑작스레 붕괴되는 환상을 본다. "나의 중국이 재처럼 쏟아져내려" 도시를 잠식하는 환상이다. 이것은 흘러가고 사라지는 시간의 느낌이 만들어낸 환상이다. 어느덧 '나'는 나이를 먹고 인생의 어느 찰나에 개입했던 '중국인'들은 어디론가 사라져 멀리 있다. 이 사라짐의 마지막 주체는 바로 '나'일 것이다. 나, 타자, 세계, 이 모든 것은 어느 찰나 소실점 저 너머로 사라진다. 테러, 전쟁, 폭력, 병, 죽음이 아니더라도 모든 것은 주체의 무한한 분할을 통해 사라지게 되어 있다. 이것이 궁극의 운명이다. 「중국행 슬로보트」의 작중화자는 찰나에 이 영원한 상실과 붕괴의 환상을 엿본다. 존재했던 것의 사라짐은 현실에 편재한 현상이다. "사물을 재현하고, 명명하며, 개념화하면서 그것을 존재하게 하고, 동시에 사라짐 속으로 떠밀며, 그 생경한 현실성으로부터 절묘하게 멀어지게 한다."• 사물과 세계는 시간의 흐름 안에서 "근원에서 종말로, 원인에서 결과로, 탄생에서 죽음으로, 출현에서 사라짐으로" 가는 "일직선상의 도정"에 놓여 있다.•• '나'의 내면을 채우는 투명한 슬픔과 허무주의는 거기서 비롯된다.

중국은 멀리 있는 것의 표상이다. 멀리 있는 것은 이미 사라진 것들이다. 사라진 것은 현실 지평 저 너머에서 아우라의 빛을 뿌리면서 반짝인다. '중국인'은 '나'를 떠나 내 손이 닿지 않는 삶의 저편으로 사라져간 모든 것의 표상이다. 하루키는 왜 「중국행 슬로보트」에서 작중화자로 하여금 제 기억 속 중국인들을 소환하게 했을까. 그것도 아무 연관이 없는 세 명의 중국인들을. 나는 그 단서를 "죽음은 왜 그런지 내게 중국인을 떠올리게 한다"라는 문장에서 찾아낸다.

어쩌면 이 문장의 무의식적 기원은 일본인의 집단무의식과 연관되어 있을지도 모른다. 중일전쟁 때 일본 군대가 저지른 중국인 살해에서 비롯한 죄의식 말이다. '난징대학살南京大虐殺'은 하루키의 아버지와 삼촌 세대가 저지른 전쟁 범죄다.

'난징대학살'은 1937년 중국의 수도 난징에서 일본 군대가 저지른, 중국 군인과 양민을 학살한 전쟁 범죄 사건이다. 그해 12월, 마쓰이 이와네 대장이 이끄는 5만여 일본군이, 항복하고 무장해제한

• 장 보드리야르, 『사라짐에 대하여』, 하태환 옮김, 민음사, 2012, 17쪽.

•• 장 보드리야르, 앞의 책, 25쪽.

중국군 포로를 상대로 총검술과 살상 훈련을 한다. 거기에 더해 여자와 어린이들을 포함한 시민을 향해 석유를 뿌리고 기관총을 난사한다. 극동국제군사재판 판결에 따르면, 비전투원 1만2천 명, 패잔병 2만 명, 포로 3만 명이 살해되고, 근교로 피신한 시민 5만 7천 명 등 총 12만 9천 명이 살상되었다. 실제 사망자는 30만 명이 넘을 것으로 추정되지만, 일본 정부가 이 '난징대학살'을 조직적으로 숨기려고 시도한 탓에 이 '난징대학살'을 모르는 일본인들도 많다. 하루키는 한 잡지와 이런 주목할 만한 인터뷰를 한 적이 있다.

> 아버지의 인생이 전쟁 때문에 변했다는 것은 분명하다고 생각합니다. 저는 전쟁 후에 태어났기 때문에 직접적인 전쟁 체험은 없지만 기억을 이어받고 있는 인간으로서의 책임을 가지고 있습니다. 역사란 그런 것입니다. 간단하게 없던 것으로 돌려버려서는 안 됩니다.
> ─『분게이슌주』, 2009년 4월호 중에서

하루키 세대가 무고한 인명을 살상한 전쟁 범죄에 직접 연루된 것은 아니지만, 그의 무의식 안에서 참담한 원죄 의식으로 작동한다. 이 원죄 의식은 양심적 지식인이라면 피할 수 없는 것이다. 하루키는 '난징대학살' 같은 전쟁 범죄를 부정하는 일본 내 우익과 보수진영의 역사 지우기 행태를 비판하고 나선다. 역사는 한 국가의 집합적 기억인데, 이것을 "간단하게 없던 것"으로 돌리며 망각을 강제하는 역사 부정하기는 국가적인 파렴치함이기 때문이다. 이 단편은 사라지고 죽어가는 것들, 즉 극악한 방식으로 살해되거나 죽임을 당한 이들을 위한 레퀴엠이고, 죽음이나 소멸로 말미암아 필연적으로 생겨나는 슬픔과 허무에 바치는 엘레지로 읽힌다.

고양이와 재즈와 마라톤

하루키의 취향

무라카미 하루키는 열다섯 살 때 카프카의 『성』을 읽고 깊은 인상을 받는다. 그렇다고 곧바로 작가가 되겠다는 꿈을 품은 것은 아니었다. 하루키는 고등학교를 졸업하고 대학 입시에 실패한 뒤 재수학원을 기웃거리거나 온종일 라디오에서 흘러나오는 로큰롤을 들으며 지낸다. 1960년대 후반 도어즈의 음반을 들으며 '이 밤을 모조리 불태워버리자!' 따위의 선동으로 차츰 '혁명의 시대' 속으로 진입한다.

이후 와세다 대학에 진학해서도 주로 미국 소설이나 영화를 보며 학창 시절을 보낸다. "나는 당시 문학부 영화연극과에 다니면서 시나리오 창작을 목표로 삼았는데, 연박―'와세다 대학 쓰보우치 박사 기념 연극박물관'의 약어―에는 영화 시나리오도 많아서 예전 시나리오를 읽으며 백일몽을 꾸듯 영화를 상상했던 기억이 납니다."(『잡문집』) 하루키가 자의식을 형성하는 청소년기에서 청년기까지 즐겨 접한 것은 "서양 문화, 재즈 음악, 도스토

엡스키, 카프카, 레이먼드 챈들러"•이다. 하루키는 이런 서구 편향의 문화적 영향 아래서 자신만의 정체성을 빚는다.

하루키는 와세다 대학을 졸업한 뒤 재즈 카페를 운영하며 종일 재즈를 듣고 손님들이 주문하는 칵테일이나 샌드위치를 만들며 지냈다. 그러다가 스물아홉 살이 되었을 때 갑자기 소설을 쓰기 시작해서 작가로 등단한다. "전에도 밝힌 적이 있지만, 내가 갑자기 소설을 써야겠다고 결심한 것은 진구 구장의 야외석에서였다. 23년 전의 시즌 개막 게임이었다. 선발이 야스다였던 것이 확실히 기억난다. 그해 10월 4일에 야쿠르트가 우승했다. 마스오카가 선발로 나와 완투했다. 그때도 나는 구장에 있었다. 스왈로스 창단 이래 29년째에 이르러 처음 거둔 우승이었는데, 나도 마침 스물아홉 살이었다. 그때 쓴 소설로 나는 문예지의 신인상을 받았다."••

『바람의 노래를 들어라』는 하루키의 덧없이 흘러가버린 청춘에 바치는 멜랑콜리한 레퀴엠일지도 모른다. 이른바 '전공투'의 마지막 세대로 대학 소요를 겪으며 '잃어버린 1960년대'에 대한 진혼의 성격이 짙다. 일본은 패전한 뒤 '경제성장, 국제경쟁'이란 국가 슬로건을 내걸고 전후 폐허 경제의 재건을 서두르지만 사실 이것은 전전戰前의 '식산흥업, 부국강병'이라는 슬로건을 슬쩍 바꾼

• 파리 리뷰 인터뷰, 『작가란 무엇인가』, 김진아·권승혁 옮김, 다른, 2014, 116쪽.
•• 히라노 요시노부, 『하루키, 하루키』, 조주희 옮김, 아르볼, 2012, 35쪽.

것에 지나지 않는다. 일본 경제가 전후 근대화와 공업화에 성공을 거두면서 고도성장의 길을 걸을 때 경제의 고도성장과 번영에는 음습한 그림자도 따랐다. 매연으로 인한 대기질의 하락, 해수 오염, 공해병의 기습 따위가 그것이다. "그 당시, 텔레비전이나 전기 세탁기 같은 가전제품의 범람이나 자가용 자동차의 보급, 고속도로망의 정비, 도카이도 신칸센의 개발 등등 전후 근대화와 공업화가 민생 면에 불러온 '번영'과 '은혜'를 말하면서 '다소의 마이너스 면은 어쩔 수 없다'는 식의 논의가 종종 따라오기 시작했다. '번영'을 향유하는 데 얼마간의 '리스크와 코스트'는 어쩔 수 없다는 논리다."• 경제성장을 국가의 절대 과제로 삼은 탓에 자연의 훼손과 오염, 그리고 그에 따른 '공해병 따위는 어쩔 수 없다'는 논리가 횡행한 것이다.

일본의 독점 자본주의 체제는 대량 생산과 대량 소비를 토대로 공고화된 것이다. 일본 전후 경제가 회생하면서 중화학공업의 투자와 육성에 더불어 이공계 붐이 눈에 띄게 확산한다. 대학교는 '국가사회의 요청과 기대에 부응'하기 위한 산업체 노동인력의 배출을 우선 과제로 삼는 가운데 1962년 학문의 자유와 대학의 자치에 대한 축소에 반발하는 대학관리법 반대 투쟁이 일어난다.••

• 야마모토 요시타카, 『나의 1960년대』, 임경화 옮김, 돌베개, 2017, 217~218쪽.

•• 도쿄대 '전공투' 대표로 활동한 바 있는 야마모토 요시타카는 앞의 책에서 1962년 도쿄 도 학생 총궐기집회를 이렇게 회고하며 그 의미를 되새긴다. "1962년의 대학

이후 학생운동의 조직화와 연대 투쟁이 가속화되면서 동맹휴학과 '전공투' 투쟁이 뜨거워진다. 1960년대 초입 전일본학생자치회총 연합을 주체로 대학관리법안 투쟁과 안보 투쟁으로 촉발되어 베 트남 반전운동으로 불길이 번지던 연대 투쟁은 1960년대 말 패배 로 막을 내린다. 하루키의 문단 등단작은 '전공투'의 연대 투쟁 종 언 이후 글로벌 자본주의가 몰려오는 초입에 선 청년의 불안과 고 독을 세련된 형식으로 빚은 소설이다. 『1973년의 핀볼』에서도 이 념의 공동체라고 할 수 있는 집단 ―그것이 대학이든 사회든 국가 든― 을 잃고 현실의 가장자리로 밀려나 공허 속에 고립된 젊은이 들의 얘기들이 펼쳐지는데, 이 지점이 하루키의 개인주의가 탄생 하는 원점이다. 하루키의 많은 주인공들은 사회나 조직, 그리고 인 간관계들에서 떨어져나온 외톨이들이다.

하루키는 "뭔가 쓰고 싶었지만 어떻게 해야 하는지 몰랐어요. 일본어로 어떻게 써야 하는지 모르겠더군요. 일본작가의 글은 거 의 읽은 게 없어서요. 그래서 제가 읽었던 미국 책들, 서양 책의 스 타일, 구조 등 모든 것을 빌려왔지요. 그래서 제 독창적인 스타일

관리법 반대 투쟁중 11월 30일 도쿄대 야스다 강당 앞에서 전 도쿄 도 학생 5,000명 의 결집으로 얻어진 '대학관리법 분쇄 전 도쿄 도 학생 총궐기집회'의 기억이다. 실제 로 62년 가을의 이 집회는 안보 투쟁 이후 처음으로 5,000여 명의 결집을 쟁취했을 뿐 만 아니라, 조약 체결이나 법안 상정을 둘러싸고 대학에서 나가 국회에 압력을 행사하 는 종래 방식의 학생운동이 아니라 도쿄대 당국(국대협)과 전 도쿄 도 학생이라는 대 립구조를 처음으로 명확히 걸었다는 점에서 획기적인 투쟁이었다."

을 만들어냈어요"•라고 말한다. 첫 소설을 쓰려고 마음을 먹었지만 그게 쉬운 것은 아니었다. "학교를 졸업한 이래 거의 펜을 잡은 일도 없어서 처음에는 글을 쓰는 데 상당한 시간이 걸렸다. '남과 다른 무언가를 이야기하고 싶다면 남과 다른 말로 이야기해라'라는 스콧 피츠제럴드의 문구만이 내게 유일한 의지가 되었는데, 사실 그런 것이 말처럼 그리 간단히 될 리가 없었다. 그래도 마흔 살이 되면 조금은 나은 걸 쓸 수 있게 되겠지 하고 생각하며 썼다. 지금도 그렇게 생각하고 있다. 수상한 일은 대단히 기쁘지만, 형태가 있는 것에 구애받고 싶지 않고, 또 이제는 그럴 나이도 아니라고 생각한다."••

하루키는 첫 소설에서 전통적인 일본소설의 해체를 보여주고 싶었다. 그 열매가 『바람의 노래를 들어라』이다. 이 소설이 일본문단에서 미국소설의 영향 아래서 나왔다거나 심지어는 반反소설로 받아들여진 것은 당연한 일이었다. 하루키 스타일은 일본문학의 전통에서 완전히 벗어난 것이었다. 하루키의 소설이 두번째로 아쿠타가와 상 후보에 올랐을 때 수상 발표날 저녁, 편집자와 함께 마작을 하면서 발표를 기다렸지만 수상에는 실패했다. 하루키가 아쿠타가와 상을 받지 못한 것은 아직은 일본문단이 그 낯선 감성과 스타일을 수용할 준비가 되어 있지 못한 까닭이다.

• 파리 리뷰 인터뷰, 앞의 책, 116쪽.
•• 히라노 요시노부, 앞의 책, 46쪽.

하루키의 소설 중 내가 가장 좋아하는 작품은 하루키의 반리얼리즘 스타일, 반현실적 환상성이 가장 견고하게 드러난 『세계의 끝과 하드보일드 원더랜드』다. 독자를 환상적인 내러티브의 세계로 이끄는 이 우아하고 섬세한 소설에는 두 개의 이야기가 병렬적으로 펼쳐진다. 두 개의 장은 홀수 장과 짝수 장으로 나뉘어 있다. '하드보일드 원더랜드'와 '세계의 끝'이 바로 그것이다. '나'는 '하드보일드 원더랜드'와 '세계의 끝'이라는 두 세계를 오가며, 숫자로 된 정보를 뇌에서 변환시켜 암호화하는 '계산사'로, 혹은 일각수가 오가는 도시에서 동물 두개골에 새겨진 꿈을 해석하는 '해몽가'로 일한다. 먼저 '하드보일드 원더랜드'에서 '나'는 무의식의 핵을 이용해 정보를 암호화하고, 그 암호화된 정보를 해독한다. 어느 날 경계가 삼엄한 건물로 불려가 일을 떠맡는다. 그 건물에서 고층 엘리베이터를 타고 올라가다가 한 젊은 여성의 안내로 어느 박사의 비밀 연구실을 방문한다. 이 여성은 박사의 비서이자 박사의 손녀였다. 박사가 납치되자 '나'와 그 여성은 박사를 찾기 시작한다.

두 사람은 박사를 찾아 지하로 간다. 짝수 장인 '세계의 끝'에서 '나'는 가장자리가 커다란 벽으로 둘러싸인 마을로 간다. 처음 이 마을에 왔을 때는 봄이었고, 짐승들은 여러 색깔로 몸통이 뒤덮여 있다. 가을이 오자 짐승들은 금색의 긴 털로 바뀐다. 짐승들을 돌보는 '문지기'가 내 눈에 칼로 표시를 하고, '나'는 도서관에서 꿈을 해석하고 그 의미를 해독한다. 홀수 장인 '하드보일드 원더랜드' 이야기와 짝수 장인 '세계의 끝'의 이야기는 서로 교차하며 전개된다. 두 개의 세계, 두 개의 자아 이야기는 나중에 『1Q84』에서도 그대로 반복되고 재현된다. 잘 알려져 있다시피, 「거리와 그 불확실한 벽」이라는 단편이 이 소설의 원형이다. "최초의 기억……음, 내가 두 살인가 세 살 때 강에 빠진 적이 있어요. 강에 빠져서 흘러가다가 지하 수로에 쓸려들어갈 찰나에 구조됐는데, 그 지하 수로를 아직도 기억하고 있지요. 그게 최초의 기억입니다. 불쾌한 기억이죠."[•] 우물, 통로, 지하세계, 미로의 이미지들은 이 소설의 중추를 이루는데, 이 소설과 하루키의 저 어린 시절 '최초의 기억'은 연관이 있다.

하루키는 1949년 1월 12일, 교토 시에서 태어났다. 아버지는 중학교 국어선생이었다. 하루키는 웬일인지 아버지 무라카미 지아키와는 냉담하고 소원한 관계였다. 누군가 아들의 문학에 대해 물으면 지아키는 "아들이 소설을 보내온 적도 없고, 읽은 적도 없어서 잘 모른다"고 심드렁하게 대답했다. 그는 2009년 8월에 세상을 떠났다. 하루키의 친할아버지는 교토 절의 승려였는데, 술을 좋아했다. 하루키는 어린 시절, 두 개의 죽음을 겪는다. 그 하나가 할아버지의 죽음이다. 어느 날 만취한 채 선로를 베고 잠들었다가 몸 위로 전차가 지나갔고, 그 사고로 목숨을 잃었다. "하루키의 친할아버지도 교토에 있는 절의 승려였는데, 그가 가진 열띤 명랑함은

• 히라노 요시노부, 앞의 책, 2012, 19쪽.

손자인 하루키의 마음에 깊이 새겨졌다. 그런데 이 인물에게는 유일한 단점이 있었으니, 그것은 바로 술을 좋아한다는 것이었다. 어느 날 밤 그는 만취해 선로 위에 누워 잠들어버렸다. 결국 몸 위로 노면 전차가 지나갔고, 그는 몸이 둘로 절단되어 죽었다. 하루키의 주인공들이 언제나 반쪽을 찾고 있는 것은 그 사건 때문일까."•

　다른 하나는 친구의 죽음이다. 단편 「5월의 해안선」에 언급된 죽음이다. "해안에는 일 년에 몇 번인가 익사체도 떠올랐다. (……) 그 중 하나는 내 친구였다. 아주 옛날, 여섯 살 적 일이다. 그는 집중호우로 물이 불어난 강에 휩쓸려 죽었다. 봄날 오후 그의 시체는 탁류와 함께 단숨에 앞바다로 쓸려갔고, 사흘 뒤에 물위를 떠다니는 나무와 함께 떠올랐다." 이 죽음은 하루키의 내면에 새겨진 원체험일 수도 있다. 그의 의식에 저 어린 시절에 겪은 죽음의 냄새가 각인되어버린다.

　하루키는 어린 시절부터 많은 책을 읽었다. 일본 출판사에서 펴낸 〈세계문학전집〉이나 〈세계의 역사〉 같은 책을 읽고, 열세 살 때부터 재즈를 들었다. 1964년, 고베고등학교에 입학할 무렵 재즈를 듣는 취미에 더 고착되었다. 용돈을 모아 재즈 레코드를 사 모으고, 그것에 깊이 빠져들었다. 그가 가장 좋아하는 일은 콜트레인의 연주를 들으며 〈세계문학전집〉을 탐독하는 것이었다. 고등학교 2학년 때는 신문부 편집장이 되어 기사를 작성했다. 하루키가

• 히라노 요시노부, 앞의 책, 21쪽.

작성한 기사들은 〈달리 전을 보고〉, 〈감상석 : 베그 현악 4중주단〉, 〈감상석 : 영화 그리스인 조르바〉와 같은 것인데, 확실히 그의 문재를 엿보게 하는 기사들이다. 하루키는 재수 끝에 1968년 봄, 와세다 대학 문학부에 들어갔다. 그후 대학 북쪽의 사설 기숙사에서 생활하는데, 바로 『노르웨이의 숲』의 주인공이 묵었던 그 기숙사다. 하루키는 신주쿠에서 아르바이트를 하며 시간이 날 때마다 재즈 카페에 틀어박혀 살았다. 다른 한편으로 영화를 좋아해서, 1년 동안 200편 이상의 영화를 보았다.

1971년, 하루키는 같은 와세다 대학생이며 스물두 살 동갑내기인 다카하시 요코와 결혼한다. 1974년, 두 사람은 레코드 가게와 카페에서 아르바이트를 하며 모은 돈과 여기저기서 빌린 돈을 합쳐 도쿄 고쿠분지 역 남쪽 출구에 재즈 카페 〈피터 캣〉을 연다. 대학 재학중에 연 재즈 카페는 재즈 마니아에게 소문이 나면서 제법 성업이었다. 1975년 3월, 하루키는 7년 만에 와세다 대학 문학부 영화연극과를 졸업한다. 어느 날 갑자기 하루키는 매일 새벽 한 시간씩 맥주를 마시며 한 챕터씩 소설을 써나갔다. 그 소설이 바로 40개의 짧은 장들로 이루어진 중편 『바람의 노래를 들어라』다.

1981년, 하루키는 재즈 카페를 다른 사람에게 양도하고 전업작가의 길로 들어선다. 그뒤로 『양을 쫓는 모험』 「중국행 슬로보트」 「캥거루 날씨」 『세계의 끝과 하드보일드 원더랜드』 같은 문제작을 잇달아 내놓는다. 1986년부터 일본에서 멀리 떨어진 외국 도시에서 작업을 하는데, 일종의 '고향 이탈'이다. 이탈리아 로마에서 머물며 유럽 여러 곳곳을 전전하고, 1990년 1월부터 1991년 1월까지 일본에 있을 때도 딱히 거처를 정하지 않은 채 보냈다. 약 10년간을 일본과 외국을 오가며 보냈다. 일본에서만 1천만 부가 팔린 소설 『노르웨이의 숲』은 1986년 12월 21일 그리스 미코노스섬의 빌라에서 쓰기 시작해서 1987년 3월 27일 로마 교외의 아파트에서 마무리지었다. 1991년 2월, 걸프 전쟁중 미국으로 건너가 뉴저지주의 프린스턴 대학에 객원 연구원으로 등록하고 거주 작가로 이후 4년 반을 머문다. 이 체류 기간 동안 하루키는 대작 『태엽 감는 새』를 완성해서 출간한다.

『바람의 노래를 들어라』는 하루키 문학의 원형질이 담긴 작품이다. 『바람의 노래를 들어라』에서 『해변의 카프카』를 거쳐 『1Q84』에 이르기까지 하루키는 자신만의 독자적인 스타일을 선보인다. 일찍이 미국의 재즈에 열광하고 포스트모던 문학을 즐겨 읽으며 감수성을 키워온 배경에서 일본의 문화와 문학적 전통에서 벗어난 하루키의 무국적성, 도시적 감성, 탈이념, 탈현실의 문학이 잉태되었던 것이다. 등단 후에도 줄곧 일본문단이나 작가들과의 교류를 일체 갖지 않았다. 그는 집필할 때를 빼고는 고양이를 돌보고, 음악을 듣고, 수영이나 조깅을 하며 시간을 보낸다. 피터, 기린, 푸치, 선댄스, 얼룩이, 스코티, 줄무늬, 검둥이, 토비마루, 뮤즈……. 하루키가 기르던 고양이의 이름들이다. 하루키는 "오후의 양지에 고양이와 같이 앉아 있으면, 시간은 부드럽고 따스하게 흘러갔다"고 젊은 시절을 회고한다.• 그가 고양이를 좋아하는 것은 고양이들이 부드럽고 계파나 조직 따위를 만들 줄도 모르며 항상 혼자 생활하는 개인주의적 성향을 가진 동물이기 때문이다. 하루키 역시 집단이나 유파에 소속되는 걸 한사코 피하며 자폐적이라고 할 만큼 '개인'으로 고립된 채 자유롭게 사는 걸 지향한다.

하루키는 혼자 작업하는 걸 좋아했다. 그의 작업 스타일은 다음과 같다. 하루키는 전형적인 '아침형' 인간이다. 그는 새벽 4시쯤 일어나 커피를 마신 뒤 책상 앞에 앉아 오전 10시까지 원고를 쓰고, 오전 작업이 끝나면 수영을 하거나 조깅을 하며 소설을 쓰기 위한 체력을 다진다. 거의 날마다 조깅을 하는데, 대개 7킬로미터에서 10킬로미터를 달리고, 더러는 마라톤 경주에 나서기도 한다. 그의 취미 중 하나는 중고음반 가게를 순례하며 LP판을 사들이는 것이다. 일찍 저녁을 먹고 음악을 듣거나 책을 읽다가 오후 10시쯤 잠자리에 든다. 하루키는 필요 이상의 사교생활을 피하고, 마치 수도승이 자기를 단련시키며 정진하듯이 이런 일과를 반복한다. 이것은 일종의 최면이고 신체적 강인함을 만들기 위한 과정이다. 그는 장편소설의 초고를 6개월 만에 쓰고, 다시 이것을 퇴고하는 데 초고를 쓸 때와 거의 같은 시간을 보낸다. 하루키는 평온한 정신 상태를 유지하고 집중하기 위해서 이런 일과를 반복한다.

하루키가 달리기를 시작한 것은 전업작가로 처음 나설 무렵이

• 진희정, 『하루키 스타일』, 중앙북스, 2013, 184쪽에서 재인용.

다. 본격적으로 달린 것은 『양을 쫓는 모험』을 쓰고 난 직후였다. 카페 경영을 하며 고된 육체노동을 감당하다가 전업작가로 나서면서 종일 책상 앞에 앉아 있게 되자 체력이 떨어졌다. 게다가 하루 60개비의 담배를 피우는 생활이 이어졌다. 체력을 지키면서 체중을 적절히 유지하기 위해 선택한 운동이 달리기다. "요행히 집 근처의 니혼 대학의 운동장이 있어서, 이른 아침나절 그곳의 400미터 트랙을 자유롭게(랄까 무단으로) 쓸 수 있었다. 그래서 나는 스포츠 종목으로, 거의 망설임 없이 ―혹은 선택의 여지가 없었다고 할까― 달리기를 선택했다."(『달리기를 말할 때 내가 하고 싶은 이야기』) 소설을 쓰는 데 강인한 육체, 지구력과 집중력이 필요한데, 이것을 달리기를 통해 얻은 것이다.

하루키와 달리기는 궁합이 잘 맞는다. "개인적이고, 완고하고 협조성이 결여된, 때로 자기 멋대로인, 그래도 자신을 항상 의심하며, 고통스러운 일이 있어도 거기에 우스꽝스러운 ―또는 우스꽝스러움과 비슷한― 것을 찾아내려고 하는 것은 나의 본성이다. 낡은 보스톤백처럼 그것을 둘러메고, 나는 긴 여정을 걸어온 것이다."(『달리기를 말할 때 내가 하고 싶은 이야기』) 달리기는 타인과의 협업이 필요 없는 운동이다. 따라서 달리기는 하루키같이 개인적 성향이 강한 사람에게 알맞은 운동이다. 하루키는 날마다 조깅을 하고, 그뒤로 마라톤 풀코스를 무수히 완주하고, 여러 차례 트라이애슬론에도 도전한다. 그는 자신의 묘비명에 스스로의 직업을 작가이자 러너라고 적어넣기를 원한다.

하루키의 소설 세계는 일인칭 시점으로 공허한 인간의 자아 찾기라는 모험을 보여주는 '하드보일드 원더랜드'라고 할 수 있다. 중심사회의 압력에서 벗어나려고 외톨이로 고립을 선택하는 하루키의 주인공들은 현실과 또다른 층위의 이면 세계로 미끄러져 들어간다. 어느 시점에서 자아를 잃어버린 채 공허해진 인간들이 상실과 부재를 견디며 현실의 이쪽과 그 너머를 오가며 방황과 편력을 지속한다. 하루키가 창조한 '하드보일드 원더랜드'는 감각적인 문체와 더불어 그의 문학이 지향하는 근본 양식이고, 독자적인 스타일이다. 그의 취향과 본성, 그리고 독특한 이력과 독서 경험이 한데 어울려 하루키 스타일을 빚어낸 것이다.

불확실한 삶의 지평에 서다

『태엽 감는 새』, 1994

일찍이 발터 벤야민은 "진행되는 모든 것은 위기다"라고 썼다. 위기는 '진행되는 모든 변화'를 포괄한다. 위기는 무질서의 증가에서 비롯되는 것이기 때문이다. 위기가 닥칠 때는 무질서의 활성화와 함께 새로운 기회의 모색도 활발하게 이루어진다. 그런 까닭에 위기의 시대는 기회와 전환을 이루는 계기적 시기다. 동구권 사회주의의 몰락과 탈냉전 이후 세계는 혼돈의 소용돌이 속에 빠져들고, 그 이후로 문학, 더 넓게는 인문주의의 위기를 말하는 담론들이 급격하게 떠올랐다. 세계를 뒤덮은 변화와 혼돈 속에서 활자 문화가 쇠퇴해가고 있다는 징후는 여러 곳에서 나타났다. 활자 문화의 쇠퇴라는 이 문명사적 변화에 직면해서 오랫동안 그 바탕 위에서 몸피를 불려오고 영광을 누려온 문학 역시 과거와 같은 위의威儀와 후광을 잃고 쪼그라드는 현상은 이제 부정할 수 없는 사실이 되었다.

미국의 비평가 레이먼드 페더만은 "문학이 무기력하고 황폐하게 됐고, 나아가 소멸할 지경에까지 이른 심각한 위험" 상태에 있다고 진단한다. 본격문학은 서점의 가장 좋은 진열대에서 치워지고, 그 빈자리를 텔레비전 방영물로 팔려나가기를 고대하는 "금박으로 돈을새김한 외설적인 표지의 문고책"들, 즉 로맨스, 미스터리물, 탐험소설, 스파이 소설, 유치한 과학소설 혹은 공포소설, 연속 멜로드라마 등이 차지한다. 선정적인 수기, 천민 자본가의 출세담, 무협지, 가상 역사소설, 유치한 추리물, 명상류, 가짜 지혜물 들이 문학을 변두리로 몰아낸다. 대형서점 구석에 꽂힌 진지한 문학책들은 문화의 중심부에서 주변부로 밀려나고 있는 현상의 한 단면이다. 서점에서 진지한 순문학책의 매출이 줄고 저 변방으로 밀리는 암울한 운명은 일찍이 예고되고 짐작되었던 바 있다. 페더만은 이것을 "죽음에 이른 예언자 혹은 문학의 위기"라고 명명한다.

문학은 이 위기를 어떻게 벗어날 수 있는가? 문학이 직면한 주변부로의 전락이라는 이 위기 상황을 회피하고자 할 때, 그리고 자꾸 '사회적 타협' 속으로 후퇴하게 될 때 문학의 입지는 더욱 좁아질 게 틀림없다. 페더만은 문학이 살아남으려면 대중매체의 "세계를 포착하는 방식, 세계를 재현하는 방식, 세계를 설명하는 방식"에 저항해야 한다고 말한다. 현재 문학의 위기와 그 위상에 대해서 진지하게 성찰하고, 위기 그 자체를 문학 담론의 실체로 삼아야 한다. 오늘의 작가들이 '시대의 리듬에 걸맞은 기호들을 전송할 내밀한 사상가들'로 거듭 태어나지 못할 때 문학은 거대 소비시장의 한 상업주의 소비 품목으로 전락하고 말 것이다.

하루키의 작중인물들은 한결같이 '가벼운' 것에 매혹된다.
가벼움에의 이끌림은 그 억압에서 벗어나
자유롭게 살고 싶다는 욕망에서 나온다.
하루키 주인공들은 이들 가벼운 것들이 내뿜는 매혹에 쉽게 사로잡힌다.

문학의 위기 속의 작가 하루키

이 '문학의 위기' 시대에도 세계적으로 성공을 거둔 작가가 있다. 바로 회의주의적 리얼리스트라고 불리는 무라카미 하루키이다. 하루키는 일본은 물론이고, 한국·대만·중국 같은 동아시아에서도 고정 독자를 확보하고, 미국과 유럽 여러 나라에서도 성공을 거두고 이제는 노벨문학상의 유력한 후보로 거론되는 지경이다. 그의 무엇이 그토록 성공을 거두게 했을까?

1988년 『노르웨이의 숲』이 번역·소개되면서 국내 독서계에 일어난 하루키 선풍은 절정을 치닫는다. 하루키의 장편소설들은 말할 것도 없고 단편소설, 자잘한 산문을 포함한 모든 책들이 여러 출판사에서 다투어 나오고, 몇몇 장편소설들은 밀리언셀러가 되었다. 하루키는 밀란 쿤데라, 호르헤 루이스 보르헤스, 움베르토 에코, 폴 오스터, 베르나르 베르베르 등과 함께, 이념이 퇴조하면서 새롭게 가벼운 미학이 선호되고 탈현대의 자아, 욕망, 일상이 담론의 중심으로 떠오른 1990년대 이후의 한국문학에 큰 영향을 미치는 작가 중 한 사람이다.

하루키의 도시 감수성, 현실과 적당한 거리 두기, 가벼운 것들에 대한 매혹, 일상의 밑바닥에 깔린 상실감과 허무, 밝은 슬픔, 유머, 페이소스를 집어내는 문체는 날렵하며, 또 그 주인공들이 겪는 현실의 고뇌와 문제는 '동시대성'을 갖고 있다. 아마 바로 그 점 때문에 그토록 많은 독자들이 하루키 소설을 즐겁게 읽는 게 아닐까.

하루키는 자주 일본적인 것과 단절된 자리에서 사회적 성공의 욕구가 휘발되어버린 반영웅주의적인 평범한 남자가 겪는 환상적 모험들을 펼쳐낸다. 어느 날 갑자기 양이 친한 친구의 몸속으로 들어가 버린다든지, 암흑의 지하 미로 속을 헤맨다든지 하는 것이다. 하루키의 상상력은 비일상적 세계의 놀라움과 현란함을 신선하게 드러내며, 도시적 삶의 우수와 상실감을 가볍고 감각적으로 묘사한다. 하루키의 소설은 확실히 탈규범적이고 비정형적이며 무국적인 경향을 띤다. 그 이전의 소설과는 다른 새로운 스타일이다. 하루키는 농경사회에서 고도 산업사회를 거쳐 거대 소비사회로, 집단에서 개별화로, 이념에서 욕망으로 치닫는 고도자본주의의 1990년대 이후 세계에서 새로운 문학의 상징이자 기호다.

가벼운 것들에 매혹되는 인물들

하루키의 작중인물들은 한결같이 '가벼운' 것에 매혹된다. 그 가벼움의 반대편에 있는 '무거운' 것들, 즉 역사, 이데올로기, 현실, 도덕, 책임, 이성, 가치, 인습, 혈연적 유대, 인과론 등은 우리를 억압한다. 가벼움에의 이끌림은 그 억압에서 벗어나 자유롭게 살고 싶다는 욕망에서 나온다. 하루키 주인공들은 이들 가벼운 것들이 내뿜는 매혹에 쉽게 사로잡힌다.

첫 소설 『바람의 노래를 들어라』에서 바람은 빠르게 스쳐지나 가버리는 것, 가볍게 떠다니는 것, 텅 비어 있는 이미지다. 바람은 역동적 의지의 표상이기도 하지만 하루키의 세계에서는 공허와 텅 빔을 환기시키는 이미지다. 하루키는 고도자본주의의 시대를 사는 현대인의 내면에 뚫린 구멍을 본다. 하루키의 주인공들은 "텅 빈 바, 비수기의 휑한 호텔, 매립된 바다, 초원, 개 한 마리가 플랫폼을 어슬렁거리는 교외선의 역, 수도원이 있는 그리스의 외딴 섬, 터키의 황량한 들판, 사람 하나 보이지 않는 홋카이도의 목장"을 떠돈다. 문학평론가 사토루는 하루키 소설들이 "공허함의 확인으로부터 시작"하며, 그런 까닭에 하루키를 "공허와 싸우는 작가"라고 규정한다. 하루키가 "시대 속에서도 자기 자신에게서도 그리고 언어 속에서도 공허함을 보고 있다. 그 텅 빈 세계에 끝없이 집착한다"고 말한다.

　하루키의 주인공들은 생활이라는 구체적 물질의 기반을 상실한 채 허공 위를 떠서 흘러간다. 하루키는 텅 빈 방, 텅 빈 거리, 텅 빈 세계의 공허 위에 세워진 세계와 거기 드리워진 우수, "이 텅 빈 세계 속에서" 혼자 춤추고 있는 사람들의 그 무상의 행위를 그려나간다. 이는 실재가 기호와 이미지로 대체되어버린 고도자본주의 세계의 모습일 테다. 하루키는 고도자본주의 물질적 풍요와 편리를 기꺼이 향유하면서도 그 근원에서는 텅 빈 공동空洞을 안고 살아가는, 현대인의 삶의 이미지를 제시한다.

주류 체제와 가치관의 소멸 위에서

하루키 문학은 일본 전후 체제와 그 가치관의 소멸 위에 서 있다.

그의 주인공들은 전후의 극심했던 빈곤과 혼돈을 고스란히 겪었던 아버지들 세대와는 다른, 1960년대 이후 고도성장의 결과로 나타난 풍요한 소비와 안정, 그리고 이전에 없었던 넘치는 자유라는 새로운 현실과 마주하고 있다.

그들은 '전공투'로 지칭되는 학생들의 정치 투쟁을 겪으며 성장했지만, 투쟁의 연대 속에서 자신의 아이덴티티를 찾지 못하고 더구나 기성세대가 만든 조직 속으로 편입되지도 못한 어정쩡한 입장에 있다. 그들은 어디에도 끼지 못한다. '전공투'는 애초의 현실 개혁에서 벗어나 폭력화로 치달으며 새로운 제국주의의 양상을 드러내고, 기성세대의 사회는 도저히 용납할 수 없는 허위와 불의라는 토대 위에 서 있는 것이다.

하루키는 『바람의 노래를 들어라』의 한 작중인물의 입을 빌려 "하지만 말이야, 때가 되면 모두들 자신이 속한 곳으로 결국은 돌아간다구. 그런데 나만은 돌아갈 곳이 없었던 거야"라고 말한다. 누군가는 돌아갈 곳이 없다. 하루키가 관심을 갖는 것은 현실의 변화를 겪으며 돌아갈 자리를 잃고 방황하는 세대의 아픔과 상실감, 그리고 노스탤지어이다. 그들에게 현실은 더는 의미를 만들어낼 수 없는 폐허에 지나지 않는다. 그것은 불투명한 막 뒤에 숨은 현실이고, 알 수 없는 검은 심연의 우물이다. 여기를 벗어나 어디로든 가야 하지만 그들은 자신이 돌아갈 그곳이 어디인지를 알 수가 없는 것이다.

이상의 좌절과 깊은 상실감

그들은 현실과 제도의 전복을 꿈꾸는 젊은 세대의 연대에도 끼지 못하고, 그렇다고 기만과 허위로 얼룩진 기성세대가 구축한 '사회'에 편입되지도 못한다. 그들은 어디에도 끼지 못한 채 그 사이 어딘가에서 표류한다. 그들의 의식에 드리운 것은 이상의 좌절과 깊은 상실감이다. 기존의 규범과 척도를 거부하는 이들이 기대는 것은 언제나 '현재'이며, 믿는 것은 자기의 '의식과 감각'이다. 기존의 것에 대한 거부 이면에는 현실 정치, 혹은 역사에 대한 깊은 환멸이 숨어 있다. 이들의 세계에 대한 태도는 『노르웨이의 숲』 주인공의 "모든 사물을 너무 심각하게 생각하지 말 것, 모든 사물과 나 사이에 적당한 거리를 둘 것 그것뿐이었다"라는 말에 드러나 있듯, 세계에 너무 깊이 개입하지 않기, 혹은 적당한 거리 두기로 요약할 수 있다. 하루키 소설의 주인공은 심각하거나 무거운 것을 견뎌내지 못하고 그것에서 비켜선다.

그 '거리'는 세계와 자아 사이의 심리적 거리일 뿐만 아니라 물리적 거리이기도 하다. 그 거리 두기는 '나'와 타자들, 세계와의 차단과 고립의 정도를 말해준다. '나'는 근본적으로 삶의 구체적 국면과 유리되어 있다. 그렇기 때문에 아무런 의미도 없는 세계의 표면 위로 가볍게 스쳐지나간다. 그 '거리'는 주인공이 세계에 대해 품은 의심과 회의의 깊이에 비례하며, 그 '거리'가 커질수록 그들은 더 냉소적이고 허무적인 데로 나아간다.

하루키가 관심을 갖는 것은 현실의 변화를 겪으며
돌아갈 자리를 잃고 방황하는 세대의 아픔과 상실감, 그리고 노스탤지어이다.
여기를 벗어나 어디로든 가야 하지만
그들은 자신이 돌아갈 그곳이 어디인지를 알 수가 없는 것이다.

가족·사회·국가 떠나 외톨이로

하루키 소설 속 작중인물들의 특징 중 하나는 가족·사회·국가 공동체와 같은 집단에 소속되기를 거부하고 '외톨이'로 남고자 한다는 점이다. 『바람의 노래를 들어라』에서 한 작중인물의 말을 빌려 "아버지는 5년 전에 뇌종양으로 돌아가셨어. 끔찍했어. 꼭 2년간 고생하셨지. 우리는 그래서 돈을 전부 써버렸어. 아주 깨끗이, 아무것도 없이. 게다가 가족은 지쳐서 공중분해했지. 흔히 있는 얘기야"라고 가족해체 현상을 짚어낸다. 가족이 해체되고 외톨이가 된 이들은 존재의 결핍감과 공허와 싸우며 실존을 이어간다.

『노르웨이의 숲』의 요양원에 유폐된 나오코나 레이코가 그렇고, 또한 미도리 역시 마찬가지다. 『노르웨이의 숲』의 등장인물은 거의 모두 가족해체로 혼자만 남은 사람들이다. 외톨이가 된 이들에게는 당연히 있어야 할 사회적 성공의 욕구도 없으며 가족에서 분리된 채 외톨이로 산다. 따라서 그 사회의 중심부로 진입하려는 일체의 시도를 중지하고 그 겉을 떠돌거나, 『태엽 감는 새』의 주인공처럼 뚜렷한 이유 없이 직장을 그만두고 집에서 가사노동을 하는 따위의 소외의 삶을 선택해서 살아간다.

『바람의 노래를 들어라』에서도 '나'의 가족을 언급하는 것은 딱 한 군데다. 주인공은 "어쨌든 아버지는 매일 밤 시계추처럼 여덟 시에 돌아오지. 나는 구두를 닦고 그리고 항상 맥주를 마시러 튀어나"온다. 이것이 처음이자 마지막인 가족에 대한 언급이다. 그것도 실제 인물은 부재한 채 단지 그 인물을 상징하는 사물인 '구두'로만 언급된다. 아버지의 부재, 혹은 아버지라는 자리가 지워져버렸음을 상징적으로 말해주는 대목이다. 일본의 평론가 가와모토 사부로도 이 점을 하루키 소설의 특징으로 꼽는다. 그것은 어디에서 비롯되었을까? 아마도 하루키 자신이 "일본의 아버지들이 그 부성을 잃어버린 이후에 등장한 이른바 '아버지 없는 세대'의 한 사람"이었기 때문이 아니었을까.

'나'는 타자와 거리를 두려 한다. 가족에 대해서조차 거리를 두려한다. 아니, '나'의 의식에는 아예 아버지, 어머니와 같은 가족이란존재가 떠오르지 않는다. 하루키의 소설적 특징 중의 하나는 '나'가 가족과 떨어져 살아간다는 것이다. 삿포로, 아오야마가 역사적인 과거와 아무런 관계도 없는 표피적인 거리인 것처럼, '나' 또한부모와 가족의 생생한 리얼리티로부터 떨어져 살아간다. 그런 점에서 '나'는 기호적 존재다. (……) 하루키의 '나'에게는 애당초 아버지가 의식되지 않기 때문에 오이디푸스 콤플렉스는 없다. 하루키는 일본의 아버지들이 그 부성을 잃어버린 이후에 등장한 이른바 '아버지 없는 세대'의 한 사람이다. 그에게는 이미 투쟁의 대상이 될 만한 아버지가 존재하지 않는다. 문득 정신을 차리고 보니아버지와의 사이에는 깊은 골이 패어 있었던 것이다.●

● 가와모토 사부로, 작가론 「이 텅 빈 세계 속에서」(『문학동네』 1995, 봄호)

왜 그들은 불확실한 삶의 지평 속에 서는가

하루키 문학은 '아버지 없는 세대'에 속한 이들이 하는 글쓰기의 한 전형이다. 아버지는 세계를 지배하고 관리하는 권력·질서·근원의 상징이다. 아버지의 부재는 세계를 지배하는 그 모든 것의 부재를 암시한다. 아버지의 상실은 근원의 상실이고, 세계 지배의 원리로 작동해온 가부장제적 질서의 상실을 뜻한다. 아버지는 현실의 법, 규범, 제도의 주관자이다. 그의 부재는 필연적으로 현실을 혼란에 빠뜨린다. 아버지가 없는 세계는 방향성을 상실한 채 뒤죽박죽으로 흘러가는 것이다.

하루키의 소설들에 그토록 빈번하게 나오는 미로와 미궁의 이미지는 바로 아버지 없는 세계의 무질서와 혼란에서 반향된 것이다. 따라서 '아버지 없는 세대'는 아버지의 부재로 인한 혼란과 정신적 공허감을 견뎌야 하며, 동시에 스스로 아버지가 되어야 하는 과제를 떠안는다. 그런 맥락에서 하루키 소설들은 바로 '아버지 없는 세대'의 아버지 찾기, 혹은 아버지 되기의 이야기라고 할 수 있다.

1980년대 한국에서도 아버지라는 존재는 해체되어야 할 가부장제 권력의 주체, 혹은 악의 근원 상징이었다. 아버지는 권력의 우상이고, 그 상징이었다. 그리하여 1980년대의 가장 뛰어난 시인 이성복(1952~)은 그의 첫 시집에서 개체의 삶에 왜곡하고 일그러뜨리는 '악성 신화를 흩뿌리는 나쁜 아버지의 세계'를 그려내는 데 주력한다. 아버지는 아들을 계도하고 인도하는 양육자이자 후원자이고, 동시에 아들을 억압하고 아들의 의지를 왜곡시키는 억압자이자 지배자이다. 아버지의 상실은 후원자와 억압자를 동시에 잃어버리는 것을 뜻한다. 이제 억압에서 벗어나 자유롭게 되었지만, '만인 대 만인이 전쟁' 상태에 있는 이 험한 세계 속에서 스스로 저를 보호하고, 저만의 길을 찾아 나가야 한다. 아버지의 부재로 인해 빚어진 사태는 억압적 가부장제를 중심축으로 하는 전통적 가족해체다. 가족이 깨지고, 가족 연대에서 떨어져나온 '나'는 외톨이가 될 수밖에 없다. 다시 말해 불확실한 삶의 지평 속에 외톨이로 서게 되었음을 뜻한다.

존재의 작음과 불확실함에 대하여

『태엽 감는 새』는 눈에 보이지 않는 저편의 세계에서 보이는 세계와 삶을 움직여나가는 어떤 미지의 동력과 그 흐름을 조절해나가는, 이 세계와는 또다른 '비현실적인 세계'의 이야기, 혹은 실업 상태의 한 젊은 남자가 겪는 기묘하고도 비현실적인 이야기다. 하루키는 이 새로운 소설을 통해 인간관계의 가변성과 '존재의 작음과 불확실함'을 보여주고자 하는 듯하다.

　이 소설은 처음에 고양이—『문학의 상징·주제 사전』에 의하면 고양이는 "여성이 지닌 안절부절못하는 마음"의 상징물이다—가 사라지고 낯선 여자로부터 이상한 전화가 걸려온다. 영매靈媒의 자매가 접근해오고 느닷없이 아내가 가출해버린다. 조금은 하찮은 이야기들로 시작하지만, 그 이야기의 처음에서 끝까지 상징적 장치들을 배치해서 하나의 거대하고도 신비한 상징의 숲을 이룬다.

여섯 개의 손가락과 네 개의 유방이 암시하는 육체의 기형성, 말라버린 우물, 날아가지 못하는 새의 석상, 빈집에 방치된 소녀, 어디론가 사라져버린 고양이, 가출하는 아내, 꿈속의 섹스, 우물 속으로 들어가기, 사다리, 자신의 정체를 밝히지 않는 여자의 외설스런 전화, 영매의 자매들, 사막, 미로, 지하의 수로들, 입구와 출구가 다 같이 막힌 골목, 죽은 사람이 남긴 유품으로 배달되는 빈 상자……. 하루키 소설은 무수한 상징으로 뒤덮인 숲이다. 이 상징들은 현실의 뜻 없음과 그 현실에 몸담고 살아야만 하는 인간의 공허함을 뚜렷하게 가리킨다. 그것은 한마디로 이 세계에서의 메마른 삶이 보이지 않는 수수께끼 같은 근원에서 비롯된 거대한 음모이고 조작이라는 암시를 담고 있다.

성공 욕구가 거세된 인물들

『태엽 감는 새』의 주인공 오카다 도루는 법률 사무소에서 일하다 뚜렷하지 않은 이유로 그만두고 집에 있는 서른 살의 젊은 남자다. 그가 직장을 그만두고 하는 일은 빨래, 자고 난 침대를 정돈하기, 집 안 바닥에 청소기를 돌리는 일 등이다. 그리고 고양이와 함께 툇마루에 앉아 신문의 구인 광고를 꼼꼼하게 들여다본다. 이것은 하찮은 가사노동이다. 그는 그런 가사노동을 "오히려 신선"하게 받아들인다.

성공에 대한 욕구가 거세되어 있다는 점에서 그는 하루키의 전형적인 인물이다. '나'는 직장을 구하려고 신문의 구인 광고를 꼼꼼하게 살피고, 때때로 정체성에 대한 혼란에 빠져들기도 한다. 그 혼란은 "구인 광고 페이지를 오랜 시간 가만히 보고 있자니 내게 일종의 가벼운 마비 증상이 느껴졌다. 지금 도대체 무엇을 추구하고 있는 것인지, 이제부터 어디로 가려고 하는 것인지, 혹은 어디로 가지 않으려 하고 있는지, 그런 것들이 점점 나로서는 알수 없었다"라는 문장이 말하듯 존재의 '가벼운 마비 증상'이다.

하루키의 인물들은 이렇듯 가볍게 사회성이 마비된 채 사회적 수동성을 견지하며 살아간다. 그들은 현실과 거리를 두고, 외국어 번역과 같이 그다지 육체적으로 힘들지 않은 일을 하거나 아예 직업을 갖지 않고, 자신과 직접 연관이 없는 정치사회적인 일에는 거의 무관심하거나 수동적이다. 그 대신 이들은 꿈이나 내면으로 침잠한다. 그렇다고 그들이 제 직업에 대해 나태하거나 불충실하지는 않다. 오히려 '완벽주의'를 추구한다. 그들은 일류 대학에 진학하거나 자신의 업무에 대해서 유능하다는 평판을 얻는다.

오카다 도루의 경우에도 "내 입으로 말하기에는 좀 뭣하지만, 일의 실제적인 업무 수행에 있어서 나는 꽤나 유능한 사람이었다. 빠른 이해력, 민첩한 행동, 그리고 불평을 하지 않았으며, 사고방식이 현실적이었다. 그래서 내가 일을 그만두고 싶다고 했을 때,

노老선생님—법률 사무소의 주인인 부자父子 변호사 중 아버지 쪽이다—이 급료를 조금 더 올려주겠다고 말했을 정도다"라는 문장에서 알 수 있듯 매우 유능하다. 그는 성공에의 욕망이 없고, '뚜렷한 희망이나 전망'이 없이 직장을 그만두고, 세계에 대한 적당한 환멸과 적당한 절망을 안고 살아간다. 그에게는 잡지사에서 일하는 아내가 있다. 그들은 풍족하지는 않지만 그렇다고 궁핍하지도 않다. 적당히 불편하지 않게 살아갈 정도의 경제적 여유를 누린다. 결혼생활에 크게 누적된 갈등이나 불만이 있는 것처럼 보이지도 않는다. 다만 그들에게는 아이도 없다. 고양이의 실종과 함께 완벽해 보였던 일상의 균열이 드러나면서 오카다 도루는 자신의 삶을 지배하는 어떤 흐름이 완벽하게 바뀌어버렸음을 서서히 깨닫는다.

현실을 알기 위해 현실을 떠나기

먼저 '나'는 집 나간 고양이를 찾아보라는 아내의 요청으로 집 주변을 탐색한다. 첫발을 내디딘 것은 입구와 출구가 막혀버려서 길의 기능을 잃은 기묘한 골목길이다. 그 골목길은 주택가에 있는 200미터쯤 이어진 길이다. 처음엔 집과 집들 사이에 열린 사잇길이고, 길과 길을 잇는 지름길이었지만, 어느 때부터인가 입구와 출구가 폐쇄됨으로써 "버려진 운하" 같거나 집과 집 사이에서 그저 "완충지대"의 기능만을 겨우 감당한다. '나'는 그 골목길을 지나 우연히 날지 못하는 새 석상이 있는 낯선 집 정원을 엿보게 된다. 그 정원에서 열여섯 살 난 '가시하라 메이'라는, 학교를 다니지 않은 채 정원에서 일광욕 따위를 하며 시간을 보내는 수수께끼와 같은 소녀를 만난다.

'나'는 고양이 찾기에 실패해 집으로 돌아오고, 이어서 이상한 영매의 자매를 만난다. 아내는 그녀들이 집 나간 고양이의 행방을 찾는 데 도움을 줄지 모른다고 말하지만 고양이는 찾지 못한 채 아내가 갑자기 사라져 행방을 감춘다. '나'는 삶의 흐름이 바뀌고, 모든 것들이 맥락을 상실한 채 뒤죽박죽되었다고 느낀다.

아내가 가출하고 나서야 '나'는 아내에 대해 무지했었다는 사실을 깨닫는다. '나'의 의식 한구석에 남은 회의, 즉 "누군가를 알기 위해 오랜 시간 동안 진지하게 노력을 거듭하면 상대의 본질에 얼마만큼 가까이 갈 수 있을까? 우리들은 자신이 잘 알고 있다고 생각하는 상대에 관하여 그에게 정말로 무엇이 중요한지를 알고 있는 것일까?"라는 회의가 현실로 나타난 것이다. 잘 알고 있다고 믿었던 것들이 갑자기 낯설어질 때 우리는 당황하면서 공포에 빠진다. '나' 역시 마찬가지다. 혼란과 더불어 '나'를 덮친 것은 공포감이다.

"나는 대체 구미코에 대해서 무엇을 알고 있었던 것일까……. 내가 이해하고 있다고 생각했던 구미코는, 그리고 몇 년 동안 내가 나의 아내로서 껴안고 관계를 가졌던 구미코는, 결국 구미코라는 인간의 아주 작은 표면에 불과했던 것일까?" '나'는 가장 잘 이해하고 있다고 믿었던 아내에 대해서, 실은 그녀의 "아주 작은 표면"

밖에는 알지 못했음을 깨닫는데, 이 대목에서 작가는 맥락을 잃고 무너지는 고도자본주의 사회에서의 인간관계의 가변성을 엿보게 한다. 혼란에 빠진 '나'는 혼란을 정리하기 위해 빈집의 오래된 우물 속으로 들어간다. "현실에 대해 생각하기 위해서는 현실에서 가능한 한 멀리 떨어져 있"는 것이 좋은데, 그래서 선택된 곳이 깊은 우물 바닥이다. 그 우물은 버려진 우물이며, 동시에 언젠가 아내 구미코가 '나'에게 "당신 속에는 깊은 우물 같은 것이 펼쳐져 있는 게 아닐까요?"라고 말했던, 그 내면의 우물이기도 하다.

우물 속으로 숨기

가족·학교·회사·사회·국가와 같은 집단이나 제도에서 튕겨나온 외톨이들이 도달하는 곳이 우물이다. 하강의 상상력에서 돌연 솟아난 그 우물은 버려진 타인과의 관계가 완벽하게 차단된 자아의 삶과 죽음, 실재와 환幻, 현실과 비현실 사이 어딘가에 불가사의하게 위치해 있다. 그것은 다름 아닌 외톨이가 되어버린 진정한 나—자아들이 빠져들어가는 자기 세계—로의 깊은 침잠을 보여준다. 우물은 바깥으로 적나라하게 노출되어 있는 외부들과 대척되는 비밀스럽게 숨은 자리에 놓인 여성 혹은 모성 영역에 속한 내부의 상징물이다. 그 한 상징이 『태엽 감는 새』의 가장 중요한 이야기인 마른 '우물 속으로 들어가기'다. '나'는 아내가 알 수 없는 이유로 가출을 하고 제 삶이 온통 불투명하고 모호해져버리자 자신의 삶에 대해 생각하기 위해 자발적으로 우물 속으로 기어들어가는 것이다.

우물이란 바로 '나'의 저 깊이를 알 수 없는 미지의 죽음이며 무의식의 세계를 나타낸다. 우물은 하루키의 또다른 장편소설 『세계의 끝과 하드보일드 원더랜드』에 나오는 수없이 많은 지하의 미로들로 연결된다. 우물이란 그 끝없이 펼쳐진 지하의 미로들로 안내하는 입구다.

우물! 『노르웨이의 숲』의 나오코가 요양하던 지역의 들판에 버려진 그 우물이다. 우물은 심연이며, 비밀스러운 장소다. 그것은 어둠을 머금은 공동이며, 요나의 배 속, 깊은 구렁, 무덤, 동굴의 이미지와 한 줄이다. 우물의 상징성은 두 겹이다. 나오코가 병든 몸을 그 들판의 우물에 던지는데, 우물이 여성의 자궁의 상징이라는 점에서 다시 태어나고 싶다는 무의식의 욕망을 보여준다. 또한 우물로 들어가는 행위는 죽음에의 잠재된 욕구, 즉 명백하게 고통을 주는 세계에서의 도피다. 그 캄캄한 우물 바닥에서 주인공은 "태엽 감는 새로 존재하는 것을 그만두고 나 자신"의 세계로 되돌아가야 한다는 존재론적 깨달음에 이른다.

의미가 거세된 세계에서 의미 찾기

『태엽 감는 새』는 아버지가 사라진 세계에서 아버지의 자리를 계승하려고 현실과 싸우는 한 남자의 이야기다. 상실과 불모의 세계에서 '나'는 판단 정지의 마비 증세 속에서 혼란에 빠져든다. '나'는 태엽 감는 새가 사라지자 스스로 '태엽 감는 새'가 되어 그 혼란의 정체와 싸운다. 그 싸움은 존재의 의미가 사라진 세계에서의 의미 찾기의 몸짓이다. 『태엽 감는 새』는 '나'—'태엽 감는 새'—다시 '나'로 되돌아오는 동선과 궤적을 따라 이어지는 이야기를 담는다. '나'는 아내의 알 수 없는 가출과 함께 '태엽 감는 새'가 되었다가 다시 '나'에게로 돌아온다. 집 나간 고양이를 찾기 위해 첫발을 디뎠던 빈집은 헐리고, 그 빈집에 버려져 있던 마른 우물, 날지 못하는 새의 석상, 출구가 없는 골목들 역시 그 빈집과 함께 '묻혀'버리거나, '사라져'버려 모든 것이 '바뀌어'버린다. 또한 세계의 정상적인 흐름에서 일탈한 채 '나'의 주변을 맴돌던 이상한 소녀 가사하라 메이는 다시 '정상적인 세계'로 회귀한다.

『태엽 감는 새』의 마지막에서 '나'는 풀에서 혼자 수영을 하다가 환영에 빠져 익사 직전에 구조원에게 가까스로 구출된다. 환영 속에서 수영장과 우물 밑바닥은 하나다. "그 우물은 세계의 모든 우물 가운데 하나이며, 나는 세계의 모든 나 가운데 한 사람이었다." 이는 매우 의미심장한 '상징'이다. '나'는 마른 우물에서 빠져나와 물의 세계로 넘어온다. 마른 우물에서 만난 것은 '죽음'이다. 익사 직전 구조된 것은 죽음과 불모의 세계에서 생명의 물이 넘치는 깊은 우물, 즉 정화와 재생의 세계로 건너왔음을 보여주는 상징 사건이다. 물의 심연에서 '나'는 "오랜만에 조용하고 안락한 기분"과 "안에서 얼어붙었던 몇 가지가 무너지고 녹아내리는 것"을 느끼고, 갖가지 "기억과 생각과 감촉이 한꺼번에 밀려와서 내 안에 있던 감정의 덩어리 같은 것을 흘려"보내는 경험을 한다. "무너지고 녹아내리는" 것은 소멸의 전 단계인 해체와 용해에 대한 암시를 보여준다. 그것은 흐름과 맥락을 잃어버리고 뒤죽박죽이 되어 혼란스러운 세계에서 무력함과 불안으로 화석화된 '죽은 삶'을 견디던 과거의 '나'다. 물의 심연에서 과거의 '나'는 죽고, '기억과 생각과 감촉'을 가진 인간으로 정화되어 새롭게 다시 태어나는 것이다.

> 어쩌면 나는 패배할지도 모른다. 나는 잃어버릴지도 모른다. 어디에도 이르지 못할지도 모른다. 있는 힘을 다했지만 이미 모든 것을 돌이킬 수 없을 만큼 잃어버린 뒤일지도 모른다. 나는 단지 폐허의 재를 허무하게 손에 쥐고 있는 것이고, 그 사실을 알지 못하는 사람은 나 혼자뿐인지도 모른다.
>
> ──『태엽 감는 새』 2권 중에서

'나'는 자청했던 '태엽 감는 새'의 소임을 감당하는 데 실패하고, '폐허의 재'를 손에 쥐었을 뿐이다. 하지만 그 실패는 위대한 실패다. '나'는 비로소 가출한 아내가 끊임없이 구원을 요청했음을 뒤늦게야 깨닫는다. 아내가 "나를 절실히 필요로 했으며, 격렬하게 원하고 있었다"는 사실을, 그것도 필사적으로 그랬었음을 뼈아프게 깨닫는다. '나'와 아내 사이에는 소통의 불능이라는 벽이 가로놓여 있었다. 소외와 소통 불능이 바로 세계를 불모와 상실로 몰아가는 원인이었던 것이다, '나'는 "세계를 향해 손을 뻗기 위한 방법을 찾아내"야겠다는 행동의 세계로 나아간다. 세계를 향해 손을 뻗는 것은 이 세계에서 고립되어 있는 모든 우물들, 나를 찾는 누군가의 부름에 응답하는 것을 뜻한다. 『태엽 감는 새』는 2권에서 다음과 같은 '나'의 목소리를 들려주며 끝난다.

> 누군가가 누군가를 부르고 있다. 누군가가 누군가를 찾고 있다. 소리가 되지 않는 소리로. 말이 되지 않는 말로.
>
> ―『태엽 감는 새』 2권 중에서

죽음과 정화, 그리고 재생

아내의 갑작스러운 가출로 정상 세계의 껍질이 한 꺼풀 벗겨졌을 때 '나' 오카다 도루가 목격한 것은 날 수 없는 새, 물이 없는 우물, 출구가 없는 골목의 세계다. 그것은 근원·중심·질서를 잃고 흐름과 맥락이 엉킨 채 불모와 상실에 빠진 세계다. 하루키가 말하는, 어디선가 '조금씩 조그마한 태엽을 감아' 복잡하고 거대한 세계를 빈틈없이 움직이던 '태엽 감는 새'가 사라져버린 세계다. 이 세계의 불행은 아무도 그 '태엽 감는 새'가 사라져버렸다는 사실을 모른다는 점이다.

> 태엽 감는 새가 만약 정말 사라졌다면 누군가가 태엽 감는 새의 역

할을 계승하지 않으면 안 되는 것이다. 누군가 태엽 감는 새 대신 세상의 태엽을 감지 않으면 안 된다. 그렇게 하지 않으면 세상의 태엽은 점점 풀려서 그 정교하고 묘한 시스템도 끝내는 완전히 움직임을 정지해버리게 된다. 그렇지만 태엽 감는 새가 사라졌다는 것을 알아차린 사람은 나 외에는 아무도 없는 듯했다.

—『태엽 감는 새』 2권 중에서

진리와 규범의 표상인 '아버지'의 상실

'태엽 감는 새'가 사라진 것은 세계를 지배하는 힘과 진리의 주체의 표상인 '아버지'의 상실과 관계가 있다. 『태엽 감는 새』 3권과 4권에 이르러 그것은 명백해진다.

'나'는 우물 속에서 반점을 얻는데, 그 반점이 신비한 치유력, 초자연적 힘의 원천임이 드러난다. '나'의 반점은 아버지가 사라진 공허한 세계에서 아버지로 살아야 하는 소명을 받았음을 보여주는 징표다. 큰아버지의 선거구를 물려받아 중의원이 되고 매스미디어에서 차세대 지도자로 꼽히는 와타야 노보루라는 인물은 악의 상징이며, 동시에 가짜 아버지다.

'나'-'태엽 감는 새'는 와타야 노보루의 "남을 깔보는 듯한 오만함의 그림자"와 "날카롭고 차가운 눈초리나 말투"에서 "숨어 있는 악의"를 꿰뚫어본다. 악의 표상인 그는 현실에서는 정치 경제의 이론가이며 큰아버지의 정치적 기반을 승계한 중의원의 모습을 하고 있다. '아버지'-'태엽 감는 새'가 사라진 세계에서 무수한 와타야 노보루들은 가짜 아버지, 가짜 태엽 감는 새로 위장한다. 그들은 현실에 영향을 미치는 여러 문제들에 대한 정책을 입안하고, 현실의 틀을 바꾼다. 가짜 아버지들이 현실을 지배할 때 이 세계는 심하게 뒤틀리고 훼손되어버린다. 와타야 노보루는 생명과 생산성의 표상인 여자들을 더럽히고, 구미코의 가출도 그와 연관되어 있다.

평범한 남자인 '나'는 아내의 가출에서 시작된 불가사의한 사건의 연쇄 속으로 불가피하게 휘말린다. 끝없는 미로와 미궁을 헤맨 끝에 가짜 아버지인 와타야 노보루를 살해하고 왜곡된 세계의 질서를 바로잡아야 하는 막중한 소명을 떠맡은 사실이 드러난다.

『태엽 감는 새』에서 이야기의 중심축은 '나'와 가짜 아버지의 싸움이다. '나'는 뒤죽박죽인 세계의 저편에 숨은 와타야 노보루의 실체를 밝혀내고 결국 그를 회복 불능의 상태에 빠뜨린다. 이어서 아내의 조력으로 끝내 그를 살해해버림으로써 '태엽 감는 새'의 소임을 마치는 것이다.

내면에서 역사에로

하루키의 소설은 고도자본주의 사회에서 본원적 건강성을 탈취당한 채 내면의 결핍과 불구성을 안고 사는 사람들의 상실감과 허무를 그려낸다. 그의 문제는 투명한 가벼움을 머금고 있다. 그 투명함은 상실의 깊이를 보여준다. 그의 세계를 포착하고 재현하는 방식은 그 뛰어난 '동시대성의 감각' 때문에 큰 공감을 얻어낸다.

하루키는 세계와 한 걸음 떨어진 곳에서 세계를 관조한다. 근원·중심·질서를 잃어버린 세계에서 의미가 사라진 삶을 피동적으로 수납한 작중인물들이 그 상실·무의미성·혼란을 넘어서려고 현실과 싸운다. 그들이 도달하는 곳은 '우물', 즉 제 무의식의 심연이다. 그들은 깊이를 드러내지 않은 채 어둠을 머금은 그 심연을 들여다보고자 한다. 그 욕망은 내면에 도사린 나르시시즘을 현시한다. 나르시시즘은 자기애의 산물이다. 하루키는 그 나르시시즘을 통해, 그들이 아무 욕망도 없이 외톨이로 떠돌지만 내면에는 깊은 자기애가 숨어 있음을 넌지시 일러준다.

하루키의 작중인물이 보여주는 비사회성은 의미심장하다. 그들은 사회에 편입되지 못한 채, 혹은 편입되기를 거부하며 바깥으로 미끄러지며 익명으로 떠돈다. 그들은 메마르고 사악한 현대사회를 떠도는 익명의 표류자다. 고도자본주의 세계는 잃어버린 낙원의 대체물이다. 그것은 매혹이자 혐오의 세계다. 어느 날 예기치 않게 평범한 일상성의 바깥으로 한걸음 내딛는 그들은 이내 엄청난 수상한 사건 속으로 빠져들어간다. 그때 펼쳐지는 비현실적 모험의 연쇄는 진정한 '나'를 찾아가는 회귀의 여정이다. 하루키의 소설을 읽는 일은 바로 자아로의 회귀의 여정을 되짚어보는 일이다.

하루키의 주인공들은 무의식의 미궁을 혼자 떠돌고, 현실의 벽에 부딪힐 때마다 마른 '우물'의 바닥으로 기어들어가고, 거기서 새롭게 삶에의 의지와 의미를 충전한다. 하루키는『태엽 감는 새』에서 작은 변화의 조짐을 보여준다. 제2차세계대전의 전초전으로 벌인 만주·몽고·시베리아에서의 전쟁을 복원해내면서 보여준 '역사'에 대한 하루키의 관심은 놀랍다. 이것은 작가의 시선이 현실과 고립, 유폐로 특징되는 '나'(일인칭)의 탐구에서 '타자들'(삼인칭)의 세계에로, 주관에서 객관으로, 무의식의 환상에서 현실에로, 개인의 삶에서 역사—타자들과 함께 만드는 삶이 역사가 아닌가!—에로 움직이고 있는 징후다. 하루키의 인물을 무너뜨리는 것은 실직이나 부조리한 죽음, 사회악이 아니라 오히려 뜻 없음을 품은 채 되풀이되는 권태와 환멸이었다. 권태가 고갈과 탈진의 징후라면 환멸은 권태가 낳은 심리적인 자기 방기일 테다. 지금까지 하루키의 상상력은 우물 밑바닥으로 들어가 펼치는 무의식의 드라마에 천착했다면, 이제 사회로 뻗어가며 역사와 매개되는 지점에서 의미심장한 변곡점을 맞을 듯하다. 그의 작가적 관심이 몽환적 모험에서 솟구치는 무의식의 역동성에서 사회적 의미의 역동성에로, 개인의 내면에서 사회 집단, 혹은 역사의 내면에로 움직일 것으로 보이는 것이다. 역사를 회피하지 않고 그것을 정면으로 넘어서려는 이 유의미한 변신에의 의지가 어떻게 개인 신화를 내파하여 나아가고, 앞으로의 작품에서 어떤 변모와 전개를 펼칠지, 어떤 문학의 성채를 세우게 될지 눈여겨볼 만하다.

그들은 깊이를 드러내지 않은 채 어둠을 머금은 그 심연을 들여다보고자 한다.
그 욕망은 내면에 도사린 나르시시즘을 현시한다.
하루키는 그 나르시시즘을 통해,
그들이 아무 욕망도 없이 외톨이로 떠돌지만
내면에는 깊은 자기애가 숨어 있음을 넌지시 일러준다.

'두 개의 달'이 뜬 세계에서

『1Q84』, 2009, 2010

"태초에 하느님이 천지를 창조하셨다." 중동 아시아에서 시작된 한 종교 경전은 하느님이 천지를 창조했다고 말한다. 이 경전은 바로 『창세기』다. 소설가들은 세상사와 인간사를 아우르며 이전에 없던 '창세기'를 빚는다. 그것은 저마다 비밀을 품은 태곳적 이야기, 복잡하게 얽히고설킨 인과因果의 이야기라는 점에서 소설가가 빚은 '창세기'다. 세상의 모든 좋은 소설들은 이야기로 빚은 '창세기'다. 인류의 초기에서 현대까지 인류는 이야기를 탐하며 그 매혹에 빠져 살았다. 세상의 모든 이야기는 인간의 호기심을 자극하여 솔깃하게 만든다. 아울러 이야기는 재미, 향유, 자기 성찰, 자아 확장으로 이끄는 조용한 촉매제다. 이야기는 삶을 되돌아보고, 또 살아갈 삶을 그려볼 때 그 윤곽과 형태를 가늠하고 깨달음으로 이끄는 하나의 준거틀이다. 우리가 길을 잃고, 어디로 가야 할지 그 방향을 가늠하기 어려운 혼돈에 처할 때 이야기는 하늘의 별과 같이 가야 할 길을 가늠하는 데 도움을 준다.

2009년 하루키가 내놓은 『1Q84』를 읽으며 떠오른 것은 작가가 우리가 발 딛고 있는 이 세계와는 또다른 '창세기'를 써나간다는 점이다.

> 하나는 옛날부터 있던 원래의 달이고, 또 하나는 훨씬 자그마한 초록색 달이다. 그것은 원래의 달보다 모양이 삐뚜름하고 밝기도 덜했다. 얼결에 떠맡은, 아무에게도 환영받지 못하는 가난하고 못생긴 먼 친척아이처럼 보였다. 하지만 그건 부정할 수 없이 그곳에 분명히 존재했다. 환영도 아니고 착시도 아니다. 실체와 윤곽을 가진 천체로서 확실하게 그곳에 떠 있었다.
>
> —『1Q84』 2권 중에서

하루키는 본디의 달과 초록색 작은 달이 뜨는 세계, 시공간이 묘하게 뒤틀려 있는 세계, 아버지가 사라지고 그 빈자리를 '리틀 피플'이 메우고, 또다른 악과 악이 들어서며 번성하는 세계를 그려낸다. 그것은 악성 부성신화가 번지는 세계다. 하루키는 한 작중인물의 입을 빌려 "실제 이 세계에는 더이상 빅브라더가 나설 자리가 없네. 그 대신 이 리틀 피플이라는 것이 등장했어. 상당히 흥미로운 언어적 대비라고 생각지 않나?"라고 말한다. 『1Q84』는 두 젊은 남자와 여자의 사랑 이야기, 두 사람이 유사 아버지들이 활개치는 이 뒤틀린 세계에서 사악한 것들에 맞서 싸우는 이야기다. 사랑과 악, 두 겹의 이야기가 날줄과 씨줄로 직조한 피륙 같은 소설이다.

무엇보다도 『1Q84』는 조지 오웰이 쓴 전제주의 국가 시스템 속에서 한 개인의 실존이 어떻게 짓눌리고 망가지는가를 그려낸 디스토피아 소설 『1984』에 대한 오마주다. 『1984』가 나온 것은 1949년이다. 조지 오웰은 세계 여러 곳에서 싹트는 전제주의에 경종을 울리고자 이 소설을 내놓고 나서 그 이듬해 세상을 뜬다. 『1984』의 무대는 오세아니아다. 소설 속 1984년의 세계는 오세아니아, 유라시아, 이스트아시아로 3등분된 국가들이 통치한다. 특히 오세아니아는 정치 통제 기구인 당이 권력을 쥐고 있는데, 이 당은 가공의 인물 빅브라더를 내세워 전제주의 권력으로 주민들을 통제한다. '빅브라더가 당신을 지켜본다'라는 표어가 이 전제주의 국가를 덮고 있는 공포의 실체를 암시한다. 『1984』는 첨단 과학 기술과 정보화의 망을 갖추고 개인의 언어, 성욕, 사상 등을 극단적으로 감시하는 사회를 일종의 공포 사회로 그려내면서, 주민의 사상, 언어, 성, 결혼을 통제하며 쥐락펴락하는 디스토피아 사회의 악몽을 빚어낸다.

하루키는 『해변의 카프카』(2002)와 『애프터 다크』(2004) 이후 별다른 작품을 내놓지 않다가 2009년 『1Q84』를 내놓는다. 조지 오웰의 『1984』에서 영감을 받은 하루키는 『1984』에서 두번째 숫자 '9' 대신에 'Q'라는 영자를 넣는다. 이 'Q'자는 '퀘스천Question'의 약자라고 추측할 수 있겠다. 이 소설이 수수께끼 같은 스토리를 다룬다 하더라도 전제주의 독재자를 비판하는 조지 오웰의 『1984』와 하루키의 『1Q84』는 동일선상에 놓고 견줄 수는 없다. 둘은 완전히 다른 소설이다. 먼저 조지 오웰의 소설이 『1984』

를 내놓은 게 1949년이라는 점을 놓쳐서는 안 된다. 조지 오웰은 '1984'라는 아직 도래하지 않은 미래의 세계에 대한 암울한 전망을 갖고 디스토피아를 그려냈다면, 하루키의 『1Q84』는 1984년이 지나고 한참 뒤 '과거'를 차용하며 폭력과 불안이 편재한 사회의 이면에 대해 쓴다.

　『1Q84』는 총 3부작이다. 2009년에 출간된 『1Q84』 BOOK 1은 부제로 '4월~6월'이, BOOK 2에는 '7월~9월'이, 2010년에 출간된 BOOK 3에는 '10월~12월'이 붙어 있다. 2009년에 첫 두 권에 나오고 이듬해인 2010년에 BOOK 3이 나오면서 3부작이 완결되는 것이다. 『1Q84』는 분량으로만 보자면 『태엽 감는 새』와 맞먹을 정도로 대작이다. 이야기의 배경은 1984년이고, 이때는 일본이 거품 경제 시대로 진입할 무렵이다. 바흐의 평균율을 모티브로 시작해서 두 주인공 이야기를 삼인칭 시점에서 '덴고'의 장과 '아오마메'의 장을 교차시키면서 펼쳐나간다. 이런 구조는 『세계의 끝과 하드보일드 원더랜드』나 『해변의 카프카』에서 썼던 것과 닮아 있다.

> 어딘가의 시점에서 내가 알고 있는 세계는 소멸하고, 혹은 퇴장하고, 다른 세계가 거기에 자리바꿈을 한 것이다. 레일 포인트가 전환되는 것처럼. 즉, 지금 이곳에 있는 내 의식은 원래의 세계에 속해 있지만 세계 그 자체는 이미 다른 것으로 변해버렸다.
>
> ─『1Q84』1권 중에서

'리틀 피플'은 눈에 보이지 않고,
실체가 있는지 없는지 확신할 수 없는 존재들이다.
이들이 선한지 악한지조차 판단할 수 없다.
어쩌면 이 '리틀 피플'은 조지 오웰의 '빅브라더'의 역상인지도 모른다.

하루키의 '1Q84'는 자명한 현실과 분리된 "다른 세계"다. 현실과 연접해 있는 이 "다른 세계"는 어딘지 모르게 정상에서 뒤틀린 세계다. 이른바 '1984'의 세계에서 그 그림자 같은 '1Q84'의 세계로 끌려들어간다. '1Q84'는 시간의 장이 왜곡된 현실이고, '리틀 피플'이 활동하는 세계다. '리틀 피플'은 눈에 보이지 않고, 실체가 있는지 없는지 확신할 수 없는 존재들이다. 이들이 선한지 악한지조차 판단할 수 없다. 어쩌면 이 '리틀 피플'은 조지 오웰의 '빅브라더'의 역상逆像인지도 모른다.

『1Q84』는 가장 온전한 형식의 삼인칭 소설이다. 삼인칭 소설은 개별자의 운명을 묘사하기보다는 개별자의 운명이 서로 얽히면서 만들어내는 총체적 세계를 담기에 적합하다. 삼인칭 소설은 불가해한 악과 모순과 부조리들이 소용돌이치는 세계를 그려내는 데 이점이 있다. 하루키의 초기 소설은 예외 없이 일인칭 소설들이었는데 차츰 삼인칭으로 옮겨가는 추세다. 이런 변화는 무슨 의미가 있는 것일까? "다양한 사람의 관점과 여러 가지 세계관이 얽히는 도스토옙스키의 작품과 같은 소설을 쓰고 싶다. 그러려면 삼인칭으로 쓸 필요가 있다." 다양한 관점과 세계관이 엇갈리고 교차하는 세계의 복잡성을 다 표현하려면 개인의 기억과 심리에 크게 의존하는 일인칭 시점의 소설을 벗어나 불가피하게 삼인칭 전지적 시점이 필요하다고 자각한 것이다. 삼인칭 소설은 세계의 고통과 피, 혹은 모순과 부조리를 실어나르는 여러 목소리들이 혼재한 채 울리는 불협화음, 혹은 교향交響의 우주적 울림을 만든다.

가장 좋은 삼인칭 소설들—하루키는 『카라마조프가의 형제들』이나 『죄와 벌』을 쓴 러시아 작가 도스토옙스키를 대표적인 예로 든다—은 세계가 얼마나 많은 인간 유형들, 나약하고 선량한 사람뿐만 아니라 광인과 바보들, 탕녀와 도둑들, 협잡꾼과 건달들, 사이코패스나 그보다 훨씬 속악俗惡에 감염된 인간들로 어우러진 복잡계라는 사실을 일깨운다. 소설은 현실이라는 복잡계에 감응하는 또다른 복잡계, 즉 언어와 상상력으로 직조된 복잡계라 할 수 있다. 이렇듯 하루키는 도스토옙스키의 작품을 읽으며 그와 같은 소설을 쓰고 싶다는 욕망의 추동에 따라 주관에서 객관의 세계로 나아가고 있다.

소설가는 항상 '세상에는 어떤 사람들이 어떤 방식으로 그들의 삶을 꾸리고 있는가?'에서 시작한다. 이 물음은 이야기가 발화되는 근원적 시작점이다. 하루키는 『1Q84』에서 오늘의 일본, 일본 사회, 일본인의 삶을 만들고 추동하는 욕망과 무의식의 심층을 이루는 것, 표면의 악과 내부의 수수께끼들을 풀어나간다. 『1Q84』는 아주 복잡하고 다양한 이야기들이 얽히고설킨 작품이지만 단순하게 보면 결국 아오마메와 덴고의 사랑 이야기다. 두 사람은 어린 시절의 깊은 상처를 안고 있다. 아오마메는 체육대학을 나와 스포츠클럽 인스트럭터로 일하며 '킬러'라는 부업을 유지한다. 본명은 후카다 에리코인데, 천재적인 17세의 소녀작가로 신인 작가 공모전에 「공기 번데기」를 낼 때 사용한 필명으로 통용된다. 난독증을 앓고 있고, 사람들이 이해할 수 없는 기묘한 행동을 한다. 이것은 어린 시절 학대를 당한 기억과 연관이 있을 것이다. 아오마메는 어린 시절 '증인회'의 신자인 부모 아래서 성장하는데, "이것과 똑같은 일이 내 몸에 일어났어도 이상할 거 없었다"면서 '선구' 안에서 벌어진 성폭력 피해자 소녀와 자신을 동일시한다. 물론 실제 성폭행 따위는 없었지만 아오마메 내면에는 종교적 교의, 즉 수혈 거부의 교리 따위에 트라우마가 남아 있는 것이다.

또다른 주인공이 덴고다. 덴고의 아버지는 NHK 수금원으로 일한 적이 있고, 아버지는 어머니가 죽었다고 말한다. 그런데 덴고의 뇌리에 남은 최초의 기억 속에 어머니는 살아 있다. "그의 어머니는 블라우스를 벗고 하얀 속치마의 어깨끈을 내려서 아버지가 아닌 남자에게 젖꼭지를 빨리고 있었다. 아기 침대에는 한 아기가 있고 그게 아마도 덴고였다. 그는 자신을 제삼자로 바라보고 있다. 어쩌면 그의 쌍둥이 형제였을까. 아니, 그렇지 않다. 그곳에 있는 아기는 분명 한 살 반의 덴고 자신이다. 그는 직감적으로 그것을 안다. 아기는 눈을 감고 작은 숨소리를 내며 자고 있다. 그것이 덴고에게는 인생 최초의 기억이다."(『1Q84』 1권) 덴고는 뇌리에 또렷한 낙인으로 찍힌 이 인생 최초의 기억, 그것 안에 숨은 깊고도 어두운 비밀을 끌어안고 있으면서 "들판의 소처럼 한없이 되새김질하면서 거기에서 중요한 자양분을 얻고 있"다. 덴고는 이 영원한 어머니와 연결되어 있다. "덴고의 의식은 그 이미지를 통해 가까스로 어머니와 연결되었다. 가설의 탯줄로 이어졌다. 그의 의식은 기억의 양수에 둥둥 떠서 과거로부터의 메아리를 알아들었다." 덴고의 아버지는 그런 사실을 전혀 눈치채지 못한다.

덴고는 수학과를 나왔으나 소설가가 되려고 한다. 그가 수학을 전공했다는 사실은 암시적이다. 정확한 해답이 있는 수학의 세계에서는 불투명이란 존재할 수가 없다. 그럼 소설은 어떤가. 소설은 현실을 구조화하고, 혼돈에 질서를 부여하는 하나의 방식이다. 소설가는 새로운 현실을 빚어내는 창조자다. 덴고는 "달이 두 개 나란히 떠 있는 세계"에 대한 이야기를 쓰는데, 사실 덴고와 아오마메는 초등학교 동창생으로 열 살 때 서로에게 끌렸던 적이 있다. 덴고는 과학 실험 시간에 곤경에 처한 아오마메를 돕는다.

> 어느 날 소녀는 덴고의 손을 잡았다. 몹시 맑은 12월 초순의 오후였다. 창밖에는 높은 하늘과 곧게 이어진 구름이 보였다. 방과후 청소가 끝난 교실에 덴고와 그녀는 어쩌다가 둘만 남게 되었다. 둘밖에는 아무도 없었다. 그녀는 뭔가를 결심한 듯이 빠른 걸음으로 교실을 가로질러 덴고에게 다가와 옆에 섰다. 그리고 망설임 없이 덴고의 손을 잡았다.
>
> —『1Q84』1권 중에서

아오마메는 덴고에게 다가와 손을 꼭 잡았다가 살며시 놓고 사라지는데, 그 순간 그들의 영혼이 하나로 맺어진다. 두 사람은 너무 오래된 일이라 그 사실을 기억하지 못할 뿐이다. 아오마메는 비쩍 말랐거나 아직 가슴도 부풀지 않은 순진한 소녀가 아니다. 아오마메는 술집에서 적당한 상대를 찾아낸 뒤 거리낌없이 하룻

밤 신나게 뒹구는 것으로 "건강한 성욕"을 발산하는 서른의 무르익은 여자다. "하지만 어떻든 섹스는 그녀의 몸에 좋은 영향을 준 듯했다. 남자에게 안기고 벗은 몸을 내보이고 쓰다듬고 핥고 깨물고 페니스가 삽입되고 오르가슴을 몇 번이나 체험한 것으로 몸속에 있던 응어리 같은 것이 깨끗이 풀렸다." 아오마메의 섹스는 생명의 온기를 주고받는 에로스가 아니라 단지 성욕이 주는 조바심과 메마름에서 벗어나기 위한 행위다. 이는 아오마메의 숨겨진 이중성, 즉 소녀의 순진함과 청부 살인자의 잔혹성을 드러내기 위한 장치로 보인다.

아오마메와 덴고를 연결시키는 존재가 고마츠라는 편집자다. 이 사람은 나이는 사십대 중반으로 작품을 읽고 잠재성을 파악하는 능력은 뛰어나지만 성격은 괴팍한 편이다. 덴고가 응모한 작품을 읽고 먼저 그 가능성을 알아보고 도움을 베푼다. 고마츠가 덴고에게 후카에리의 「공기 번데기」를 윤문해줄 것을 제안함으로써 덴고와 아오마메가 연결되는 계기를 제공한다. 덴고가 「공기 번데기」의 윤문을 맡음으로써 '선구'라는 신흥 종교가 얽힌 문제에 휩쓸리면서 이야기의 전개는 급박해진다. '선구'는 겉보기로는 산속에 고립된 주민들이 자급자족하며 사는 공동체이지만 평화로운 종교단체에서 차츰 폭력과 음모로 얽힌 사이비 종교단체로 변질된다. 외부에 대해 폐쇄된 채로 운영하며 일체의 내부 정보가 새 나가는 것을 막는다. 이들은 정치계와 경제계의 거물들과 연줄을 맺고 있으며, 대형 로펌이 이들의 법적 대리인으로 활동한다.

또다른 중요한 인물이 '노부인'이다. 도쿄 도 미나토 구의 아자부의 버드나무 대저택에서 사는데, 처음에는 이름이 밝혀지지 않다가 나중에 오카다 시즈에라는 게 드러난다. 젊은 시절 결혼을 하고 죽은 남편에게 막대한 재산을 상속받은 여자. 투자 감각과 수완이 뛰어나서 주식과 사업 투자로 재산을 축적하고, 경제계와 정치계에 막강한 인맥을 구축한다.

'노부인'은 자비를 들여 '세이프티 하우스'를 만들어 가정 폭력을 당한 여성들을 돕는다. 사회적 약자인 이들이 육체와 정신의 안정을 되찾고 사회에 복귀하도록 돕는 '노부인'은 딸이 결혼 뒤 남편의 폭행으로 말미암아 자살하자, 이를 계기로 가정 폭력 피해자 여성을 돕는 일에 뛰어든 것이다. 피해자 여성을 돕는 한편 가해자 남성들을 응징한다. 노부인은 운동센터의 강사인 아오마메에게 가정 폭력의 가해자를 응징하는 일을 맡긴다. 신흥 종교 교단인 '선구' 안에서 어린 여자애를 성적으로 농락하는 비밀스러운 의식이 주기적으로 벌어진다. 교단의 리더가 열 살 전후의 소녀들을 성폭행하고, 이 행위를 정당화하기 위해 교리를 날조하고 교단 시스템을 이용한다. 그 피해자 중에는 리더의 친딸도 있다. 리더가 자신의 친딸을 범한 것이다. '노부인'이 아오마메에게 교단의 리더를 살해하라는 명령을 내린다. 그런데 「공기 번데기」가 세상에 나오면서 '선구'의 신봉자들인 '리틀 피플'의 비밀을 파헤치는 일에 관여하게 되고 두 사람은 '리틀 피플' 집단에 쫓긴다.

『1Q84』의 스토리는 아오마메가 악의 표상인 '선구'의 리더를 찾아 죽이는 악을 징벌하는 이야기다. 거기에 덴고와 아오마메의 사랑 이야기가 두 개의 겹으로 펼쳐지는 것이다. 세계는 어딘지 모르게 뒤틀려 있고, 그 뒤틀림 속에서 악과 거짓은 번성한다. 선량한 사람들이 그 악에 의해 구축된 세계에서 악의를 가진 인간에게 괴롭힘을 당한다. 덴고와 아오마메 역시 어린 시절에 당한 이 악에 의해 영혼이 침식된 원체험들을 갖고 있다.

덴고는 후카에리와 함께 있을 때 '두 개의 달'이 뜬 세계에 대해 말한다. 크고 노란 달과 초록빛이 나는 작은 달. 초등학교 시절 아오마메와 덴고가 보았던 달이다. '두 개의 달'이 뜬 세계는 현실의 이면, 시간의 장이 왜곡된 채 나타난 "다른 세계"다. "시간이 일그러진 모양으로 흐를 수 있다는 것을 덴고는 알고 있다. 시간은 균일한 성분을 가졌지만, 그것은 일단 소비되면 일그러진 것으로 변해버린다. 어떤 시간은 무겁고 길며 어떤 시간은 가볍고 짧다. 그리고 때때로 전후가 바뀌거나 심할 때는 완전히 소멸되기도 한다." 시간의 장이 왜곡되면서 현실 이면에 숨어 있던 "다른 세계"가 홀연 그 모습을 드러내는 것이다.

지금 여기의 세계는 자명한 것, 즉 일상의 리얼리티로 짜인 복잡계다. 육체의 자명성, 타자의 자명성, 날씨와 계절의 자명성, 법과 규범의 자명성이 엄존하는 가운데 아기가 태어나고 다른 한쪽에서는 사람이 죽어간다. 누군가는 사랑에 빠지고, 누군가의 사랑은 깨진다. 아마 현실의 자명성이 가장 첨예하게 불거지는 영역은 정치적인 것과 경제적인 것일 테다. 우리는 현실의 자명성을 사건의 자명성으로 겪어낸다. 이 자명성 뒤에 "다른 세계"가 숨어 있다. 개별자의 불행과 운명을 빚는 현실의 자명성과 이 자명성을 차폐

막 삼아 숨은 "다른 세계"는 상호 영향을 주고받는 관계다. 하루키는 어떤 작가보다 이 두 세계가 엇갈리고 상호 영향을 주는 관계에 눈길을 주면서 "다른 세계"의 모호성에 윤곽을 주고 형태를 빚는 일에 공을 들인다.

> "아까 하늘을 봤더니 달이 두 개가 있었어. 크고 노란 달과 작고 초록빛이 나는 달. 오래전부터 그렇게 되었는지 모르지. 하지만 나는 알아보지 못했었어. 아까서야 겨우 그걸 알았어." (……) "굳이 말할 것도 없지만, 하늘이 알이 두 개 떠 있는 건 「공기 번데기」에 나오는 세계하고 똑같아." 덴고는 말했다. "그리고 새로운 달은 내가 묘사했던 것과 똑같은 모양을 하고 있어. 크기도 색깔도 똑같아."
>
> ─『1Q84』2권 중에서

'두 개의 달'이 뜬 세계는 현실의 또다른 이면이다. 그것을 비현실적 망상이라고 할 수도 있다. 덴고는 요양병원의 침상에 혼수상태에 빠져 누운 아버지를 보고 생각한다. "아버지는 여기에서 육체를 혼수상태에 빠뜨려놓고 의식만 어딘가 다른 곳으로 옮겨가 살고 있는 게 아닐까." 실재와 가공의 세계 사이의 경계가 불명확해지고, 세계를 지배하는 룰이 느슨해지고, 저쪽 세계에서 일어난 일이 이쪽 세계에서도 벌어진다. NHK 수금원인 아버지는 이쪽 세계에서도 여전히 NHK 수금원의 일을 하지만 실재 세계와 그 세계의 이면은 다르다. 그곳은 현실이 아닌 "머릿속에 있는 어딘가의 장소"에 있는 가공 현실이다.

이곳이 어떤 세계인지, 아직 판명되지는 않았다. 하지만 그것이 어떤 구조를 가진 세계이건 나는 이곳에 머물 것이다. (……) 어디로 가는지 알지 못하는 수많은 어두운 길을 우리는 앞으로 수없이 더 들어가야 할지도 모른다. 하지만 그래도 좋다. 괜찮다. 기꺼이 그 것을 받아들이자. 나는 이곳에서 이제 어디로도 가지 않는다. 어떤 일이 있어도, 우리는 단 하나뿐인 달을 가진 이 세계에 발을 딛고 머무는 것이다. 덴고와 나와 이 작은, 셋이서.

—『1Q84』3권 중에서

두 사람은 바뀐 세계에 함께 들어와버린다. 아오마메는 '1Q84' 를 거쳐 '1984'의 세계로 돌아왔다고 선언한다. 그리고 덴고의 손을 잡는다. "두 사람은 그곳에 나란히 서서, 서로 하나로 맺어지면서, 빌딩 바로 위에 뜬 달을 말없이 바라본다. 그것이 이제 막 떠오른 태양빛을 받아, 밤의 깊은 광휘를 급속히 잃고, 하늘에 걸린 한낱 회색 오려낸 종이로 변할 때까지." 우리는 떠도는 무無다. 기껏해야 수많은 갈망을 품으면서 그것으로 자기를 빚는다. 하지만 존재의 안쪽에 커다란 구멍을 품고 있다. 눈에 보이지 않는 이 구멍은 존재의 영원한 결핍태이다. 죽음으로 패인 이 구멍은 오직 타자성을 통해서만 채울 수가 있다. 그것은 인류의 최고 발명품 중 하나인데, 바로 사랑이다. 사랑은 우리 안의 결핍을 채우면서 존재의 충만에 이르게 한다. 하나의 달이 뜬 현실 안에서 덴고와 아오마메는 하나로 맺어지면서 『1Q84』는 막을 내린다.

'두 개의 달'이 뜬 세계는 현실의 또다른 이면이다.
그것을 비현실적 망상이라고 할 수도 있다.
실재와 가공의 세계 사이의 경계가 불명확해지고,
세계를 지배하는 룰이 느슨해지고,
저쪽 세계에서 일어난 일이 이쪽 세계에서도 벌어지는 것이다.

세 권으로 된 『1Q84』의 마지막 권을 다 읽고 책의 표지를 덮었을 때 저녁이 오고 어둠의 그림자가 넓게 드리워져 있었다. 이 세계는 분명 어딘지 모르게 내가 알던 그 세계와는 미묘하게 달라진 듯하다. 어제와는 다른 세계다! 나는 익숙한 어떤 세계를 통과해서 돌연 어떤 본질의 현현顯現 속에 감싸여 있는 느낌이다. 나는 아주 자연스럽게 니체의 『차라투스트라는 이렇게 말했다』의 한 구절을 떠올렸다. "인간의 위대함은 그가 다리橋일 뿐 목적이 아니라는 데 있다. 인간이 사랑스러울 수 있는 것은 그가 건너가는 존재이며 몰락하는 존재라는 데 있다." 나는 이곳에서 저곳으로 "건너가는 존재"인데, 이 '건너감'의 끝에는 '죽음'이라는 영원한 몰락이 있다. 하지만 이 찰나 나는 죽음 따위가 무섭지 않다. 이 찰나의 삶은 죽음의 후광으로 빛난다. 나의 살아 있음은 죽음이 건네는 경이로운 선물인 것을!

　나는 이곳에서 저곳으로 건너가는 동안 미토콘드리아 단위에서 어제와는 다른 나로 바뀌면서 동시에 운명도 달라진다. 나는 변화하고 유동하는 존재다. 나는 어제보다 더 나은 존재로 향상할 수 있는 가능성의 존재다. 오늘의 나는 어제의 나보다 확실히 더 좋은 사람이라는 확신이 기분을 좋게 만든다. 저기 먼 하늘에 두 개의 달이 떠 있다. 크고 둥글고 노란 달과 초록색의 작은 달이 동시에 떠 있는 것이다.

가상의 실재 속에서

『기사단장 죽이기』, 2017

다시, 시드니에서

다시, 시드니에 왔다. 2017년 여름, 태양이 작열하는 나라에서 겨울의 나라로 떠나온 것이다. 밤하늘에 남십자성이 나타나는 남반구의 시드니는 북두칠성이 나타나는 북반구의 서울과는 계절이 반대로 돌아간다. 전날 저녁 7시쯤 인천국제공항에서 이륙한 대한항공 여객기는 열 시간 반 동안 태평양 상공을 날아 이튿날 새벽 6시쯤 시드니국제공항에 안착한다. 시드니의 새벽 찬 공기가 이마에 서늘하게 닿는다. 겨울로 진입하는 시드니의 이즈막 새벽 기온은 섭씨 4~5도로 떨어지지만, 정오쯤 대기는 열기로 덥혀지는 탓에 기온은 가뿐하게 섭씨 15도 안팎으로 올라간다. 서울의 봄 날씨만큼이나 따뜻한 공기가 대지로 퍼지며 동백꽃과 목련꽃과 재스민꽃들이 차례로 피어난다. 늪지에서는 개구리가 울어대고, 금귤나무의 녹색 잎사귀 사이에서 열매는 샛노랗게 익어간다.

낮의 길이는 짧다. 오후 4시면 벌써 해가 서쪽으로 뉘엿뉘엿 넘어간다. 한 시간쯤 지나면 땅 그늘이 드리워져 북반구에서 온 여행자들을 허둥지둥하게 만든다. 어둠이 내려앉는 시각, 낮에 먹이를 구하는 새들은 둥지를 찾아 서둘러 돌아가고, 올빼미나 수리부엉이들은 털을 가다듬고 사냥 나갈 채비를 서두른다. 아, 여기는 시드니다! 새파란 하늘, 아름드리 유칼립투스로 빽빽한 울울창창한 숲, 차갑고 청량한 공기, 고요한 공원들……. 이튿날 새벽, 수백 마리의 새들이 요란하게 지저귀는 소리를 들으며 새벽잠에서 깨어날 때 나는 북반구의 폭염과 습기를 피해 도망쳐온 실감을 한다.

시드니에 도착한 첫날, 기내 이코노미석에서 단속적인 잠을 잔 탓에 불충분한 수면의 분량을 채운 뒤 깨어나 하루키 신작 소설 『기사단장 죽이기』 1권을 읽기 시작한다. 운좋게 책이 출간되기 전 원고를 손에 넣었는데, 뭐, 불법적인 수단을 쓴 것은 아니다. 아직 한국어판이 출간되기 전이니 출판관계자 이외에는 아마도 내가 이 소설의 첫 독자일 것이다.

『기사단장 죽이기』 1권은 568쪽으로 만만치 않은 분량이다. 1권을 하루 새에 다 읽은 뒤 2권을 읽고 싶다는 맹렬한 욕구는 이 소설이 흥미로웠음을 반증한다. 첫 느낌은 '하루키 세계의 총체적 집약!'이라는 것이다. 내가 꼽는 하루키 최고의 소설은 초기의 3부작 『바람의 노래를 들어라』 『1973년의 핀볼』 『양을 쫓는 모험』, 그리고 「오후의 마지막 잔디밭」 「중국행 슬로보트」 같은 빼어난 단편들, 『세계의 끝과 하드보일드 원더랜드』 『해변의 카프카』 『1Q84』

이다. 이제 어쩌면 『기사단장 죽이기』 역시 하루키의 대표작 목록에 넣어야 될지도 모른다.

왜 하루키 소설을 읽는가? 많은 독자들이 하루키 소설에서 유익한 재미와 공허를 메우는 정서적 충만감을 얻었을 테다. 이 세상의 다양한 서사들은 재미와 쾌락만이 아니라 우리의 욕망과 정서적 필요에 부응한다. 우리는 이야기를 지어내고 이야기들에 귀를 기울인다. 이야기는 내가 겪지 않은 현실에 대한 이해와 공감 능력을 키울 뿐만 아니라 시간을 유한에서 무한으로 연장하고 초생명적 비약의 근거가 된다. 더 중요한 점은 소설, 드라마, 영화 같은 서사들이 과거의 신화들과 마찬가지로 '상상 속의 질서'나 '상상의 공동체'의 토대인 협력망을 만드는 매뉴얼로 작동한다는 사실이다. "세월이 흐르면서 사람들은 믿을 수 없을 만큼 복잡한 이야기의 네트워크를 만들었다. (……) 이런 이야기의 네트워크를 통해 사람들이 창조한 것을 학계에서는 '픽션' '사회적 구성물' '가상의 실재'라고 부른다."• 시와 전설, 민담과 신화를 포함한 다양한 구전口傳하는 이야기들은 인류의 역사 속에서 내내 지식을 저장하고 전하는 유효한 수단이었다. 우리는 '상상 속의 질서'나 '상상의 공동체' 일원으로 살아가는 데 필요한 규범과 지식들을 "복잡한 이야기의 네트워크", 즉 서사를 통해 얻는다.

• 유발 하라리, 『사피엔스』, 조현욱 옮김, 김영사, 2015, 59쪽.

'양'과 '일각수'와 '리틀 피플'의 상징을 거쳐,
'노르웨이의 숲'과 '국경의 남쪽'을 경유하고,
'불확실한 벽'들로 둘러싸인 '세계의 끝'을 넘어서,
'두 개의 달이 동시에 뜨는 세계'를 지나서 도착한 지점은
'어디에도 거주하지 않음', 즉 '무'의 장소,
바로 『기사단장 죽이기』의 세계이다.

하루키 신작 『기사단장 죽이기』는 1권 '이데아' 편과 2권 '메타포' 편을 합쳐 거의 1,200쪽에 이르는데, 아주 잘 읽혔다. 이 흡인력의 원인은 '하루키 코드들'의 종합판이라 할 만큼 익숙한 것들의 혼재를 통한 미학의 구현에서 찾을 수 있다. 하루키는 이 소설의 플롯을 짜는 데 영리하게도 대중에게 가장 잘 통했던 모든 요소들을 가동시킨다. 이 소설이 앞선 작품들에 대한 기시감을 드러내는 것은 불가피한 일이다.

작중인물 '나'는 삼십대 중반의 초상화가로 결혼 6년 차 아내에게서 결별 통고와 이혼 선언을 듣는다. 그길로 집을 나서 피폐해질 때까지 일본 열도를 헤맨다. 이것은 『노르웨이의 숲』의 작중화자가 일본 열도를 방랑하는 것과 겹쳐진다. 그들은 절체절명의 인생 전환점에서 세계의 끝을 찾는 여행자거나 새로운 오지奧地의 서식처를 구하는 15만 년 전 원시 인류와 같이 긴 여로 속에서 암중모색하며 떠돈다. '나'는 방랑을 끝낸 뒤 미술대학 동창의 아버지 집을 얻어 안착한다. '나'는 아마다 도모히코가 살던 집에서 은둔하며 그림을 그리던 어느 날 다락방에 방치된 〈기사단장 죽이기〉라는 제목이 붙은 그림과 마주친다. 그뒤로 비밀에 감싸인 이웃 남자가 찾아와 초상화를 의뢰하고, 〈기사단장 죽이기〉 그림 속 기사단장의 형태를 취한 '이데아'의 방문을 받는다. 우연이 거듭 겹치면서 생긴 카오스의 소용돌이 속에서 '나'는 우리가 '운명'이라고 불리는 새로운 카오스에 빠진다. 초상화를 의뢰한 백발의 독신 남성 멘시키 와타루가 골짜기의 대저택을 사들인 뒤 건너편 집의 소녀를 집요하게 관찰하는 장면은 어딘지 모르게 익숙하다.

몇 가지 기시감들

'양'과 '일각수'와 '리틀 피플'의 상징들을 거쳐, '노르웨이의 숲'과 '국경의 남쪽'을 경유하고, '불확실한 벽'들로 둘러싸인 '세계의 끝'을 넘어서 '두 개의 달이 동시에 뜨는 세계'를 지나서 도착한 지점이 '어디에도 거주하지 않음', 즉 무無의 장소, 바로 '기사단장 죽이기'의 세계이다. 미술대학을 나와 초상화가로 사는 '나'는 우연히 화가 아마다 도모히코의 옛 저택에 흘러든다. 아마다 도모히코는 1930년대 오스트리아 빈으로 유학을 떠났다가 오스트리아인 연인과 독일 점령군의 요인을 암살하는 지하조직에 연루되었다가 위기에 빠진다. 일본 정부의 도움으로 탈출해 화단의 중진으로 이름을 떨쳤으나 지금은 노령으로 한 요양병원에 식물인간처럼 누워 있다.

불가사의한 나날들이 흘러가는데, 그에 대해 '나'는 이렇게 고백한다. 창작이라는 영역에서 말하자면 나는 거의 순수한 무無와 마주하고 있었다. 클로드 드뷔시는 일찍이 오페라 작곡이 정체에 빠졌던 시기를 "나는 매일같이 무rien를 만들기만 했다"고 표현했는데, 그 여름의 나 역시 날마다 '무의 제작'에 종사했다. 혹은 매일 리랭을 대면하는 일에 제법 익숙해졌는지도 모른다. 친숙해졌다고까지는 할 수 없어도." '나'는 무의 장소에서 '무의 제작'에 열중하는 시절을 보낸다. 그리고 수상한 이웃집 남자의 초상화 의뢰를 받아들이며 그와 친교를 나눈다. 그 멘시키는 자신을 "무無"라고 느끼고, "텅 빈 인간"이라고 고백한다. '내'가 마주하는 세계, 혹은 '나'를 둘러싼 세계는 그 무의 무중력이다. 그 집의 다락방에서 수리부엉이와 함께 있던 그림 〈기사단장 죽이기〉가 던진 미스터리와 조우하기 전까지, 꽤나 평온한 질서를 유지하던 삶은 미스터리가 주어지면서 현실의 방향이 뒤틀린다. 그와 동시에 평온한 삶은 깨지면서 '나'는 역전逆轉과 전복顚覆이 무시로 일어나는 흐름 속으로 빨려들어간다.

하루키의 작중인물들은 어느 날 문득 자명한 세계 너머의 수수께끼 같은 저편과 마주치는데, 이들은 집단이나 무리에서 떨어져 나온 외톨이이고, 고독이라는 고치 속에서 사는 은둔자이자 중심에서 벗어나 주변을 맴도는 이방인이다. 『기사단장 죽이기』에서 '나'는 아내에게 이별 통고를 받고 오래된 빨간색 푸조 205를 몰고 집을 나와 일본 열도를 떠돈다. 그러다가 음식점 화장실의 세면대 거울에 비친 제 얼굴을 바라보며 자문한다. "나는 이제 어디로 가려는 걸까, 내 모습을 보면서 생각했다. 아니, 그보다 나는 대체 어디로 와버렸을까? 여긴 대체 어디일까? 아니, 그보다 근본적으로, 나는 대체 누구인가?" '나'는 혼란을 겪으며 자기 정체성에 대해 묻는다. 물론 그 해답을 구할 수는 없다.

호모 사피엔스가 지구에 출현한 지 30만 년이 넘었지만 인류는 여전히 수수께끼를 풀지 못한 채 전전긍긍하는 것이다. 호모 사피엔스의 일원인 '나'는 자기 삶의 거점이었던 곳에서 가장 먼 곳을 향해 떠난다.

이대로 고속도로를 타고 북쪽으로 가야겠다고 생각했다. 북쪽에 뭐가 있는지는 모른다. 그래도 왠지 남쪽보다는 북쪽이 좋을 것 같았다. 차갑고 청결한 장소에 가고 싶었다. 무엇보다 중요한 것은 북쪽이든 남쪽이든 이 도시에서 조금이라도 멀리 벗어나는 일이다.

— 『기사단장 죽이기』 1권 중에서

그는 스스로 중심에서 벗어난다는 점에서 이방인이고, 집단의 질서에서 내쳐진 방외인이다. 세계의 흐름이 어느 순간 자신이 통제할 수 없는 방식으로 바뀌어버린다. 그러나 '나'는 그 흐름이 왜 갑자기 바뀌었는지 알지 못한다.

"어쨌거나 어디선가 흐름이 잘못된 방향으로 꺾여버린 것이다. 시간이 필요하다고 나는 생각했다. 이럴 때는 참을성을 발휘해야 한다. 시간을 내 편으로 만들어야 한다." 세계의 흐름이 바뀌면서 '나'는 미스터리를 떠안고 카오스의 소용돌이로 말려든다. "천장 위에서 발견한 아마다 도모히코의 그림 〈기사단장 죽이기〉, 잡목림에 뚫린 구덩이에 남아 있던 기묘한 방울, 기사단장의 모습을 빌려 내 앞에 나타나는 이데아, 그리고 흰색 스바루 포레스터를 타는 중년 남자. 그에 더해, 골짜기 맞은편에 사는 불가사의한 백발의 인물." 미스터리는 또다른 미스터리로 이어지면서 몇 겹을 이룬다. 마치 우리 삶 자체가 미스터리라는 듯이. 하루키는 독자를 환상적 모험으로 충만한 이야기의 네트워크 속으로 안내한다.

하루키는 이미 다른 책에서 "우리들은 모두가 어떤 부분에서는 이방인이며, 우리들은 그 어두컴컴한 어둠의 영역에서 무언의 자명성에 배신당하고 버림을 받아간다"고 말한다.• 이들은 현실과 비현실, 지상(의식)과 지하(무의식), 실재의 세계와 판타지 세계, 두 극단의 세계가 뒤엉키는 사태 속에서 흐름이 바뀌면서 혼돈에 빨려드는데, 예측 불가능의 카오스에서 한사코 질서와 균형을 찾으려고 허우적거린다. 하루키의 작중인물들이 질서와 균형을 찾기 위한 고투의 한 방편으로 선택하는 것이 긴 여행이다.

카오스란 무엇인가? 카오스는 속도의 무한 속에서 나타났다가 곧 사라지는 무질서의 한 양태다. 그것은 질서의 잠재태이자 무질서의 극단적 활성화로 나타난다. 카오스는 질서의 극한이 불러오는 무질서이고, 이 모든 무질서를 삼킨 혼돈 그 자체이다. 이 무질서의 극한에서 새로운 질서가 발생한다. 우주의 탄생이 그렇고, 지구 생명체의 출현이 그렇다. 모든 것이 카오스에서 생겨나고, 이 발생들은 다시 거대한 카오스에 삼켜진다. 그렇지만 카오스는 '무無'가 아니다. 카오스는 무의 무, 무의 무의 무, 무의 무의 무의 무이다. 그런 맥락에서 프랑스의 철학자 들뢰즈와 가타리는 『철학이란 무엇인가?』라는 책에서 카오스를 "탄생과 소멸의 무한 속도"라고 정의한다.

사물의 진실을 삼켜버린 우주는 카오스 그 자체이고, 인간은 그

• 문학사상사 자료조사연구실, 『하루키 문학수첩』, 문학사상사, 1996, 250쪽에서 재인용.

카오스의 소용돌이에서 떨어져나온 작은 입자에 지나지 않는다. 인간은 작은 입자로서 카오스를 가로지르는 존재다. 생이라는 것은 바로 이 카오스를 카오스로 겪어내는 시간-경험에 다름아니다. 카오스를 카오스로 겪어내는 시간-경험을 무라카미 하루키의 용어로 바꾸자면, 저마다 '구덩이 파기'일 테다. "우리는 여기서 모두 제각기 순수한 구덩이를 계속 파고 있는 거야. 목적이 없는 행위, 진보가 없는 노력, 아무데도 다다르지 않는 보행步行, 멋지다고 생각하지 않나? 아무도 상처를 입지 않고, 누구에게도 상처를 주지 않지. 아무도 앞지르지 않고, 누구에게도 따라잡히지 않아. 승리도 없고, 패배도 없어."(『세계의 끝과 하드보일드 원더랜드』) 우리가 이 카오스를 선택한 것은 아니다. 그럼에도 우리는 카오스를 승리도 없고, 패배도 없이 내면화하면서, 기꺼이 이 우연의 운명을 묵묵히 겪어낸다. 하루키는 우리가 개별자로 겪어내는 이것을 '구덩이 파기'라고 말한다.

카오스를 넘어서

2017년 7월 12일, 『기사단장 죽이기』 한국어판이 출간되자마자 당연한 것인 듯 베스트셀러에 올랐다. 며칠 뒤 출판사에서 보낸 『기사단장 죽이기』 한 질이 검은 박스에 포장된 채로 시드니에 도착했다. 나는 책을 받자마자 단숨에 『기사단장 죽이기』를 두번째로 통독했다.

모든 것이 꿈속에서 일어난 일처럼 느껴졌다. 나는 그저 길고 생생한 꿈을 꾸었을 뿐이다. 아니, 지금 이 세계도 꿈의 연장이다. 나는 꿈속에 갇혀버렸다.

—『기사단장 죽이기』 1권 중에서

이 구절은, 정확하게 『기사단장 죽이기』를 읽은 내 소감과 일치한다. 암혈暗穴 같은 구덩이에서 들려오는 기이한 방울 소리에 이끌려 펼쳐지는 이야기를 따라가면서 "길고 생생한 꿈"을 꾼 기분이다. 삶이 아련한 꿈이고, 꿈은 메마른 삶이다. 마치 영원의 가장자리를 만진 듯 아득해졌을 때 삶과 꿈이 뒤바뀌는 도착倒錯의 느낌이 내 안쪽에 깃들었다. 그럴 때마다 나는 멀미를 했다. 또한 살면서 방향 감각을 잃고 헤매는 것도 자주 겪는 일이다. 어느 날 치과 의사가 병원을 폐업하고 우동 가게를 열고, 신부神父가 되려고 신학대학을 다니던 친구가 갑자기 절로 들어가더니 얼마 뒤 출가했다고 소식을 전한다. 이제까지 걸어온 길이 맨홀 속으로 사라지듯이 돌연 발밑에서 쑥 꺼져버리고, 어디로 가야 할지를 모른 채 헤매는 것이다.

2부에서 '이상한 나라의 앨리스'의 구멍 모티브와 닮은 이야기가 단선으로 흘러가는데, 그 부분에서 상상력의 빈곤이 얼핏 느껴졌다. 이 모티브는 하루키의 첫 소설인 『바람의 노래를 들어라』에 나오는 '우물 빠져나오기'의 변주가 아니던가? "자네가 우물을 빠져나오는 동안에 약 15억 년이라는 세월이 흘렀네. 자네들의 속담에 있듯이, 세월은 화살과도 같지. 자네가 통과해온 우물은 시간의 일그러짐에 따라서 파여 있는 것일세. 그러니까 우리들은 시간 사이를 방황하고 있는 셈이지. 우주의 탄생에서 죽음까지." 구멍이나 우물은 원형 상징에서 자궁에 해당한다. 자궁 회귀 욕망에는 현실 부적응자의 현실에 대한 부정이 숨어 있는데, 이는 전형적인 프로이트적 해석이다. 작중인물은 "그것이 여성의 성기를 연상시킨다는 사실을 깨"닫지만 이내 "판에 박힌 프로이트적 해석"으로 여기고 부정한다. 부정에도 불구하고 "숲속의 불가사의한 둥근 구덩이를 여성의 성기와 결부시키려는 생각은 머릿속에서 떠나지 않았다"라고 적는다.

구멍이나 우물은 폐쇄 공간이다. 이곳으로 들어가는 것은 자폐 성향에서 비롯된 퇴영적 욕망이다. 또다른 측면에서 구멍이나 우물은 검은 심연이다. 그것은 무의식의 심층에 대한 암시를 담는다. 이것은 외부에 있지 않고 자기 내부에 있으며, 설사 외부에 있더라도 이것은 자기 내면의 깊은 무의식과 조응한다. 하루키 소설에서 구멍이나 우물 이미지는 이 세계와 저 세계를 연결하는 통로의 입구다. 현실에서 혼돈과 위기로 내몰린 작중인물들은 이것을 통과해 다른 세계에로 나아간다. 어쨌든 아키가와 마리에의 실종 모티브는 예측한 바고, '나'의 활약으로 소녀가 구원되는 것 역시 다소 진부한 전개라고 여겨졌다. 확실히 1부보다 이야기의 밀도가 성긴 느낌이다. '나'는 기사단장을 살해하고 실종된 아키가와 마리에를 구해낸다. 카오스를 넘어서자 현실은 동요를 멎고 평온함을 되찾는다.

●

그는 스스로 중심에서 벗어난다는 점에서 이방인이고,
집단의 질서에서 내쳐진 방외인이다.
세계의 흐름이 어느 순간 자신이 통제할 수 없는 방식으로 바뀌어버린다.
그러나 '나'는 그 흐름이 왜 갑자기 바뀌었는지 알지 못한다.

아름다운 소녀 마리에는 『기사단장 죽이기』의 프롤로그에 나온 '얼굴 없는 남자'의 역상逆像이다. '나'는 마리에의 특별한 눈빛에 대해 이렇게 쓴다.

> 그곳에는 '순간 동결된 불꽃'이라는 표현을 붙이고 싶은 신비로운 광채가 있었다. 열기를 품은 동시에 철저히 냉정한 광채. 내부에 자체 광원을 지닌 특수한 보석 같다고 할까. 바깥을 향하는 순수한 요구의 힘과 완결을 향하는 내향적인 힘이 그 안에서 날카롭게 대립하고 있다.
>
> —『기사단장 죽이기』 2권 중에서

이 소녀는 구원久遠의 여인이다. 단테의 베아트리체, 죽은 여동생, 이데아의 세계가 하나로 겹쳐진다. 작중화가가 마리에의 초상화에 매달리는 것은 카오스에서 헤쳐나오는 데 소녀가 해결의 열쇠를 쥐고 있다는 암시다.

'나'는 마리에의 초상화를 완성 직전에 멈춘다. 〈아키가와 마리에의 초상〉을 가장 기다렸던 이는 멘시키였겠지만 그것은 미완인 채로 마리에에게 주어진다. 어딘가로 사라졌던 마리에가 돌아오고, 〈기사단장 죽이기〉에서 나온 기사단장은 칼에 찔려 죽는다. ""그래, 기사단장은 정말로 있어." 내가 말했다. 그리고 나는 그 기사단장을 내 손으로 찔러 죽였다." 이것은 뒤틀린 현실 세계의 질서를 제자리로 돌려놓기 위한 희생의 의례일 것이다. 요양병원의 아마다 도모히코가 죽은 뒤 더는 한밤중의 구덩이 속에서 이상한 방울 소리도 들려오지 않는다. '나'는 긴 방황을 끝내고 아내에게로 돌아간다. 카오스가 걷히고 현실은 다시 질서를 되찾는다. 몇 년 뒤 아마다 도모히코의 집에 화재가 나고 〈기사단장 죽이기〉 그림도 화재로 인해 사라진다.

겹쳐지고 쌓이는 상실의 흔적들

하루키의 단편집 두 권 읽기

하루키는 일본 현대작가로 한국에서 가장 두터운 독자층을 갖고 있다. 하루키 열풍은 중국, 미국, 독일은 물론이거니와 저 변방 국가들에서도 거세다. 국내에서 하루키 소설들은 물론이거니와 가벼운 에세이집, 여행기, 잡문집까지도 속속 번역되어 나온다.

하루키의 무엇이 독자를 사로잡을까? 등단작인 『바람의 노래를 들어라』(1979)부터 아버지 살해와 내면적 자아의 미스터리를 추적하는 『해변의 카프카』(2002)와 『1Q84』(2009)를 거쳐 『기사단장 죽이기』(2017)에 이르기까지 하루키 책들을 거의 다 읽었다. 나는 달콤함과 슬픔, 유머와 청결함, 놀랍게 정제된 정직함을 가진 하루키 소설을 읽으며 실망한 적이 없다. 가벼운 에세이집이라고 해도 노스탤지어를 예민하게 자극한다. 하루키 소설은 진정한 자기 자신으로서 산다는 것, 살아가면서 겹쳐지는 상실감에 대한 통찰과 체험의 순간을 담는데, 현대인들이 공감할 만한 주제다.

하루키의 문체는 재즈의 경쾌한 리듬과 닮았다. 하루키에게 문장은 쓰이는 것이 아니라 연주되고 있는 듯하다. 하루키 소설이 지루하지 않은 것은 그 때문인지도 모른다. 그는 서사에서 소설가의 권위나 그 흔적을 말끔하게 지워 없애버린다. 내가 아는 한에서 그는 최초라고 할 만한 작가다. 소설의 형식은 말할 것도 없고 스토리에서도 독선적 판단이나 가치관을 강요하지 않는다.

또한 하루키에겐 서사를 전달하는 탁월한 능력이 있다. 그는 끊임없이 "성장하고, 변화하는" 작가다. 어쩌면 이게 가장 중요한 것인지도 모른다. 그는 거침없이 새로운 세계에 자신의 전부를 걸 준비를 하고 있는 듯 보인다. 그는 늘 새로운 작가다. 당연히 하루키의 소설은 "대중적으로" 재미있게 읽히는 여러 요소를 두루 갖추고 있다. 누군가는 하루키 문학을 폄하한다. 오에 겐자부로의 소설은 무겁고 더러는 난해하고, 요시모토 바나나의 그것은 "공허한 일회성 오락물"에 그치고, 미시마 유키오는 "이국적인 일본"을 탐미적으로 그려낸다. 하루키의 비판자들은 외국 독자의 구미에 딱 들어맞는 "이국적인 일본의 국제판"이라고, 냉정한 흥행사라고 깎아내린다.

렉싱턴의 유령

하루키 소설의 내밀함을 엿보기 위해 한 작품을 골라보자. 『렉싱턴의 유령』(1996)은 마니아가 아니라면 그냥 흘려보냈을 하루키 단편집 중 하나다. 「렉싱턴의 유령」은 주인공인 작가가 집을 비우고 여행을 떠나는 한 건축가의 부탁을 받고 빈집을 봐주면서 겪는 얘기다. 주인공은 그 집에서 보낸 첫날밤 유령들이 벌이는 파티 소리를 듣는다. 흥겨운 음악 소리와 사람들의 웃음소리. 그러나, 특별한 사건은 일어나지 않았다. 일주일 뒤 건축가가 여행에서 돌아온다. 반년쯤 지났을 때 건축가는 어머니의 죽음과 장례식이 끝난 다음 3주 동안 내내 잠만 잤던 아버지의 얘기를 들려준다. "땅속에 묻힌 돌처럼 깊은 잠"에 빠진 아버지는 어린 아들에게 "몽유병자나 유령"처럼 느껴졌다. 아버지는 혼자 그 아들을 묵묵히 키우고, 커다란 집을 유산으로 남기고 죽는다. 그뿐이다. 집주인이 부재하는 그 빈집에서 파티를 열었던 것은 그 아버지의 유령이었을까?

또다른 소설 「토니 다키타니」도 죽은 자의 얘기다. 재즈 연주자인 홀아버지의 아들로 자란 토니 다키타니는 일러스트레이터이다. 그는 열심히 일한 덕에 삼십대 중반 대저택과 임대주택 몇 채를 소유한 자산가가 되었다. 그는 한 젊고 아름다운 여자와 사랑에 빠져 결혼을 한다. 그들은 행복했지만 아내의 과도한 의류 구입 욕망이 문제가 됐다. 아내는 끝없이 옷을 사들였다. 아내는 산더미 같은 새 옷과 200켤레의 구두를 남기고 교통사고로 세상을 떠난다. 토니 다키타니는 아내의 옷을 입어줄 사람을 찾는다는 이상한 광고를 낸다. 아내의 새옷은 "생명의 뿌리를 잃고 시시각각 메말라가는 볼품없는 그림자떼"에 지나지 않는다. 그는 아내의 옷을 처분하고, 다시 2년 뒤에 죽은 아버지가 남긴 악기와 방대한 레코드도 처분하고, 외톨이로 살아간다. 그뿐이다.

두 작품이 다루는 것은 자명한 현실의 틈새 얘기이다. 고도자본주의 사회의 생산과 소비가 한 치의 오차도 없이 맞물려 돌아가는데, 이런 토대 위에 세워진 일상의 미세한 균열을 들여다보고 거기에서 얘기를 꺼낸다.

하루키 소설에는 우리가 잘 아는 보통의 세계와 미지의 세계를 가로지르는 벽이 있다. 벽은 많다. 자폐의 방이나 우물을 만드는 벽, 도시와 세계를 둘러싼 벽들! 벽은 이것과 저것, 안과 밖, 현실과 환상을 가르고 나누는 경계이고, 주체의 능동성을 제한하는 한계이며, 자유로운 소통과 통행을 가로막는 장애물이다. 벽은 강고함과 자폐의 상징이고 환영이다. 그것은 상징 층위에서 수시로 움직이고, 무시로 생겨나고, 있던 것이 사라지기도 한다. 벽은 아버지, 국가, 국경, 권력, 법, 규범, 죽음, 금기의 표상이다. 이 벽이 품은 상징성을 되새겨보려면 『세계의 끝과 하드보일드 원더랜드』에 나오는 다음 구절을 참조할 필요가 있다. "벽의 바깥쪽으로 나가는 데는 필연적인 이유가 있고, 벽의 안쪽에 머물러 있지 않으면 삶의 리얼리티를 잃는다." 『세계의 끝과 하드보일드 원더랜드』의 도시는 벽으로 둘러싸여 있다. 벽은 세계의 끝에 있는 도시와 그것을 감싼 세계 사이를 가로지른다. 이 도시의 벽을 자유롭게 넘나드는 것은 일각수와 날개를 가진 새들뿐이다. 누군가 이 도시로 진입하려면 벽을 넘어야 한다. 벽을 넘는 조건은 '그림자'를 떼어 문지기에게 맡겨야 한다는 것이다. '그림자' 없이 벽의 안쪽에 머무는 사람은 평온한 생활을 하지만 이들에게는 '마음/자아'란 것이 없다. 사람과 분리된 '그림자'는 서서히 쇠약해져 죽어간다. 세계의 끝에 세워진 도시의 벽은 안쪽에 남느냐, 혹은 그 바깥으로 넘어가느냐 하는 문제를 낳는다.

평범한 인물이 어느 날 갑자기 어떤 알 수 없는 일에 이끌려 미지의 세계로 빨려들어간다. 물이 급류를 이루며 배수구로 빠져들어가듯이 미지의 세계로 빨려들어가는 수로들의 입구에는 언제나 우물이 있다. 우물 저 밑바닥에 미로와 미궁이 있고, 그것은 또 다른 차원의 세계로 연결된다. 미지의 세계와 한 번이라도 조우한 사람은 더이상 평범함 삶을 살 수 없게 된다. 그것은 어쩌면 현재의 '나'를 만든 과거인지도 모른다. 과거의 시간과 경험은 이미 흘러가버려 지금 이곳에는 없다. 하루키의 소설들은 '나'의 뿌리를 형성하고 있는 그 "부재의 현존"의 세계를 탐색하고 있는 것이다.

하루키는 한 작중인물의 입을 빌려 다음과 같이 말한다. "나한테는 미래라는 개념이 없는 것이죠. 얼음에는 미래가 없기 때문입니다. 얼음에는 그저 과거가 단단하게 봉해져 있을 뿐입니다." 과거란 얼음 속에 봉인된 세계인 것이다. 미로와 미궁을 품은 현실 저 너머 세계를 가장 강력하게 본격적으로 탐구한 소설이 『세계의 끝과 하드보일드 원더랜드』(1985)다. 만다라를 연상시키는 다채로운 상상력을 분출하는 이 작품은 하루키가 도달한 한 정점이다.

평범한 삶의 외관에도 불구하고 눈에 보이지 않는 질병들을 앓는데,
그것은 소외와 고독이라는 이름의 질병이다.
그들은 소외와 고립 속에서 혼자만의 자유를 만끽하고,
동시에 사회 관계망에서 결락된 자의 관계에 대한 열망을 안고 산다.

환상이나 비현실적인 요소가 배제된 담백한 연애담을 담은 『노르웨이의 숲』(1987)에도 "들판의 우물"이 나온다. 미국 프린스턴 대학의 객원 연구원으로 미국에 체류하면서 3, 4년의 준비 끝에 내놓은 대작 『태엽 감는 새』(1994)에서 하루키는 변화에 대한 갈망을 드러낸다. 하루키의 다른 소설과 마찬가지로 이 작품에서도 '나'에서 출발해 '나'의 무의식의 미로로 들어간다. 자명한 일상의 세계와 변별되는 또 하나의 세계가 있다. 『태엽 감는 새』에서 개인의 무의식의 미로가 아니라 실제 역사의 현장이 중요한 모티브로 등장한다. 전쟁이 지나간 현장 속에서 무의식의 미로와 완벽하게 조응하는 우물 속 미궁이 새롭게 나타난다.

하루키는 왜 이 소설을 썼을까? 1960년대 말 일본사회는 새로운 정치에 대한 이상이 무너지고, 급격하게 탈정치화, 탈역사화로 치닫는다. 공허를 자본주의의 소비 욕망과 맞바꾼 일본사회의 구성원들. 현실과 현실의 틈새, 죽은 자가 남긴 결락감…… 하루키 주인공은 그런 세계에서 "혼자 방 안에 틀어박혀 옛날 레코드를 듣고, 옛날에 읽은 책을 다시 읽고, 가끔은 정원의 잡초를 뽑기도 하였다. 아무도 만나고 싶지 않았고, 가족 이외에 누구와도 얘기하지 않았다."(「장님 버드나무와 잠자는 여자」) 그들은 사회의 중심에서 떨어져나온 외톨이다. 하루키 문학의 매력은 한마디로 뭉뚱그려 "동시대성의 감각"에서 찾을 수 있다. 바로 이것이다. 평범한 사람들이 안고 있는 내면의 질병들! 더 구체적으로 말하자면 상처와 상실감, 무의식의 환상과 소외감, 근거가 뚜렷하지 않은 불안과 위기감!

하루키 소설의 인물들은 대개 외톨이들인데, 이것은 아주 중요한 코드다. 그들은 평범한 사람들이다. 하루키 자신도 평범한 부류에 속하는 사람이다. 평범한 집안의 평범한 아들로 태어나 평범하게 성장한다. 청소년기에는 책과 재즈, 그리고 흡연에 빠진다. 대학 입시에 실패해 재수를 하고, 여전히 공부 대신에 술과 재즈, 친구들에 둘러싸여 대학 시절을 보낸다. 로스 맥도널드, 에드 맥베인, 레이먼드 챈들러, 트루먼 커포티 등의 영어소설을 읽으며 청소년기를 보내고, 엘비스 프레슬리, 리키 넬슨, 비치 보이스와 같은 로큰롤과 재즈 연주에 매혹당했다. 이른바 미국문화의 세례를 받으며 세계인의 문화 감각을 키운 것이다.

평범한 인물들이 맥주를 마시며 프로야구 중계를 보거나 재즈를 들으며 샌드위치를 씹어먹거나 뜻밖의 여자들과 섹스를 나눈다. 그들은 고결한 도덕의 강박증도 없고, 아주 퇴폐적이지도 않다. 평범해 보이는 삶의 외관에도 불구하고 눈에 보이지 않는 질병을 앓는데, 그것은 소외와 고독이라는 질병이다. 이 질병은 사회 현상으로서의 가족해체와 물신사회가 빚어내는 소외의 결과다. 그들은 소외와 고립 속에서 혼자만의 자유를 누리지만 동시에 사회관계망에서 결락된 자의 관계에 대한 열망을 안고 산다. 그들은 어느 순간 내면에 도사리고 있는 크레바스 속으로 빠져들어간다. 그것은 미로이며 미궁이다. 일상의 반복 속에 가려져 있던 형이상학적 혼돈의 공동이다. 하루키의 소설들은 여전히 소내疏內하는 현대인의 주변을 맴돌고 있는 것이다.

신의 아이들은 모두 춤춘다

서울올림픽이 열린 1988년, 『상실의 시대』가 문학사상사에서 출간되었다. 그 소설은 한두 해쯤 지나면서 꽤 괜찮은 소설이라는 입소문이 퍼지며 하루키 독자가 삽시간에 늘어갔다. 1988년이라는 시점이 중요하다. 소련 연방이 해체되고, 동구권 블록이 붕괴되면서 한국사회에 몰아쳤던 이념의 폭풍은 갑자기 끝나버렸다. 더러운 자본주의에 대한 낭만적 대안이었던 사회주의의 몰락은 지식인에게 예상치 못할 정도로 깊은 충격을 가져온다. 그리고 이상할 정도로 깊은 고요가 왔다. 진보 지식인들 사이에 일어난 사상의 동요는 예상보다 크고 깊었다. 그 이후 한국사회는 빠른 속도로 고도 소비사회로 가는 급행열차를 타고 미끄러져간다. 담론의 중심은 거시적인 것에서 미시적인 것에로, 역사에서 일상으로, 사회에서 개인적 자아로, 이념에서 욕망으로 빠르게 이동한다.

하루키의 일상과 욕망과 자아를 중심 화두로 삼은 가벼운 소설이 출간될 무렵 일본사회는 탈정치화와 탈역사화로 중심이 이동한다. 정치의 공동空洞 속에서 소비사회의 풍요를 누리려는 욕망이 분출하는 시대를 겪는다. 한국사회는 스무 해쯤 뒤에 이런 변화를 겪는다. 서울올림픽이 끝난 뒤 '압구정동'과 '홍대 앞'이 젊은 이들이 모이는 거리로 주목을 받고, '신세대론' 논쟁과 포스트모던 논의가 한창 벌어질 무렵 우리 독자의 감성 지형도 크게 바뀐다.

국내 작가들은 독자의 감성 변화를 아직 미처 눈치채지 못했다.

그 진공의 시기에 "새로운 감성의 수요"는 창출되었으나 공급이 없던 독서시장을 하루키가 선점해버린다.

현대 미국작가의 영향력 아래서 감수성을 키운 하루키의 문학 세계는 고도성장의 신화가 막을 내린 일본사회의 허탈과 상실감, 그리고 환멸이라는 토대 위에 세워진다. 그들을 사로잡고 있는 것은 공허감이다. 하루키의 작중인물은 존재의 안으로부터 서서히 비워지며 마침내 부재의 공허에 이른다. 이들은 텅 빈 존재들이라는 뜻에서 '부재의 현실'에 녹인다. 철학적으로 말하자면 소내하는 인간들이다. 하루키의 소설에는 얼마나 많은 공허의 이미지들이 편재해 있는가. "텅 빈 바, 비수기의 횅한 호텔, 매립된 바다, 초원, 개 한 마리가 어슬렁거리는 교외선의 역, 수도원이 있는 그리스의 외딴 섬, 터키의 황량한 들판, 사람 하나 보이지 않는 홋카이도의 목장"은 그들의 내면과 조응하는 공허의 이미지들이다. 사회의 중심에서 분리되고 외톨이로 남아 삶의 공허감과 싸우는 사람들. 하루키의 인물은 그 부재의 자리를 견디며 현실을 감당해낸다.

미국 프린스턴 대학의 객원 연구원으로 미국에 체류하면서 4년 반 만에 완성한 대작 『태엽 감는 새』에서 하루키는 상상력의 고갈 징후를 보인다. 작가의 피로는 너무나도 낯익은 하루키적 서사 구조의 되풀이에서 여지없이 드러난다. 그뒤로 하루키는 얼마나 기력을 회복했을까. 「UFO가 구시로에 내리다」「다리미가 있는 풍경」「신의 아이들은 모두 춤춘다」「타일랜드」「개구리 군, 도쿄를 구하다」「벌꿀 파이」등 6편의 소설을 묶어낸『신의 아이들은 모두 춤춘다』는 또다른 소설의 매혹을 보여준다. 가벼움의 미학 속에 내장된 동시대성을 꿰뚫어보는 통찰과 깊이, 현대적 삶의 이면에 소용돌이치는 예감과 징후를 포착하는 솜씨도 여전하다. 하지만 자세히 보면 희미하게나마 변화의 기미가 뚜렷하다. 여섯 편이 삼인칭 소설이라는 것. 스타일, 그리고 세계를 바라보는 관점에서 일어나고 변화의 기미들. 얼핏 보면『신의 아이들은 모두 춤춘다』의 인물들은 하루키의 이전 소설들에 나오는 인물들과 큰 차이를 느끼지 못할지도 모른다. 이전 소설집인『반딧불이』에 실린「장님 버드나무와 잠자는 여자」를 보자. 이들은 정치적 연대나 집단의 구성원으로서 책임과 의무에 대해서는 관심을 보이지 않는다. 집단이나 조직에 기대어 무언가를 도모하려는 의지가 없는 이들은 방 안에 틀어박혀 옛날 레코드를 듣고, 옛날의 책을 다시 읽을 뿐이다. 이들은 인간관계가 끊어진 지점에서 제 삶을 꾸리는데, 심지어는 가족과도 연락을 끊은 채 외톨이로 살아간다. 자발적 소외를 선택한 이들은 타인과의 연대나 밖으로의 욕구를 차단하고 자기 고치 속에 웅크려 칩거한다.

하루키의 인물들은 사회와 개인 사이에 가로놓여 있는 단절의 벽을 자신의 현실로 받아들인다. 사회의 저편으로 물러선 그들은 몽유병자나 유령처럼 단절과 소외의 삶을 살아간다. 때로는 아내조차 뚜렷한 이유 없이 떠난다. 가족해체 현상은 하루키 소설에서 자주 반복되는 주제이다. 결국 외톨이를 통해 하루키는 그들 내부에서 일어나는 끊임없는 소내疎內에 대해서 말하고자 한다.

소내하는 인간은 생명의 뿌리를 잃은 채 무의미하게 부유하는 그림자 인간이거나 유령에 지나지 않는지도 모른다. 고도자본주의 사회의 대량 자원의 생산과 소비가 한 치의 오차도 없이 맞물려 돌아가는 도시적 일상 저편에 팽개쳐져 물화된 삶을 살아가는 존재란 바로 우리들 자신의 초상이다. 현실이 소거된 환을 사는 유령들은 근본적으로 지워진 실재, '부재의 현존'을 살아가는 존재들이다. 삶은 살아 있는 자들의 것이지만, 그 기초를 떠받치는 것은 부재의 현존이다. 하루키는 "과거에 존재했던 것이 뒤에 남기고 간 결락감"(「토니 다키타니」)이라고 말한다. 우리는 죽고 없는 사람과 함께 산다. 죽은 자가 만든 부재를 끌어안고, 그 부재의 근원에서 나오는 옛 기억을 조금씩 조금씩 꺼내 먹으며 사는 것이다.

하루키는 소내하는 인간의 내면에서 일어나는 변화를 조심스럽게 따라간다. 그들은 타자들로 이루어진 사회 저편에 홀로 외톨이로 남아 있지만 단절과 고립에서 벗어나 소통의 통로를 만들어 타자의 세계로 나아가고 싶어한다. 『신의 아이들은 모두 춤춘다』에 실린 여섯 편의 소설은 제각각 다른 인물들이 겪는 내적 연관이 없는 사건을 펼쳐 보여주지만 이것들을 하나로 묶어주는 코드가 있다. 1995년 2월에 발생한 6천여 명의 사상자를 낸 고베 대지진이다. 「UFO가 구시로에 내리다」는 오디오 기기 전문점에서 세일

즈맨으로 일하는 평범한 직장인이 주인공이다. 그는 고베 지진 현장을 비춰주는 텔레비전 화면을 몇 날 며칠 꼼짝도 하지 않고 지켜본다. 아내가 가출하고 이혼을 요구당한다. 둘 사이에는 납득할 만한 합리적 관계가 없다. 「신의 아이들은 모두 춤춘다」는 아버지가 누군지 모른 채 성장한 주인공의 이야기다. 어머니가 지진 현장으로 자원봉사를 떠난 뒤 우연히 지하철에서 본 생물학적 아버지로 추정되는 사람을 미행한다. 그는 귓불이 없는 남자다. 결핍의 존재인 것이다. 이때 고베는 "고속도로, 불길, 연기, 벽돌과 기와의 산더미, 도로의 균열"(「UFO가 구시로에 내리다」)을 통해 붕괴하고 사라져가는 이미지를 구현한다. 그것은 현실 저 너머에서 일어나는 실재감이 소거된 부재의 현실이다. 그래서 작중인물에게 "그 장소는 몇 광년 멀리 떨어진 곳에 있는 것처럼 느껴졌다."

하지만 '원거리의 현실'인 타자의 고통은 "몇억 광년"이라는 거리를 뛰어넘어 '근거리의 현실' 안으로 들어와 작용하며 그 현실 속에서 평화스럽게 살아가는 '나'를 간섭하고 조종한다. 어쨌든 대지진은 저 먼 곳에서 일어나 '나'와 무관한 그 사건이다. 그런데 그 사건으로 내밀한 삶에 균열이 생기고 변화가 일어난다. "거기에는 깊은 어둠의 불길한 울림이 있으며, 욕망을 운반하는 아무도 모르는 암류가 있으며, 끈적끈적한 벌레들의 준동이 있으며, 도시를 기와와 벽돌의 산더미로 바꿔버리는 지진의 둥지가 있다."(「신의 아이들은 모두 춤춘다」) 고베 대지진은 결국 타자의 재해이지만 그것과 외관상 관련이 없는 멀리 떨어진 곳에 있는 개별자에게 영향을 끼친다. 타자의 고통에 반응하는 것, 혹은 그것에 민감해지는 것은 곧 고립과 단절된 '부재의 현존'에서 벗어나는 하나의 단초가 될 수가 있다.

현실의 저 너머, 보이지 않는 곳에 있는 그 무엇이 현실을 조종하고 틀을 바꾼다. 하루키는 조심스럽게 우리가 서로 떨어져 있지만 사실은 하나로 연결되어 있고, 따라서 타인의 고통은 곧 나의 고통이다, 라는 이야기를 건넨다. 「개구리 군, 도쿄를 구하다」는 한 거대한 개구리와 함께 힘을 합쳐 도쿄를 괴멸에서 구해내는 신용금고 융자관리과에서 일하는 평범한 회사원 얘기다. 전작 『렉싱턴의 유령』의 「녹색 짐승」과 「얼음 사나이」에서 보여줬던 판타지에 이어져 있다. 하루키는 두 작품에서 죽어서 '부재의 현존'을 새로운 형태로 부활시킨다. 정원의 모밀잣밤나무 밑에서 번들번들 빛나는 녹색 비늘로 덮인 짐승으로, "나한테는 미래라는 개념이 없는 것이죠. 얼음에는 미래가 없기 때문입니다. 얼음에는 그저 과거가 단단하게 봉해져 있을 뿐입니다"라고 말하는 얼음 사나이로. 여자는 녹색 짐승에게 프러포즈를 받고, 얼음 사나이와는 결혼을 한다. 이렇듯 하루키의 인물들은 단절과 고립에서 벗어나 타자의 현실을 향해 한걸음 나아가는 것이다.

「개구리 군, 도쿄를 구하다」에서 혼자 사는 회사원 가타키리는 하루키가 즐겨 다루는 소내하는 인물의 전형이다. 어느 날 도스토옙스키 소설을 애독하는 커다란 개구리가 그를 찾아와 도쿄를 괴멸로 빠뜨릴 계획을 갖고 있는 지렁이의 음모를 폭로한다. 도쿄라는 거대 도시의 지하에 숨은 지렁이는 "오랫동안 흡수하여 축적된 여러 가지 증오에 의해, 전례가 없을 만큼 커다랗게 부풀어올라" 있다. 얼마 전 고베 지진에 의해 "기분좋은 깊은 잠을 당돌하게 파괴당"하자 도쿄 인구 15만 명쯤을 죽음으로 몰아넣을 큰 지진을 일으키려는 악의를 품는 개구리 군은 회사원 가타키리에게 힘을 합쳐 그 지렁이의 악의를 분쇄해야 한다고 말한다. 결국 평범한 회사원은 개구리와 함께 악의 화신인 거대한 지렁이의 음모를 분쇄하고 도쿄를 괴멸의 혼란에서 구해낸다. 고베나 도쿄는 타자의 현실이자 동시에 "내 현실"이다. 개체의 현실은 만인의 현실의 부분 집합인 것이다. 『신의 아이들은 모두 춤춘다』는 괴멸과 혼란의, 그 부재의 현존을 벗어나 타자의 고통으로 나아가려는 사회적 각성에 대해, 혹은 내면의 공허를 사회를 향한 관심으로 채우려는 유의미한 변화의 계기에 직면한 인물의 얘기다.

3부

고양이와 재즈
그리고 마라톤

혹시 재즈를 좋아하세요?

『재즈 에세이』, 1997

서울을 떠나 경기도 안성의 금광호숫가에 집 짓고 내려와 산 지 십 년쯤 되었을 때, 문득 돌아보니 처음 서울을 떠날 때 내 마음의 슴베를 물들인 것은 변방에 떨어진 낙오자의 패배감과 다시는 어떤 정점에 올라서지 못하게 될 거라는 쓸쓸한 자각이었다.

지나간 시절, 내가 딛고 선 시간과 장소는 인생에서 한 정점이 었을까. 그때 미처 알지 못했었는데, 시간이 흘러 돌이켜보니, 아마도 그랬던 것 같다. 인생에 몇 번의 굽뉘가 있었던가. 아마도 그랬으리라. 냉장고 속에서 차가워진 동태전을 목구멍으로 넘길 때마다 저 인생의 저변을 서러운 울먹임 같은 것이 애련하게 흔들며 지나갔다.

새삼스러운 바는 아니지만 나는 애써 옛 전사戰士처럼 슬픔의 식솔을 살뜰하게 거두지 않았다. 함부로 불성실했으며 그 불성실에 의연함의 표지를 달아주었다. 그렇다고 슬픔이 없었던 것은 아니다. 나 역시 오래 식어버린 채 방치되어온 마음을 위해 토렴이 필요했다. 그렇다고 냉담해진 마음이 쉬이 더워지는 것은 아니다. 그래서 가까이 두고 들은 게 뉴에이지 계통의 음악이었다. 나는 이 세상에 들어야 할 모든 정수精髓인 것처럼 한사코 그것에 매달렸다. 그 가공되지 않은 자연의 선율에 몸을 맡기고 명상의 삼매경에 들곤 했다. 위안과 고통이 번갈아 지나갈 때마다 나는 붉은 벽돌을 하나씩 쌓아가듯 마음의 평정을 삶의 저변에 쌓아갔다. 그것도 오래 들으니 견과류의 보늬를 씹는 듯 극미한 떫은맛에 한 줄기 염증이 스며들어 새로 재미를 붙인 게 재즈 듣기였다.

하루키는 "쳇 베이커의 음악에서는 청춘의 냄새가 난다"고 쓰고 있지만, 어디 쳇 베이커의 음악만이 그러랴. 헛된 아름다움과 피의 분출이 뒤섞이며 일으키는 화학작용이 재즈의 혼으로 침착한다. 한숨처럼 덧없고 형체 없는 이것, 청춘의 냄새야말로 재즈에 깃든 재즈의 혼이다. 새삼스럽게 한 잔의 위스키 온더록스와 함께 재즈를 탐식하며 그 자양분을 게걸스럽게 빨아들이는 것은 이미 몸과 삶에서 청춘이 고갈되었다는 인식의 절박함 때문인지도 모른다.

사람은 기억과 망각의 사이를 산다. 말할 것도 없이 기억은 현재의 삶을 영위하는 데 불가결한 지주다. 살아 있다는 것은 기억의 현존이다. 생이란 건 기억에서 와서 기억에서 끝이 난다. 기억의 마모나 풍화, 그 끝은 물론 망각이겠지. 망각은 상처를 보듬고 새살이 돋게 하는 치유의 형식으로 삶에 관여한다. 인류의 정신에 깃들이며 그것의 일부가 되어버린 수치와 우울증은 삶을 얻는 대가로 우리가 지불해야 하는 그 무엇이다. 그때 재즈는 위안의 형식으로 정착된다. 재즈는 아직 제 인생을 새벽에 둔 자의 음악이다. 아침과 정오를 넘기고 하오로 기우는 만연한 빛 속에 선 중년의 사내에게 재즈는 난감한 퇴영의 그림자에 지나지 않을지도 모른다. 그렇다 하더라도 나는 재즈가 주는 위안을 감히 거부할 촌음의 용기조차 남아 있지 않다.

1990년대로 들어서며 재즈는 우리 라이프 스타일의 한가운데로 들어와 굳건하게 뿌리를 내린다. 그 무렵 작가도, 변호사도, 방송 관계자도, 대학교수도, 증권회사 중견간부도, 부동산 중개업자도, 치과 원장도 다 재즈를 듣는다고 했다. 가끔 깨끗하게 빨아 잘 다림질된 면셔츠를 입고 〈올 댓 재즈〉나 〈야누스〉나 〈재즈스토리〉에 가보면 늘 사람들이 북적댔다. 차가운 맥주와 공기와 함께 흐르는 재즈의 선율, 사람들 사이에 떠도는 가벼운 흥분과 열기 속에서 내가 누린 삶의 지복至福들에 대해 잠시 감사하는 마음이 된다.

끝없이 무엇인가를 저지르며 파국과 새로 부흥하는 기복이 심한 삶을 사는 자는 재즈를 온몸으로 듣는다. 때로는 재즈가 온몸을 감전시키며 엑스터시에 빠뜨리는데, 그럴 때 재즈는 세상을 순식간에 지루하고 평면적인 것에서 천국으로 바꾸어놓는 매직 그 자체다. 재즈에 빠져 있는 시간은 흔히 관념이거나 추상의 서랍 속에 먼지를 뒤집어쓰고 있는 행복이란 것을 하나의 실감으로 건네는 순간이기도 하다. 물론 재즈 듣기의 수준에는 차이가 있다. 재즈가 하나의 트렌드가 되었다는 사실을 부정하기는 어렵다.

재즈는 인생이 불가피하게 숨긴 허무에 대해 경의를 기꺼이 바치려는 자에게 어울리는 음악이다. 백수로 떠돌던 1970년대 중반 신촌의 한 골목길에 퇴락한 일제강점기 독립투사의 단독 가옥처럼 〈야누스〉라는 재즈 바가 있었다. 아마도 몇 번인가 혼자 거기를 찾아가 맥주를 마셨을 것이다. 그 기억은 빛이 바래져 어쩌면 그건 마음이 지어낸 허구에 지나지 않을지도 모른다. 분명한 것은 서양을 발원지로 하는 그 낯선 음악이 나를 선뜻 받아들이지 않았다는 서먹한 느낌뿐이다. 그 당시 재즈란 소수의 사람들만이 주고받으며 전유하는 암구호와 같은 마이너 장르였다.

나는 재즈와 친해질 수 있는 기회를 얻지 못한 채 살아왔다. 단지 먹고 살기 위해 허망한 영위의 시간을 꽤나 성실하게 부양하고, 지루한 청춘을 책상 앞에 앉아서 백일몽으로 탕진하는 세월을 건너왔다. 루이 암스트롱, 존 콜트레인, 마일스 데이비스, 듀크 엘링턴, 엘라 피츠제럴드, 쳇 베이커, 찰리 파커, 빌리 홀리데이 등등 밤하늘의 성좌같이 빛나는 재즈 뮤지션들과 친해질 기회가 아주 없었던 것은 아니지만 첫 만남에서 맛보았던 배타적 낯섦 때문에 마음이 쉽게 더워지지 않았다.

시골에 내려간 지 몇 해 만에 겨우 서울에 작은 거점을 마련했다. 서울과 안성을 오가며 버리는 시간이 많아 결단을 내린 것이다. 나는 한동안 주중엔 도시생활자, 주말엔 시골생활자라는 이중생활을 꾸렸다. 잡다하게 벌인 일 때문에 빚어진 사태이지만 그건

식구를 부양할 의무를 진 자의 불가피한 선택이었다. 내가 머문 오피스텔은 한강변의 가로등과 강변북로를 통과하는 차량 소음들, 인근 공사장의 굴착기 소음을 항시적 재난으로 거느린 열 평 남짓한 협소한 공간이었다.

어느덧 새벽은 원숙한 슬픔으로 창밖에 와 있다. 강변북로의 가로등 불빛과 푸르스름한 대기 속에 떠오르는 밤섬, 그 너머 여의도의 쌍둥이 빌딩을 바라본다. 나는 혼잣말로 라이너 마리아 릴케의 한 구절을 읊조린다. "이 세상이 너를 잊었다면/ 고요한 대지에게 말하라, 나는 흐른다고./ 급류에게 말하라, 나는 존재한다고." 나는 흐른다고 급류에게 말하라. 나는 밤새 차가워진 팔과 다리를 덥혀 피가 잘 돌게 한 뒤 어김없이 냉장고 속의 차가운 조개수프를 꺼내 데워 먹는다. 일을 하기 위해서는 빈 위장을 채워야 한다.

이 공간은 멀어졌던 도시적인 것과 새롭게 접속하는 거점이다. 느림의 철학자로 유명한 피에로 상소가 말했듯이 "도시는 지구가 둥글다는 사실을 잊어버리게 만든다." 작은 공간이라도 하나 두니 왠지 마음이 편안해졌다. 나는 한동안 한강이 바라다보이는 오피스텔에서 거주하며 신문이나 잡지에 기고하는 글을 쓰고, 새로 맡은 대학교의 강의 준비를 하고, 라디오 방송의 원고를 썼다. 쉴 때는 소파에 몸을 묻고 재즈를 들었다. 하루키는 스탄 게츠에 대해 "스팀 롤러처럼 거대한 에고를 부둥켜안고, 대량의 필로폰과 알코올에 혼을 침식당하면서, 철이 들어서부터 숨을 거둘 때까지 거의 모든 시기가 안정되고 평온한 생활과는 인연이 없었다"고 쓴다.

마술적인 부드러움과 행복감을 실어나르는 재즈의 리듬이 천부적으로 혹독한 환경이 불러오는 불운과 악덕과 잔혹을 먹고 자란다는 모순을 이해할 듯도 싶었다. 재즈는 쓰레기 더미 속에서 피어나는 장미꽃같이 주변을 뜻밖의 화사함으로 물들인다.

재즈는 도시의 일부다. 나는 저 시골의 늙고 고루한 수도자에서 경쾌한 도시 보행자로, 명상음악의 자손에서 재즈의 향유자로 돌아왔다. 기실 재즈 지식이란 게 내겐 도무지 없다. 다만 재즈가 내면화하고 있는 우연성, 자유스러움, 청춘의 냄새, 빨리 말라버리는 숙명적 슬픔 따위를 비스킷을 먹듯이 즐길 뿐이다. 저 시골에서 나는 아무것도 아삭아삭 썹어먹은 적이 없다. 저 물과 흙의 아들로서 물과 흙이 낸 것을 아주 천천히 음미할 뿐이었다. 재즈는 교양이나 지식의 범주에 들지 않는다. 이것은 뿌리칠 길 없는 매혹이며 취향이다. 금요일 밤 홍대 앞의 〈블루 버드〉나 〈블루스 하우스〉에서 혼자 레몬 조각을 넣은 코로나나 버드아이스를 삼키고 있는 사람이 있다면 모른 척하지 말고 어깨를 툭 치고 말을 건네기 바란다. 미소를 머금고 "재즈를 좋아하세요?"라고. 그때 나는 당신 얼굴을 환하게 웃으며 바라볼 것이다.

망각은 상처를 보듬고 새살이 돋게 하는 치유의 형식으로 삶에 관여한다.
인류의 정신에 깃들이며 그것의 일부가 되어버린
수치와 우울증은 삶을 얻는 대가로 우리가 지불해야 하는 그 무엇이다.
그때 재즈는 위안의 형식으로 정착된다.

먼 북소리에 이끌려

『나는 이렇게 여행기를 쓴다』, 1998

하루키에게 소설을 빼고 먼저 연상되는 것 세 가지. 그것은 마라톤, 여행, 고양이다. 그는 일본 아닌 어딘가를 여행하고, 그곳이 어디든지 간에 상관하지 않고 달린다. 그는 말한다, "아침에 눈을 떠서 어디론가 가보고 싶어지면 그대로 집을 뛰쳐나가 기나긴 여행을 했다"라고. 하루키는 조깅 중독자다. 그는 매일 달리는데, 일본에서뿐만 아니라, 여행중인 그리스에서도, 이탈리아에서도, 독일에서도, 미국에서도 뛴다.

하루키는 독일 함부르크에서 조깅을 하는 창부와 만난다. 그녀는 꽤 빠른 속도로 뛰고 있었는데, 하루키는 그녀에게 "굉장하군요"라고 말을 건넨다. 그녀는 "몸이 자본이잖아요"라고 대답한다. 작가는 '창부도 소설가도 몸이 자본'이라는 점에서 같다고 생각한다. 그는 동물 중에서 유독 고양이를 좋아한다. 고양이는 비사교적인 동물로 혼자 있기를 좋아하고 선천적으로 몽상가다. 하루키의 주인공들이 대체로 해체된 가족의 일원이고 비사회적인 것은 우연이 아니다. 그들은 고양이처럼 언제나 외톨이다.

하루키는 이상하리만치 습작 경험 없이 곧바로 문학의 세계로 들어선 작가다. 그는 와세다 대학 재학 시절 영화와 시나리오 창작에 더 몰두했다. 별다른 소설 습작 시절을 거치지 않고 작가가 되었다는 점에서 하루키는 문학의 '돌연변이'에 가깝다. 어쨌든 그는 마흔 해 동안 끊임없이 소설을 쓰고, 이제는 세계적인 작가로 성장했다. 하루키는 '텅 빈 것'과 '가벼움'의 미학으로 빛나는 문체로 동시대성을 꿰뚫어보고, 여러 유의미한 징후를 즐겨 그려낸다.

삶에 지칠 때 낯선 여행지를 꿈꾼다. 하루키는 여행에서 새로운 영감과 힘을 얻는다. "여행하면서 쓰고, 쓰면서 여행한다." 하루키는 1986년 가을에서 1989년 가을까지 세 해 동안 그리스와 이탈리아에 임시 거주지를 두고 유럽 이곳저곳을 떠돈다. 이때 『노르웨이의 숲』과 『댄스 댄스 댄스』 등을 써낸다. 그는 유목민처럼 세계의 이곳저곳을 떠돌며 산다.

하루키는 일본의 한 무인도로, 자신이 자란 고베로, 치안 부재의 멕시코로, 중앙아시아의 초원을 가로지른 몽골과 노몬한으로, 성공한 작가와 유명 배우들이 사는 미국의 이스트햄프턴으로, 그리고 아메리카 대륙 횡단 여행에 나선다. 그가 여행에 빠져드는 이유는 '환상' 때문이다. 환상은 권태를 열정으로 바꾸는 마술이고, 예술가의 상상력을 부풀게 하는 효모와 같다. 여행은 일상의 그 관습적 장소를 떠나서 불확정성과 미지의 것들로 가득찬 공간 속으로 자신을 들이미는 일이다. 여행은 식중독과 노상강도의 위험과 뜻하지 않은 분쟁과 소지품 분실과 피로감으로 범벅되는 그 무엇이다. 실제로 무인도를 찾아가 며칠 동안 벌거벗은 채 수영을 하고 따뜻한 바위에 몸을 기대고 책을 읽으려는 달콤한 꿈은 벌레들의 기습으로 무참히 깨지고 만다. "여행은 피곤한 것이며, 피곤하지 않은 여행은 여행이 아니다." 하루키는 여행은 다음과 같이 정의한다.

> 샤워장의 미지근한 물(혹은 미지근하지도 않은 냉탕), 삐걱거리는 침대, 삐걱거리지 않는 대신 딱딱하기만 한 침대, 어디서 날아오는지 끝없이 왱왱거리며 물어뜯는 굶주린 모기떼, 물이 내려가지 않는 변기, 불친절한 웨이트리스, 날마다 쌓여가는 피로감, 그리고 자꾸만 늘어가는 분실물. 이런 것이 여행이다.
>
> ──『나는 이렇게 여행기를 쓴다』 중에서

우리는 낯선 여행지에서 온갖 고생을 다 겪고 집에 돌아와 낯익고 편안한 소파에 걸터앉으며 "아아, 집이 가장 편해. 집이 최고야!"라고 탄식하듯 외친다. 그러나 얼마 지나지 않아 여행이 강요했던 불쾌한 기억을 말끔히 지우고는 또다시 "눈에 보이지 않는 힘이 이끄는 대로 비틀비틀 벼랑 끝으로 다가가는 것처럼" 여행길에 나선다. 일상에서 탕진한 환상을 충전하기 위해 저 혼돈과 알 수 없는 모험에 제 생을 내줄 때, 여행은 이미 치유할 수 없는 병이자 뿌리칠 길 없는 매혹이고 유혹이다.

여행은 미지의 것과의 만남이다. 눈앞에 펼쳐진 풍경, 사람들, 언어와 관습, 음식, 이 모든 것이 어제의 내가 겪은 것과 다르다. 낯선 것은 뇌를 긴장에 빠뜨린다. 낯선 언어들, 단 한마디도 알아들을 수 없는 터키어나 그리스어, 혹은 러시아어를 쓰는 사람들 속에서 파묻혀 고립감을 느껴본 사람은 잘 알 것이다. 뇌의 긴장감은 높아지지만 이상하게도 그로 인한 스트레스 호르몬 분비가 활발해지지는 않는다. 약간 외로울 뿐이다. 여행의 기분좋은 긴장감은 곧 삶의 생동감으로 전이된다. 일상의 장소와 여행지 사이에 존재하는 이 차이가 일상과 실존의 현전을 투명하게 비춰낸다. 하루키는 여행지에서 메모 따위를 하지 않는다. 온몸으로 그 정경과 시간에 몰입한다. 완전한 '몰입'이야말로 여행지를 스쳐가는 관광객이 아니라 여행지의 시간 속으로 살과 뼈를 갈아넣는 여행자로 살게 만든다.

현장에서는 글쓰기를 잊어버려라! 눈앞을 스쳐가는 찰나의 풍경에 몰입하라! 눈으로 보고 귀로 듣는 풍경들, 그 소리와 분위기를 뇌에 새겨라! 의식을 집중해서 풍경을, 그 풍경 속 빛과 소리가 온몸에 스며들게 하라! 그럴 때 그것들이 나중에 문장으로 생생하게 되살아날 수 있다.

여행은 인생의 달리기 중간쯤에 잠시 멈춰 서서 숨고르기를 하는 휴지부休止符와 같은 것. 여행중 일상은 유예된다. 여행중에는 일상이 부과하는 의무와 책임을 방기해도 용서가 되는 것이다. 우리는 자유를 온몸으로 만끽하며 낯선 여행지의 공기와 풍경을 빨아들여야 한다. 그 완전한 몰입! 여행은 일체의 부자유와 구속에서 해방시켜 완전한 자유를 살게 한다. 하루키는 터키의 옛 노래에서 빌려온 다음과 구절을 남기고 있다.

"먼 북소리에 이끌려 나는 긴 여행을 떠났다."

하루키는 여행지에서 메모 따위를 하지 않는다.
온몸으로 그 정경과 시간에 몰입한다.
완전한 '몰입'이야말로 여행지를 스쳐가는 관광객이 아니라
여행지의 시간 속으로 살과 뼈를 갈아넣는 여행자로 살게 만든다.

직업 소설가로 산다는 것

『직업으로서의 소설가』, 2015

하루키 소설을 읽어온 게 서른 해쯤 되었다. 그의 소설 세계는 말할 것도 없고, 재능이나 취향, 문학적 태도도 어느 정도는 꿰게 되었다. '하루키 월드'의 윤곽 정도는 어렴풋하게 그려볼 수 있게 되었다는 뜻이다. 하루키는 소설가라는 직업이 스마트한 요소라고는 없는 "몹시 '둔해빠진' 작업"을 기반으로 한다고 말한다. 그래서 총명한 사람들이 소설 한두 편을 써내고는 바로 직종을 전환을 하는 경우를 여러 번 보았다고 말한다. 이 세상에는 '소설 따위는 전혀 필요하지 않아!'라고 말하는 사람이 있고, 그 반대로 그것을 직업 삼아 평생을 다 바치는 사람도 있다. 이런 여러 부류가 어우러져 사는 게 이 세상이다.

하루키는 '소설을 한번 써볼까?'하는 마음에서 소설 쓰기를 시작해서 직업 소설가로 우뚝 선 사람이다. 마흔 해 가까운 세월 동안 이 효율성 떨어지는 작업을, 그리고 "장기간에 걸친 고독한 작업"을 버텨온 배경은 무엇일까?

196

『직업으로서의 소설가』는 하루키 특유의 유머가 돋보이는 문장에 체험의 깊이를 더하며 '직업으로서의 소설가'로 사는 것, 소설을 쓰는 일을 둘러싼 여러 상황들, 그리고 문학상, 오리지널리티, 소설 소재, 장편소설 쓰기 따위에 대해 솔직하게 답변한다. 하루키는 대학을 7년 만에 졸업하고 재즈 카페를 경영하다가, "작가가 되겠다는 작정도 딱히 없었고 미친듯이 습작을 써본 적도 없이, 어느 날 불현듯" 소설을 써서 문예지 신인상을 받고 직업적인 소설가로 살아가게 된, 동년배의 무라카미 류를 제외하고는 동료 작가와 친분을 나누지 않은 채 혼자 고립된 채로 소설을 써나간다. 그러니까 이 책은 스스로를 "고양이적 인격"을 가진 부류라고 말하는 하루키의 작심 고백이다.

소설은 대체로 자기 체험에서 시작한다. 경험의 총량과 그것의 역동성, 그 "구체적인 세부의 풍부한 컬렉션"을 갖고 있다는 것은 소설가로 사는 데 매우 유리한 조건이다. 거기에 "자신의 내측에서 스토리를 짜낼 수 있는" 능력이 있다면 금상첨화겠다.

쓴다는 것은 "자신의 의식 속에 있는 것을 '스토리'라는 형태로 치환해서 표현"하는 것이고, "원래 있었던 형태와 거기서 생겨난 새로운 형태 사이의 '낙차'를 통해서, 그 낙차의 다이너미즘을 사다리처럼 이용해서 뭔가를 말하려고 하는 것"이다. 더 쉽게 얘기하자면 소설을 쓰는 일은 자기 얘기를 자기 방식으로 풀어나가는 것이다. 이때 중요한 것이 '오리지널리티'다. 오리지널리티의 첫번째 조건은 독자적 스타일이다. 즉 "신선하고, 에너지가 넘치고, 그리고 틀림없이 그들 자신의 것인 어떤 것"을 갖고 있어야 한다.

하루키 소설을 읽으면 '이 작가는 소설을 참 쉽게 쓰는구나!' 하는 생각이 든다. 하루키는 자신의 고백대로 "내추럴하게 낙관적인" 태도를 유지하면서 마음이 편한 상태로 써내려간다. 그의 소설에는 궁핍한 생활상의 구질구질함이나 과거의 칙칙함, 그리고 정치적인 것이 나오지 않는다. 하루키는 그것들을 일부러 배제하고, 쾌적한 일상, 상실이 불러오는 멜랑콜리, 투명한 비애감에 대해서 쓴다. 하루키가 즐겨 묘사하는 바닷바람, 석양의 바람, 기적, 샴푸 냄새, 카레 냄새, 노랫소리, 옅은 희망, 여름날의 꿈 등등의 이미지는 비물질성으로 인해 공중에서 빠르게 휘발하는 것이다. 하루키는 삶에 하중을 더하는 현실의 모순과 부조리에서 한 걸음 물러나서 현대 기술주의 문명과 더불어 술과 팝송과 재즈 따위의 음악, 그리고 인생의 유희적이고 낙천적인 면을 더 드러내려고 한다. 그의 소설이 바람인 듯 가벼운 것은 그의 내면에 깃든 도시적 감수성과 현실이 아니라 그 너머의 환상을 좇기 때문이다.

초기 소설인 『바람의 노래를 들어라』 『1973년의 핀볼』 단편집 『중국행 슬로보트』 『4월의 어느 맑은 아침에 100퍼센트의 여자를 만나는 것에 대하여』 등은 그가 읽었던 "미국 책들, 서양 책의 스타일, 구조" 등을 빌려와 썼는데, 그건 소설 창작 경험이 전무한 하루키로서는 불가피한 데가 있다. 그것은 '내가 쓰고 싶은 대로 쓴다' 하는 내추럴함의 표출이었던 것이다. 하루키 소설이 일본문단의 주류파 소설과는 어딘가 모르게 다르게 느껴진 것은 바로 그

점 때문이다. 하루키가 초기 소설을 쓸 때 직업적 강박이나 고뇌 없이, 그저 기분좋게 쓴 탓에 그런 경쾌함이 고스란히 드러났던 것이다.

초기 소설을 제가 내키는 대로 쓴 탓에 이 소설들이 다소 미숙하다는 느낌도 주지만 하루키의 이 자유분방한 자세는 재즈 피아니스트 델로니어스 몽크의 그것과 닮았다. "내가 할말은 네가 원하는 대로 연주하면 된다는 거야. 세상이 무엇을 원하는지, 그런 건 생각할 것 없어. 연주하고 싶은 대로 연주해서 너를 이 세상에 이해시키면 돼." 하루키는 쓰고 싶은 것을 스스로 납득할 수 있는 방법으로 밀고 나간다. 하루키는 자신의 스타일에 이의를 제기하는 비평가에게는 '기분좋다는 게 뭐가 나빠?'라고 반문한다.

하루키는 나이를 먹어가며 소설가로서의 경력이 쌓이자 독자에 대한 책임감도 더 갖게 된 점을 털어놓는다. 그 시점이 『양을 쫓는 모험』(1982)을 쓸 무렵이다. 하루키는 자기만의 스타일을 만들어 낸다. 그뒤를 잇는 『세계의 끝과 하드보일드 원더랜드』 『댄스 댄스 댄스』 『태엽 감는 새』 등에서 하루키는 견고해진 스타일과 개성을 드러내는데, 소설들은 두꺼워지고 복잡한 구조를 형성한다. 이는 자기 한계를 넘어서려는 뚜렷한 자의식, 더 커진 자신감이 나타나는 징후다. 하루키는 『양을 쫓는 모험』을 쓸 무렵부터 '소설가라는 직업'에 대한 투철한 자의식을 갖고 소설가를 직업으로 선택한 자의 자긍심을 드러낸다. 소설 쓰기가 부업에서 본업으로 바뀐 이때부터 그는 "생활 자체를 소설 쓰는 일에 집중"하고, 자신이 가진 능력을 "모조리 쏟아부어 소설을 쓰고 싶다"는 태도로 전환한다. 생활의 지지대였던 재즈 카페를 남에게 넘기고 퇴로를 끊은 채 전업작가로 나선 뒤로 하루키가 일본 내에서 거둔 성공은 잘 알려진 그대로다.

소설을 쓰는 일은 누구나 할 수 있다. 소위 '진입 장벽'이 낮은 직업군에 속한다. 소설은 마음만 먹으면 누구나 쓸 수가 있고, 특별히 큰 비용을 들이지 않아도 된다. 그래서 여러 매체들을 통해 해마다 신인 작가들이 등장하지만 오래 살아남는 경우는 드물다. 신인 작가의 생존율이 낮고 교체 주기가 아주 빠른 것은 누구나 소설을 쓸 수는 있지만 '직업적인 소설가'로 사는 건 녹록지 않다는 증거다. 소설가로 살아남으려면 무명 시절의 가난에 대한 내구력을 보여야 하고, 소설 쓰기의 고독과 불확실한 미래에 대한 견인력의 시험을 통과해야만 한다.

소설가에게는 '기초 체력'이 필요하다. 하루키는 "아무튼 닥치는 대로 읽을 것, 조금이라도 많은 이야기에 내 몸을 통과시킬 것, 수많은 뛰어난 문장을 만날 것"을 권유한다. 이것이 소설가에게 요구되는 '기초 체력'을 다지는 훈련이다. 생활비를 벌기 위해 소설 쓰는 것과 무관한 일을 하며 날마다 쓰는 일을 게을리하지 않고, 동시에 소설 쓰기가 요구하는 '기초 체력'을 다져야 한다. 이 첫 단계에서 많은 신인 작가들이 앗, 뜨거워라, 하고 비명을 지르면서 소설가라는 직업군에서 떨어져나간다. 첫 단계의 시험을 통과했다 하더라도 "소설을 쓰지 않고는 견딜 수 없는 내적인 충동^{drive},

장기간에 걸친 고독한 작업을 버텨내는 강인한 인내력"이 있음을 지속적으로 증명해야 한다.

하루키는 '성공한 소설가'이지만 그 성공 뒤에는 '흑역사'가 있다. "아침부터 밤까지 육체노동을 하고 빚을 갚는 일로 이십대를 지새"우고, 재즈 카페 영업을 끝내고 돌아온 한밤중 키친테이블에 올리베티 영자 타자기를 놓고 그저 '소설을 쓰고 싶다'는 단순한 욕망에 의지해 소설을 써나간다. 첫 소설로 등단의 관문을 뚫고 아쿠타가와 상의 유력한 후보가 되지만 수상에는 실패한다. 하루키가 일본문단을 멀리하는 것은 아쿠타가와 상을 받지 못한 탓이라는 소문이 돌았지만 그가 일본문단과 거리를 둔 것은 그럴 필요성도 시간적 여유도 없었기 때문이다. 사실을 말하자면 하루키 자신은 아쿠타가와 상을 포함해 이런저런 문학상을 받고 못 받고를 그다지 중요하게 여기지 않는다. "내가 진지하게 염려하는 것은 나 자신이 그 사람들을 향해 어떤 작품들을 제공할 수 있는가라는 문제뿐입니다." 일본 평론가는 집요하게 하루키 문학을 혹평하지만 하루키는 그런 평가에 흔들리지 않는다. 그는 소설가로서의 기본적 자세, 즉 "이야기를 하는 것"에 집중하고, 여전히 꿋꿋하게 자유롭고 내추럴한 감각으로 자기만의 형식과 스타일로 빚은 소설을 내놓는다. 하루키의 '신화'는 전적으로 그런 내추럴한 감각과 자세에서 비롯된 것이다. '직업으로서의 소설가'로 사는 것의 '비공개된' 실상에 왕성한 호기심을 가졌거나, 자신을 '지극히 평범한 인간'이라고 고백하는 작가의 시시콜콜한 인생 역정을 알고 싶은 독자에게 권할 만하다. 재미있다. 휘리릭 잘 읽힌다. 하루키 소설을 읽기 위해 투자된 돈과 시간은 전혀 아깝지 않다. 하루키는 독자를 실망시킨 적이 없는 '페이지터너'가 아닌가!

소설가에게는 '기초 체력'이 필요하다.
하루키는 "아무튼 닥치는 대로 읽을 것,
조금이라도 많은 이야기에 내 몸을 통과시킬 것,
수많은 뛰어난 문장을 만날 것"을 권유한다.
이것이 소설가에게 요구되는 '기초 체력'을 다지는 훈련이다.

'일본'이라는 타자

하루키 소설을 읽기 위한 몇 개의 '거울'들

나는 일제강점기에서 해방하고 10년 뒤인 20세기 중반 한반도에서 태어났다. 이것은 내게 일본 제국주의의 식민지 경험이 없다는 것 — 이광수와 최남선의 경우 일본 제국주의 식민지 경험은 그의 내면과 정체성을 형성하는 데 중요한 요소다. 그뒤를 잇는 이상이나 박태원 역시 마찬가지다. 그들보다 아래인 이어령이나 김윤식같이 해방 직전까지 일본어로 교육을 받은 세대도 일본문화가 끼친 정신적이거나 정서적 영향을 어렵지 않게 찾아볼 수 있다 —, 따라서 친일 부역의 트라우마가 없다는 의미를 갖는다. 일제강점기에 일본 유학을 다녀온 이광수나 최남선은 부정적이건 긍정적이건 근친 감정으로 일본이라는 '타자'를 대했을 것이다. 나는 그들과 달리 사적인 감정에 치우치지 않고 이성적인 입장에서 일본이라는 '타자', 혹은 일본문학이나 일본문화를 접했다.

내게 일본은 아주 가까운 거리에 있는 나라지만 지리적으로 훨씬 먼 미국이나 프랑스에 견줘 감정적으로 가깝지 않은 나라였다.

십대 때부터 가와바타 야스나리 문학전집, 미시마 유키오나 다자이 오사무 등의 대표작들이 포함된 일본문학전집을 읽고, 아쿠타가와 상 수상작품들, 아베 고보, 나카가미 겐지, 오에 겐자부로, 마루야마 겐지, 미야모토 테루, 무라카미 류, 무라카미 하루키, 야마다 에이미, 요시모토 바나나 등등의 일본문학을 읽었다. 나는 자기 정체성이 형성되기 이전에 인접 국가인 일본의 문학을 접하면서 성장했다. 그랬으니 알게 모르게 감수성과 정체성 형성에 얼마간의 영향을 받았을 테다.

청소년기에서 성인 시절까지 중구난방으로 읽은 일본소설들, 이회성에서 이양지를 거쳐 유미리까지 재일한국인 작가의 소설들, 일본 민속과 신화를 다룬 책들, 근대 일본사상사 류의 저서들, 서경식이나 강상중 같은 재일한국인 학자들의 책들, 국내에 소개된 가라타니 고진이나 다치바나 다카시, 와다 하루키, 사사키 아타루 등의 책들을 통한 독서 경험이 내 안에 '일본'이라는 국민국가에 대한 인식을 빚는 데 보탬이 됐을 테다.

보통의 한국인이 가진 일본에 대한 이해나 인식은 피상적이다. 나 역시 '일본' 하면 일본문학 말고도 할복, 하이쿠, 게이샤, 샤미센, 막부정치, 천황, 메이지 시대, 전후의 경제부흥, 도쿄올림픽, 전공투, 적군파, 소니, 도요타, 극우주의, 신사참배, 구로사와 아키라, 이와나미 문고, 일본만화, 애니메이션 같은 조각들을 연상한다. 한국과의 지리적 인접성으로 여러 차례 일본 여행—그중 한 번은 한

달에 걸친 긴 여행이었다—을 하며 일본문화를 접했지만, 일본과 일본문화의 이해는 피상적인 수준을 벗어나지 못한다. 첫째, 내가 일본과 일본문화에 대해 진지한 관심을 갖지 않은 탓이고, 둘째, 일본어를 해독하지 못한다는 점에서 필연으로 귀결되는 내 안의 '인지적 지평'의 한계 때문이다.

하루키 문학을 알고자 할 때 '일본'이라는 큰 프레임을 벗어날 수는 없다. 하루키 소설들이 '탈일본적'이라 하더라도 그것은 '일본적인 것'의 일부일 테다. 하루키 소설들을 제대로 읽으려면 일본이라는 컨텍스트 안에서 그 의미를 묻고 따져야 한다.

'일본'은 일본이라는 국가의 정체성과 그 국가의 구성원인 일본인의 기질과 정체성 등을 두루 포괄한다. '일본'을 비춰볼 수 있는 거울 몇 개가 있다. 제삼자의 '일본론'들, 특히 루스 베네딕트의 『국화와 칼』이나 롤랑 바르트의 『기호의 제국』 같은 책들이 내 기억에 새긴 '일본'이나 일본문화에 대한 인상은 독특하고 강렬하다. 두 책은 내 내면에 새긴 식민지 흔적으로서의 일본이라는 '타자'를 비추는 거울이다.

첫번째 거울 : 근대작가 이광수

이광수(1892~1950)는 한국 근대소설의 아버지다. 그는 일본 식민지 교육의 수혜자이고, 식민지를 통한 근대 경험의 당사자다. 그의 여러 소설과 『민족개조론』(1922), 특히 1940년대로 접어들며 일본 제국주의자들이 내세운 대동아공영권 건설이라는 명제에 자발적으로 따르며 내선일체와 황민화 정책의 실현을 거드는 구체적 행동들은 그의 신체와 페르소나에 각인된 '일본'을 날것 그대로 드러낸다. 1919년 도쿄 재일조선인 유학생의 독립선언서를 작성하고, 상해 망명정부로 거쳐 서울로 돌아와서 내놓은 『민족개조론』은 '일본 국민 되기'를 선동하는 이론에 지나지 않는다. 1919년 제1차 세계대전이 끝난 뒤 일본에서 『카이조改造』가 창간되는데, "지금은 개조의 시대다!'하는 것이 현대의 표어이요, 정신이외다"라는 언설 따위는 이 일본 내부에서 만든 담론들에 대한 식민지 지식인의 '굴절된' 화답에 불과한 것이다.

이광수는 전근대에 머물던 근대 한국 서사문학의 문법을 바꾸고 현대성을 수혈하면서 한국어가 자아와 세계를 동시적으로 포획하는 현대소설에 적합한 문자라는 사실을 증명해낸다. 현대를 향한 물줄기들은 이광수에게 와서 하나의 강을 이루고, 마침내 한국 현대 서사의 장강이 되었다. 이 장강의 풍부한 수량에 기대 한국 서사문학의 터전은 기름진 것으로 바뀌었다. 이광수는 한국 현대 서사문학이 발아하는 기점이자, 여명의 외침이고, 현대 한국문학의 빅뱅이다. 이광수가 존재하지 않았다면 한국 서사문학을 영롱하게 수놓는 성좌들은 지금보다 훨씬 더 빈곤했을지도 모른다.

그럼에도 불구하고 이광수는 여러 흠집을 가진 불완전한 아버지다. 가족(문학)을 떠나 늘 집 바깥을 떠도는 아버지는 가족만을 위해 헌신할 수 없다. 그의 문학은 근본적으로 계몽과 계도의 도구, 지식인의 방법적 실천, 당대 이성의 기획이라는 당위성으로 한계가 뚜렷하다. 이광수에게 문학은 여러 이성의 기획 중 하나일 뿐 유일한 대안이라는 확신이 부족했다. 그는 일제강점기 내내 중요한 논객이자 언론인이자 사회개혁 사상가로 살고, 에너지를 쏟아부은 뒤 여력으로써 겨우 문학가라는 명성을 떠받쳤다. 그는 "잘 빚은 항아리" 그 자체보다 그 용도를 더 궁구한다. 어떤 근대인보다 문학의 가능성을 일찍이 엿보았지만 문학에 흘려보낸 수액이 부족하고, 문학의 목덜미를 집요하게 물고 놓지 않는 야수의 열정이 부재했다. 그가 일군 심미적 이성의 골밀도는 성기고 그 골격은 취약했다. 그래서 이광수 문학은 권력의 욕망들이 이글대며 타오르는 현실이라는 지옥을 통과하지 못하고 이카로스의 날개처럼 쉽게 녹아버린다. 이광수 문학을 다만 "그만의 문학"으로 남게 하는 것은 이광수의 불운이자 현대 한국 서사문학이 태생적으로 안고 있는 불행이다.

우리보다 앞선 외래의 것들은 아직 겪어보지 못한 사람에게 낯선 것이며, 낯선 것들은 당연히 매혹과 공포의 대상이다. 누군가 미신적인 믿음을 넘어 용감하게 그것을 씹고 삼켜야 하는 전위가 필요하다. 이광수는 현대의 들머리에서 그 전위 노릇을 선뜻 맡은 사람이다. 그런 맥락에서 이광수는 트로이의 목마고, 한국 근대 서사문학의 거푸집이자 문지방이다. 우리는 그 트로이 목마를 타고 근대의 문지방을 넘어 현대로 건너오고, 그 거푸집을 빌려 무수한 문학의 집들을 지었다. 하지만 이광수의 문학 언어는 기능 부전의 언어다. 그것은 고작해야 말의 거품들, 백일몽의 허우적거림에 지나지 않을 테다. 백 년 뒤 읽는 『무정』에서 울려나오는 목소리가 공허한 것은 그 때문이다.

더이상 생명력이 없는 이광수의 소설들은 불이 꺼진 등대다. 백 년 전 이광수의 소설은 선진의 빛을 비추는 등대 구실을 했지만 그 용도를 다한 채 불이 꺼졌다. 그 등대는 과거의 유물 이상도 이하도 아니다. 이광수를 부정하는 일은 우리 문학의 자아를 부정하는 일이지만 우리는 이광수를 부정해야 한다. 그 문학은 죽은 자의 무덤 앞에 세우는 하나의 비석이다. 영광의 빛이 사라진 뒤 비석의 뒤에는 오욕의 긴 그림자만 남는다. 비석은 우리에게 어떤 생명의 요소를 주지 못하고 다만 추념의 자리만을 마련할 뿐이다.

'놀라워라!' 하타노 세츠코의 『무정을 읽는다』란 책을 처음 발견한 첫 느낌이 그랬다. 하타노 세츠코는 일본의 한 여자대학에서 '한국어'와 '조선 사정'을 가르치는 대학교수다. 이 책은 이광수의 정신사 성립 과정과 『무정』에 대한 매우 세밀한 분석 등을 담은 연구서다. 열네 살의 어린 나이에 일본으로 건너가 메이지 말기의 개화한 도쿄를 만난 이광수에게 근대 일본은 어떻게 비쳤을까. 도쿄는 이광수가 처음 만난 서양 근대의 실물이고, 그 낯선 세계와의 대면은 내면에 커다란 각인을 남길 만큼 충격을 주었다. 더 정확하게 말하자면 "동양 침략의 선봉기지로 만들어진 의사疑似 서양"이다. 근대 이전의 조선에서 건너온 소년에게 '의사 서양'은 아마도 충격과 함께 공포와 매혹의 대상은 아니었을까. 이광수는 나중에 자서전에서 서세동점西勢東漸의 심각함을 느꼈다고 쓴다.

일본인 교수가 이광수와 『무정』을 10여 년 동안이나 붙들고 있을 정도로 마음에 깊이 꽂혔던 까닭은 무엇일까. 『무정』은 일본 제국의 근대를 비춘다. 『무정』은 이광수라는 타자가 겪은 일본의 근대 경험, 그리고 근대의 사상과 흐름을 비추는 하나의 거울이었던 것이다. 하타노 세츠코는 『무정』을 접하며 그 안에서 "젊은 시절 어딘가에서 만났던 듯한 사고방식과 정서"를 발견하고 그 낯익음을 반가워한다. 『무정』은 일본의 근대와 식민지 조선이 겪은 근대를 동시에 비춘다. 이광수는 1907년 일본 메이지학원 보통부에 편입하여 졸업할 때까지 2년 반을 여기서 보낸다. 홍명희와 루쉰이 다녔고, 뒷날 김동인과 주요한 등이 다녔던 메이지학원 시절을 포함하여 열네 살부터 열아홉 살까지 소년 시절을 고스란히 일본에서 보내며 조국이 일본에 집어삼키는 과정을 목격한다. 소년 이광수는 힘의 논리가 세계를 지배한다는 것을 목도하며 나라를 잃은 불행을 떨치고 일어나는 길은 민족의 힘을 키우는 일임을 깨닫지 않았을까. 과연 이광수에게 그 시절은 "문장과 교육으로 동포를 각성시키자"는 "잠행적인 야심"을 굳게 다지는 시절이었다. 그것은 아마도 공리를 앞세운 이상주의를 가슴에 품은 소년다운 의협심의 발로였을 테다.

한국문학 연구자인 하타노 세츠코의 『무정을 읽는다』는 우리

근대작가와 문학연구서로도 훌륭하다. 그 논점은 진지하고 연구의 깊이와 격조에서도 한국의 문학연구자들과 견주어서 한 치의 빠짐이 없다. 그는 『무정』을 이광수 자신의 "자기 형성을 그린 교양소설"의 범주에 놓고 읽는다. 『무정』에서 "내부의 용암을 '얇은 지각'으로 덮어 분화噴火를 누르는" 작가의 실재 자아가 투영되었다고 보고, 제 조강지처를 버릴 수밖에 없도록 만든 그 정체를 밝히려고 『무정』을 쓴 것이라는 해석도 납득이 된다. 물론 내부의 용암은 본래의 자아이고, 그것을 억누르는 지각은 외부세계에 맞추어 만들어진 표층의 자아를 가리키는 것일 테다.

『무정』에서 형식은 생명과 그 욕망이 시키는 대로 영채를 버리고 선형에게로 도망간다. 형식이 작가의 분신이라면, 영채는 형식의 삶과 행동을 제약하는 인륜, 혹은 근대의 도덕률일 것이다. 이광수는 근대의 들머리에서 생명 보편의 욕망이 근대의 도덕률을 넘어서서 폭주하는 근대 이후의 '무정'한 문명 실체를 꿰뚫어본 것이다. 형식이 근대의 빛에 이끌린 채 욕망의 이데올로기와 반욕망의 이데올로기 사이에서 분열된 자아의 표상이라면, 영채는 작가의 내적 자아가 품고 있는 인륜의 표상물들, 이를테면 조강지처, 미개함 속에 있는 조국, 주권을 강제로 빼앗긴 조선 민족의 불행이다. 형식은 영채를 버리고 신식 여성 선형에게로 달려간다. 형식이 달려간 곳은 근대의 빛이 비춰오는 곳이다. 『무정』의 형식이 그랬던 것처럼 이광수를 매혹시킨 그 빛은 지나치게 강했던가. 일본을 통한 근대 경험에 도취해서 본래 자아의 외침을 몰각한 채 그

빛에 너무 깊이 이끌려간 이광수는 끝내 민족의 반역자라는 그림자를 길게 드리운다.

두번째 거울 : 『국화와 칼』

루스 베네딕트의 『국화와 칼』을 몇 번이나 읽으려고 시도했으나 중도에 그만두곤 했다. 번역의 문제이기도 하고, 책 자체의 문제이기도 하다. 『국화와 칼』의 한국어판 역자들은 왜 '충忠'을 '주'라고 하고, '효孝'를 '고'라고 하고, '의리'를 '기리'라고 하고, '유도柔道'를 '주도'라 하고, '무아無我'를 '무가'라고 하고, '공안公案'을 '고안'이라고 쓰는가. 이들은 '의리를 모르는 인간'을 '기리를 모르는 인간'이라고 한다. 자국의 문화와 다른 문화의 차이에 민감한 저자와 그것에 덜 민감한 역자의 의식이 상충하는 그 불일치와 기묘한 엇갈림이 이 번역판에 반영되어 있다. 그것이 책읽기의 집중력을 흩어놓곤 했던 것이다. 일제강점기에 일본어로 교육을 받은 세대인 역자가 무의식의 층위에서 타자에 의해 대상화된 일본에 대한 동일시를 취한다.

　베네딕트의 『국화와 칼』은 일본을 타자의 시선으로 분석한다. 미국인의 처지에서 보고 이해한 일본문화에 대한 문화인류학적인 보고서이며, 미국과 일본의 문화 차이, 국민적 기질의 차이에 대한 연구서다. 『국화와 칼』이 제2차세계대전 당시 전쟁 상대국인 미국인의 처지에서 일본과 일본인에 대한 차가운 이해를 목적으로 쓰였다는 것은 놓쳐서는 안 될 대목이다. 충성, 효, 의리, 인⯈, 인정 등에 바탕을 둔 일본의 윤리적 계율들은 유교의 전통 아래에 있는 동아시아 사람들에게는 그 이해가 어렵지 않지만 미국인에게는 낯설다. 그 익숙한 것을 낯설게 받아들이는 시선이 우리 안에 들어와 분열을 일으킨다.

한국 사람에게 일본은 가깝고도 먼 나라다. 가까운 것은 두 나라 사이의 지리적 거리일 테고, 먼 것은 두 나라 사이의 심정적 거리일 테다. 속담에, 가까운 이웃은 먼 친척보다 낫다고 한다. 가깝고도 먼 나라라는 말은 일본이 가까운 거리에 있으면서도 결코 먼 친척보다 나은 이웃이 될 수 없다는 아쉬운 속내를 드러낸다. 이 말의 표면적 이해를 걷어내면, 그 아래에 일본문화와 일본인에 대한 심정적 친근함에 비해 우리가 가진 일본이라는 나라에 대한 객관적 이해는 피상적이고 얕다는 사실을 드러낸다. 일본인과 한국인은 피부색이나 외모에서 구분할 수 없을 정도로 닮은 데가 있다. 아울러 한자를 쓰는 것, 유교문화의 전통이 있는 것, 불교를 숭상하는 것, 젓가락을 쓴다는 점에서 닮았다. 두 나라는 동아시아권 문화를 공유하고 있지만 우리가 안다는 것은 많은 부분이 착각이다. 사실 우리와 일본 사이에는 많은 '차이들'이 있다. 닮음과 다름의 사이, 이해와 오해의 사이에 일본인과 일본문화가 자리하고 있다. 외모가 닮았지만 의식구조와 집단무의식에서 엄연한 다름이 있고, 한국문화와 일본문화 역시 얼핏 보기에 닮았지만 그 근본에서 많은 차이를 드러낸다.

두 나라는 동아시아권 문화를 공유하고 있지만
우리가 안다는 것은 많은 부분이 착각이다.
사실 우리와 일본 사이에는 많은 '차이들'이 있다.
닮음과 다름의 사이, 이해와 오해의 사이에
일본인과 일본문화가 자리하고 있다.

한국인이 가진 일본인에 대한 피상적인 이해는 일본인이 친절하고 예의바르다는 인식이다. 타자를 대하는 일본인의 깍듯한 처신은 예의바름의 모범이라 할 만하지만 그 예의바름이 가벼운 욕이나 비방, 모욕에 쉽게 상처받는 일본인의 숨은 기질이 가려질 수 있다. 일본인은 모욕을 받고 웃지만 마음 깊은 곳에 앙심을 품었다가 나중에 복수를 할 수도 있을 것이다. 대체적으로 일본인 기질은 겉으로 잘 드러나지 않고 은폐적 차원에 숨어 있다. 자주 욕을 하고 일종의 유희로 즐기는 미국인들은 그 점에 놀라고 납득하지 못한다. 일본인의 예의바름 뒤에는 남에게는 잘 드러내지 않는 속마음이 있다. 일본인은 '국화'와 '칼'이라는 하나로 묶을 수 없는 두 마음을 품은 존재이다.

베네딕트는 일본인의 "마음속 깊은 곳에 이원성"이 심어져 있다고 말한다. "그들은 어른이 된 후 로맨틱한 연애에 빠지는가 하면 갑자기 손바닥을 뒤집듯 가족의 의견에 무조건 복종한다. 쾌락에 빠져들고 안일을 탐하는가 하면, 극단적으로 의무를 다하기 위해 어떤 일도 해치운다. 신중의 필요성을 강조하는 가정교육이 그들을 때때로 겁 많은 국민으로 만들고 있지만, 또한 그들은 때로는 저돌적으로 보일 만큼 용감하다. 그들은 계층 제도에 근거하여 복종이 요구되는 상황에서는 철저히 순종하는 태도를 나타내면서도 위로부터의 통제에 쉽게 따르지 않는다. 그들은 대단히 은근하면서도 오만불손한 태도를 지닌다." 베네딕트에 따르자면 일본인은 어린 시절 반복적인 훈육에 의해 만들어진다. 나뭇결 위에 덧칠해 두꺼우면 두꺼워질수록 더 좋은 완성품이 되는 옻칠처럼 일본인의 의식은 불연속적 훈육이라는 '덧칠'의 산물이며, 일본 남성은 서구인이 도저히 받아들일 수 없는 행동적 모순을 보인다는 것이다.

일본인은 처음부터 일본인으로 태어나는 게 아니라 어린 시절부터 훈육에 의해서 일본인으로 가공된다. 훈육은 본성을 억압하고 타자(사회)의 기대에 부응하려는 자기 수련들로 채워진다. 그래서 본성(본마음) 위에 여러 번 덧칠되어 만들어진 가공된 인격이 나타난다. 일본인의 예의바름은 옻칠과 같이 가공된 인격의 표현이다. 일본인의 이중적인 태도는 본마음과 가공된 인격 사이의 균열에서 나온다. "그들은 그들 마음속에 숨을 죽이고 있는 반항심에 두려움을 품고, 겉으로 부드러운 태도를 가장하여 그것을 숨긴다. 그들은 때때로 그들의 진짜 감정을 의식하는 것을 방지하기 위하여 쓸데없는 일에 몰두한다. 그들은 훈련에 의해 배우게 된, 그들에게는 실제로 전혀 무의미한 일상적 일을 단지 기계적으로 수행한다." 일본인에게 이중성은 비난받아야 할 패덕이 아니다. 그것은 타자의 기대에 부응하는 것을 명예로 알고 훈육된 결과물이고 신체의 표면에 각인된 고유의 정체성이다.

베네딕트가 책의 표제로 쓴 '국화'와 '칼'이라는 비대칭적인 은유는 일본인의 이중적 인격을 지시한다. '국화'는 일본 왕실을 상징하는 문장紋章에도 나타난다. 일본의 신사나 신궁, 학교나 관청들의 건물과 휘장에서 일본 왕실의 국화 문양을 찾아보는 일은 어렵지 않다. 프랑스의 로베르 라퐁에서 펴낸『상징사전』에 따르자면 "국화의 꽃잎이 질서정연한 배열로 퍼져나가는 방식으로 인해 이 꽃은 본질적으로 태양의 상징이 되며, 따라서 장수와 불멸을 뜻한다. 국화꽃이 일본 왕실의 문장이 된 이유도 그러한 특성 때문일 것이다. 16개의 꽃잎을 지닌 국화꽃으로 된 일본 문장엔 태양의 이미지와 나침반 지침면의 이미지가 겹쳐져 있는데, 그 중심에서 일왕이 세상을 통치하고, 우주의 모든 방향을 집약한다." 국화는 훈육에 의해 가공된 인격의 이상화를 가리키는 은유다. 국가 기획에 의해 일본인 내면에 심어진, 타자에게 보여주는 인격, 부드럽고 우아한 일본의 표상이다. 그 '국화'의 이면은 '칼'이다. '칼'은 일본인을 떠받치는 도덕의 표상이다. 일본인에게는 '몸에서 나온 녹'은 스스로 처리해야 한다는 신념이 있다고 한다. 이 은유의 맥락에서 신체와 '칼'은 하나다. 이 말에서 "칼을 찬 인간에게 칼이 녹슬지 않고 번쩍이게 할 책임이 있는 것과 마찬가지로, 사람은 각자 자기의 행위의 결과에 대하여 책임을 져야 한다"는 뜻을 유추해볼 수 있다. 미국인에게 '칼'은 전쟁의 도구이지만 일본인에게는 사람이 마땅히 따르고 지켜야 할 덕이다. 일본인에게 '칼'은 적을 공격하는 도구 이상의 의미가 있다. 그것은 자기 행위에 책임을 지는 '덕'이자, 마땅히 지켜야 할 이상적인 정신이고 명예의 표상이다. 일본인은 이 '덕'을 아주 어려서부터 훈육을 통해 일본 정신의 일부로 이것을 수용하는 것이다.

일본의 강점 지배를 겪으면서 우리 안에 일본적인 것이랄 수 있는 많은 것이 들어와 있다. 우리 안에 녹아 있는 일본적인 요소들이 불러일으키는 착각 중 가장 큰 것이 일본을 잘 안다는 것이다. 『국화와 칼』의 역자들이 저지르는 부주의한 실수들, 즉 일본어를 우리말로 옮기지 않고 일본어 그대로 두는 따위의 사소한 실수는 미국인(타자)에 의해 타자화된 대상을 자신과 하나로 겹쳐보는 내부적 시선을 체화하고 있기 때문이다. 그 착각이 두 나라 사이에 상존하는 '차이들', 수치나 죽음에 대한 문화적 기제의 차이를 받아들이기 어렵게 한다. '국화'를 완상玩賞하고 그것을 기르는 비술을 키우면서 다른 한편으로는 자르고 베는 '칼'을 숭상하는 일본인의 행동과 의식 구조 사이의 상호작용을 타자의 시선으로 해체하고 분석하는 베네딕트의 책을 따라가다보면 많은 부분이 우리에 대한 분석과 해석에 겹쳐져서 놀란다. 한국과 일본은 닮았으면서도 또한 다르다. 닮은 것 뒤에 가려진 많은 '차이들'을 바로 볼 때 일본인과 일본문화를 대하는 우리의 심정적 불편함은 덜어질 수 있을 테다.

세번째 거울 : 『기호의 제국』

롤랑 바르트의 『기호의 제국』은 1970년에 나온 책이다. 롤랑 바르트는 1966년에 일본을 여행하면서 구조주의 기호학에 대한 강연을 한다. 일본을 거대한 기호의 진열장으로 본 바르트는 일본에서 서구문화와는 다른 무엇을 보고 매혹당한다. 바르트의 눈에 일본은 '깊이'가 없고 '표면'만 있는 나라로 비쳤는데, 이때 깊이란 내용이고 의미이고 중심이다. 바르트는 일본문화에서 대상에서 의미를 추출하고 기표에서 기의를 찾아내야만 하는 의미와 중심의 강박에 사로잡힌 서구와는 달리 그것에서 자유로운 문화의 원형을 본 것이다. 이 책은 일본이라 불리는 기호의 체계에 대한 매혹의 실체가 무엇인가를 보여줄 뿐이지 일본이 내면화하고 있는 윤리적 함의를 비판하지는 않는다.

바르트는 선, 하이쿠, 무, 파친코, 꽃꽂이, 요리, 서예, 정원, 집, 얼굴, 젓가락, 스키야키, 사시미, 분라쿠, 전학련 등 일본의 드러난 기표들을 가로지르며 기호학적으로 분석한다. 아니 분석이라는 말은 정확한 워딩이 아니다. 바르트는 분석하는 게 아니라 일본문화의 무수한 틈으로 스며들고 다시 밖으로 빠져나온다. 그 과정에서 정수를 빨아들이고 즐길 뿐이다. 서구의 기호학자는 기표가 기의를 압도하는 일본문화에서 서구와 다른 그 무엇에서 즐거움을 찾는다. 일본문화를 알면 알수록 제 안에 고착된 서구적 강박관념이 드러나는 까닭이다. 예를 들면 서양의 포크와 나이프가 음식물을 찌르고 절단하며 '약탈'한다면 젓가락은 음식물을 고르고 뒤집으며 뒤섞고, "이미 분리되어 있는 물질을 새 모이로 변형시키고 밥도 흐르는 우유로 변형"시킨다는 것이다. 일본문화는 풍부하고 흥미로운 기표들로 넘쳐나는데, 그 기표들 아래에 마땅히 있어야 할 기의는 없다. 달리 말하면 표면이 곧 심층인 문화가 바로 일본문화다. 서구의 이성중심주의에 길들여진 바르트에게 기호체계로서의 일본문화는 어떻게 비췄을까? 바르트는 이렇게 대답한다.

"일본에서 기호는 강력하다. 그 기호는 훌륭할 정도로 규칙적이고 과시적이며, 각기 알맞은 자리에 배치되어 있다. 그러면서도 그 기호는 토착화하거나 합리화하지 않는다. 일본의 기호는 비어 있다. 그 기의는 도망가며, 군림하는 기표의 신과 진리와 도덕으로 나타난다."

롤랑 바르트는 포장에 정성을 들이는 일본인의 관습에 주목한다. 선물을 감싼 포장의 화려함은 내용에 부속된 하찮은 포장 자체를 황홀경으로 바꿔놓는다. 포장의 황홀경 속에서 포장 아래에 숨은 선물보다도 포장이 더 중요한 것으로 전환한다. 포장은 선물의 즐거움을 한없이 유예하는 기능으로 작용한다. 포장의 화려함에 견주자면 내용물은 아주 작거나 빈곤하다. 포장은 최종적 기의에 이르는 것을 유예하며 기표의 즐거움을 취하게 한다. 바르트는 기표만 있고 기의는 텅 비어 있는 일본의 포장술에서 기표적인 것이 기의를 압도하는 현상을 흥미롭게 보는 것이다. "포장의 기능이 공간상 보호하는 데 있지 않고 시간을 늦추는 데 있는 것인 양 포장에 에워싸고 기호화하는 의미가 훨씬 나중까지 오랫동안 연기된다. 포장지에 제조의 노동이 투자된 것처럼 보이지만 실은 이로써 물건은 자신의 존재를 상실하고 신기루가 된다. 기의는 포장지에서 포장지로 도망다니고 마침내 당신이 그것을 붙잡게 되면 그것은 하찮고 어처구니없으며 시시한 것으로 전락하고, 기표의 영역인 즐거움은 사라진다." 기표(포장)만 있고 기의(내용)는 없으므로 그것은 텅 비어 있는 것과 마찬가지다. 기의가 증발해버린 물건은 본질에서 없는 것, 즉 신기루 현상에 지나지 않는다.

바르트는 하이쿠의 매력에 흠뻑 빠진다. 일체의 기의를 증발시키고 기표만 남기는 하이쿠를 좋아해서 그것을 꽤 길게 분석하고 있다. 하이쿠는 최소한도의 언어를 지향하는 시의 한 형식이다. 5/7/5 음절의 구성을 가진 17자의 일본 운문인 하이쿠는 말의 단순한 축소형 포착이 아니라 차라리 "딱 맞는 형식을 단번에 발견해낸 간결한 사건"이다. 하이쿠에는 묘사도 의미의 지시도 없다. 서구의 고전적 글쓰기와는 전혀 다르다. 그것은 텅 빈 무엇인데, 롤랑 바르트는 "사진을 찍을 때의 섬광이지만 카메라에 필름 넣는 것을 잊어버린 상태"라고 말한다. 하이쿠는 쓰이기 위해서 쓰일 뿐 애써 의미를 포획하려는 일체의 노력을 무화시킨다. 그런 까닭에 하이쿠는 "가장 기이한 의미의 유예상태"에 머문다. 바르트는 하이쿠에서 선禪의 정신을 보았다. 선은 의미에 고착하는 것이 아니라 그것의 판단정지 상태에 이르는 것을 목적으로 삼는다. 선은 의미에서 도망간다. 선은 의도적이고 극단적으로 의미를 방기하는 행위다. 의미를 버림으로써 의미를 취하는 선과 마찬가지로 하이쿠는 하염없이 의미에서 도망간다. 하이쿠는 의미의 포착이 아니라 즉각적인 의미의 면제 행위다. 그것은 그저 "상징의 텅 비어 있음 그 자체"를 겨냥한다. 마치 거울과 같이. 그래서 "하이쿠는 주체도 신도 없는 형이상학을 통해 진술된 것으로, 불교의 무나 선의 깨달음에 상응한다." 선의 깨달음이 궁극으로 가면 그것은 무언어의 상태다. 해탈이 바로 그것이다.

하이쿠에서는 언어의 간결성이나 함축이 문제가 되는 게 아니다. 언어는 불완전한 의미작용이다. 하이쿠가 지향하는 언어의 간결성과 함축은 의미작용을 하는 언어를 버리려는 몸짓의 표상이다. 하이쿠는 언어를 최소한도를 쓰면서 내부적으로는 그 언어를 지우는 운문 형식이다. 하이쿠는 어떤 심층의 의미도 겨냥하지 않을 뿐만 아니라 아예 심층이 없다. 기의를 배제한 기표만의 놀이가 곧 하이쿠다. 하이쿠에서는 표면이 곧 심층이고, 즉각적인 것이므로 이차적 사고는 당연히 폐기될 수밖에 없다. 책의 앞부분에 '無(무)'라는 붓으로 쓴 글씨가 한 면을 차지하고 있다. 문자 쓰기를 예술로 승화한 서예는 서양에는 없는 예술이다. 바르트의 눈에 그것은 경이롭게 비쳤을 테다. "서예는 문자의 안무이며 의식의 표의문자적 발레다."(정화열) 기표/기의, 혹은 표면/내용이 한 몸으로 되어 있는 이 '無'자는 아마도 바르트가 말하고자 하는 것, 그 모든 것의 집약일 테다.

또다른 거울 : 재일조선인의 시각

일본은 여전히 한국의 '타자'다. 일본은 근대의 시작점에서 우리와 깊이 연관되어 있고, 게다가 침략과 수탈의 역사로 얽힌 매우 특수한 타자다. 일본은 '천황제'를 유지하는 국가이고, 한국과는 '위안부'와 같은 해묵은 난제와 함께 독도를 두고 영토 분쟁을 벌이고 있다. 한국 내부에는 식민지 수탈론을 바탕으로 하는 반일 내셔널리즘이 있고, 이들은 전쟁 범죄를 부정하는 일본의 국수주의

자들과 대립한다. 일본이 점차 보수화, 우경화하면서 침략과 전쟁
범죄, 더 구체적으로는 난징대학살이나 위안부와 같은 어두운 범
죄의 역사를 대놓고 부정하면서 동아시아 국가와의 관계가 더 나
빠지는 형편이다. 게다가 전쟁, 침략, 차별 등의 범죄에 대한 반성
과 배상을 요구하는 동아시아 국가에 적대하면서 나쁜 감정을 드
러내는 일본 내부의 흐름이 엄연하고, 그 흐름에서 날것의 혐한론
이 돌출한다. 다른 한편에서 한국 드라마와 젊은 가수들에 열광하
는 '한류'의 흐름도 혼재한다.

서경식●이나 강상중●●같이 일본에서 태어나고 성장한 재일조선
지식인의 시각에서 일본을 살펴볼 수도 있다. 두 재일조선인의 시
각은 문제적 소수자의 그것이다. 일본 내부에서 살면서 '외부자의
눈'으로 일본의 과거와 현재에 대해 집요하게 사유해온 서경식의

● 서경식은 재일조선인 2세로 일본에서 나고 자라며 일본에서 교육을 받은 사람이다.
그는 자신의 모어를 일본어라고 말한다. 그는 자신의 책에서 자신의 정체성에 대해 이
렇게 말한다. "나는 1951년 일본의 교토에서 태어났다. 조선인 내가 일본에서 태어
난 까닭은 1928년에 할아버지가 고국인 조선을 떠나 일본으로 터전을 옮겼기 때문이
다. 일본이 조선을 식민지로 지배하고 있던 시대에는 조선인은 본인들의 의사와 관계
없이 일본의 신민이 되어 일본 국적을 갖게 되었다. 따라서 할아버지는 일본 국적 소
유자로서 대일본제국의 영역 내인 조선에서 일본으로 이동한 것이다." (『언어의 감옥
에서』, 권혁태 옮김 돌베개, 2011, 35~36쪽.)

●● 강상중은 1950년 일본 구마모토에서 태어나고 자란 재일조선인이다. 1979년 와세
다 대학 대학원에서 정치학을 연구하고, 박사과정을 수료하였다. 1979~1981년 옛
서독 뉘른베르크 대학에서 유학했다. 전공은 정치학과 정치사상사. 현재 도쿄 대학
사회과학연구소 조교수로 있다. 지은 책으로『막스 베버와 근대』(1986),『국가, 민족,
인권』,『아시아가 보는 일본국 헌법』(공저, 1994),『두 개의 전후와 일본』(1995) 등이
있다.

시각은 일본을 객관화해서 바라볼 수 있는 또다른 시각이다. 서경식은 1990년대 중반 이후 사상적 반동기에 들어서면서 나타나는 일본 내부의 변화를 살피며 '여전히 계속되는 식민주의'를 비판한다.

일본 국민 대다수의 의식에 작동하는 것은 '국민주의' 이데올로기다. 이 국민주의 이데올로기가 일본인을 한 혈통으로 묶어주는 역할을 한다. 이런 일본인에게 남한 국적이나 북한의 재외공민을 유지하는 재일조선인은 여전히 일본 제국의 '내부'에서 차별적 '외부'로 존재한다는 사실을 서경식은 이렇게 쓴다. "'대일본 제국'은 일본 국적에 의해 조선인을 '일본 신민'의 지위에 묶어놓으면서도, 대내적으로는 조선 호적에 의해 내지의 일본인, 즉 '야마토 민족'과의 차별을 관철시켰다. 어떤 이는 이 간지奸智로 가득찬 구속과 배척의 시스템을 가리켜 적절하게도 "'일본인'이라는 감옥'이라 표현한다."● 정주定住라는 뿌리에서 뽑힌 채 난민 아닌 난민으로 떠도는 재일조선인의 정체성이 차별적 외부에 있는 한에서 일본은 감옥이라는 서경식의 지적은 통렬하다. 일본 제국주의가 패전하고 70년이 경과했지만 지배층의 서사를 내면화한 일본 내부에서는 여전히 차별과 배제의 원리가 작동한다. 일본은 한국을 전략적 이익을 공유하는 이웃이라고 공표한다. 하지만 내면의 집단무의식에서 침략과 식민지 지배 프레임을 갖고 있는 것으로 보인다. 재일조선인이 일본 내에서 차별과 배제의 프레임이 유지되는 것은 아직 일본이 식민주의라는 몽매

● 서경식, 『난민과 국민 사이』, 임성모·이규수 옮김, 돌베개, 2006, 149쪽.

함에서 깨어나지 못한 증거일 테다. 일본은 한국이나 대만에서 건너온 이주자를 '외부'로 여기고 열등한 계급이나 '악의 화신'으로 취급한다. 이들 위에 군림하는 권력은 피지배자 집단의 정체성을 위축시키고, 이들의 인권을 짓밟는다. 프란츠 파농의 다음 구절을 보라. "식민주의는 타인에 대한 체계적인 부정이며 타인의 인간적 속성 전부를 부인하려는 광포한 결단이기 때문에, 피지배 민중으로 하여금 끊임없이 "실제로 나는 누구인가?"를 자문자답하도록 강요한다."• 서경식의 『난민과 국민 사이』는 늘 '나는 누구인가'라는 물음을 안고 사는 재일조선인의 사례를 생생하게 들려준다.

강상중이 보여준 문제의식의 시작점은 '근대화론'이다. 그는 오리엔탈리즘을 비판하는 시각에서 서양/동양, 남성/여성, 식민자/피식민자, 다수집단/소수집단 등으로 나타나는 이항대립 현상들을 살피고 파헤친다. 강상중은 일본 제국주의의 정신적 기초를 이루는 사유의 배경인 식민정책학자의 정신세계가 일본 제국주의와 천황제의 발현과 어떤 관계를 맺는가를 따지며 어떻게 일본식 오리엔탈리즘이 재생산되고 유포되는가를 드러낸다.

일본 제국주의가 미토콘드리아 단위에서 DNA로 내장한 패도霸道문화는 동아시아 국가를 향한 근대 폭력을 정당화하는 시발점이다. 태평양 전쟁은 일본이 사상의 황폐 속에서 동아시아 국가의

• 프란츠 파농, 『대지의 저주받은 사람들』, 남경태 옮김, 그린비, 2010, 253쪽

주권적 자유를 침탈하고 자원을 빨아들이며 치른 악마의 전쟁이다. 그럼에도 일본은 아시아 국가의 지배를 '동아공영권'이란 유토피아 사상으로 분식扮飾하고 동아시아를 문명개화하겠다는 가당치 않은 미명 아래 치른 극악한 식민주의 침략 전쟁의 잔혹한 실체를 숨겼다. 일본의 근대화는 '흥아'와 '탈아' 논의가 착종된 가운데 인접한 아시아 주권 국가를 근대화시키겠다는 명분으로 포장한 전쟁이라는 폭력을 펼친 것에 지나지 않는다. 일본이 펼친 근대화론이란 건 허구다. 일본의 패도문화는 의사疑似 메시아니즘에 빙의된 것이다. 이로 인해 동아시아 국가의 근대 경험은 전근대 봉건체제에서 근대세계체제에로 연착륙하지 못한 채 내부 궤멸을 맞은 것이다. 일본이 전후 폐허와 빈곤에서 벗어나 경제 복구를 이룸과 동시에 패전국의 악몽을 떨치고 1965년 한일조약을 맺고, 1972년 중일국교로 외교 관계의 회복을 꾀한다. 하지만 이는 조선민주주의인민공화국과 중화인민공화국을 배제한 채 이룬 불완전한 것이다. 1960년대 고도성장으로 일본이 세계열강에 다시 올라선 것은 맞지만 의식의 면에서 역사의 냉엄한 자각을 몰각한 채 근대 이전으로 퇴영하는 기미를 드러낸다. 한동안 일본인은 외부에 드러낸 무례와 방종, 추태와 기태로 '이코노믹 애니멀'이라는 오명을 뒤집어썼는데, 이는 퇴영적 일면이 불거진 결과다.

일본 내부의 집단무의식에 천황제가 유지되고, 과거 침략사를 정당화하고 역사를 날조하려는 유혹에 무릎을 꿇으며, 음습한 전쟁의 망령에 빙의되어 있는 한 일본은 근대 이전의 낙후를 상습화

한 야만 국가로 전락한다. 게다가 동일본 대지진 같은 잦은 자연 재해가 빚은 재난 트라우마, 일상에 미만한 나른한 나르시시즘, 안락과 퇴폐에의 탐닉 따위로 마모되고 고갈된 비판의식, 내부에서 혁명 의식의 거세 따위가 더해지면서 일본은 내부 균열과 과거사 고착에 발목 잡힌 채 근대 이전으로 회귀한다. 이 회귀의 끝은 파멸이고 죽음이다. 하루키가 한 소설에서 쓴 문장은 대단히 암시적이다. "누군가가 누군가를 부르고 있다. 누군가가 누군가를 찾고 있다."(『태엽 감는 새』) 일본은 출구가 없는 골목의 세계에서 벗어나야 한다. 그 자폐의 세계에서 벗어나 저 멀리서 들리는 타자의 소리에 귀기울여야 한다. 지금이야말로 일본은 먼저 자기 부정을 하고 새 '도주선'을 찾아야 할 때다! 그 '도주선'은 무의식과 미시 정치에 균열을 일으키는 생성과 변화라는 외관을 취한다. "생성은 포획이고, 소유고, 가치 증식이지 결코 재생산이나 모방이 아니다."(들뢰즈) 공산품의 조립과 생산의 단위에서는 생성이 일어나지 않는다. 피뢰침만을 죽어라고 생산할 것이 아니라 스스로 번개가 되는 것, 그것이 '도주선'을 타는 것이다.

문학에서의 영향과 소통
일본의 근대와 한국의 근대

근대 이후 일본문학은 한국문학에 불가피하게 영향을 미치는 타자적 현상으로 그 위상이 뚜렷하다. 자국문학에 영향력을 끼치는 외국문학은 자국문학의 외부성, 혹은 거울 같은 타자로 존재감을 드러낸다. 중심을 이루는 타자적 현상은 분절과 단속의 운동을 하며 주변부를 지층화한다. 김동인이 '그' '그녀'와 같은 삼인칭 대명사나, '있었다' '했었다'와 같은 관거완료형 시제, 그리고 언문일치를 일본소설에서 받아들여 쓴 것은 일본 근대가 확립한 표준화된 문법 체계에 영향을 받았음을 보여주는 하나의 예다.

일본 근대문학의 기원이 곧 근대 한일 관계의 기원이라는 사실을 꿰뚫어본 가라타니 고진에 따르면 일본의 근대문학은 근대 국가체제가 형성되는 메이지 시대(1868~1912)의 산물이다. '근대'와 '문학'은 따로 존재할 수 없는 하나의 짝이다. 한국 근대소설의 효시라고 꼽는 이광수의 『무정』이 1917년에 비로소 나타나고, 거기에 기독교, 자유연애, 신가정과 같은 기표들이 등장하는 것은 당대

한국인의 보편적 사유와 감수성에 스며들기 시작한 일본 근대의
영향력을 보여주는 것이다.

　일본 근대문학의 기반도 역시 서양의 근대 제도와 문물이 도입
되는 과정에서 서구라는 타자성을 거울삼은 것이다. 일본 근대문
학의 서사적 표상에서 두드러지는 "내면이라는 관념, 중심화된 주
체, 심리적인 것, 게다가 참을 수 없을 만큼 서양적인 의미의 자
아"들은 근대와 함께 들어온 타자성의 산물이다. 일본 근대문학에
서 내면, 육체, 성, 그리고 고백의 내러티브라는 형식은 서구의 준
거틀에서 빌려온 것이다. 가라타니 고진의 통찰력은 기독교가 일
본 근대문학의 근원에 존재한다고 말하며, 기독교가 메이지 체제
에서 소외를 겪은 구舊 무사계급에 파고 들어간 배경을 설명하는
데서 빛을 발한다. 소외는 무력감과 한으로 가득찬 마음을 만들고,
기독교가 그것을 파고들었다는 것이다. 가라타니 고진은 메이지
시대에 몰락을 겪은 무사계급에게 "기독교가 초래한 것은 '주인'임
을 포기함으로써 '주인(주체)'으로 남아 있게 하는 정신적 역전이
다. 그들은 주인임을 포기하고 신에게 완전 복종함으로써 '주체'를
획득한 것이다"●라고 설명한다.

　일본이 서구라는 타자를 베끼는 동안 한국은 일본이라는 타자
를 베낀다. 하나의 문화와 새로운 감수성이 또다른 문화에 나타나

● 가라타니 고진, 『일본근대문학의 기원』, 박유하 옮김, 도서출판b, 2010, 115쪽.

는 영향 관계는 간접적이며 은유화되기 때문에 언표의 층위에서 규명하는 일은 쉽지 않다. 특히 문학에서의 영향은 언어의 유기적 통일성을 그대로 수납하는 것이 아니라 그것에 구현된 이념과 제도에 대한 초극의 형식으로 나타난다. 그래서 그 관계를 따지는 일은 더욱 어렵다. 대개 문화 영역 내부에서의 영향은 스타일이나 형식, 혹은 재현된 것 자체의 모방이 아니라 영향의 자명성을 지우는 것에서부터 시작한다. 문학에서 선행된 형식이나 스타일로 나타난 것들이 다른 문학에서 자의식의 발현 없이 답습될 때 내용으로 전용轉用된다. 그것은 기술적 미숙성의 표지가 아니라 도덕적 문맹성의 표지다. 스타일은 내용을 외화하는 기술적인 측면이 아니라 그 자체로 하나의 세계인 것이다.

카뮈의 『이방인』이나 브라우티건의 『미국의 송어낚시』에서 스타일을 제거한다면, 자명한 알리바이를 부정하고 스스로 죽음을 맞는 이상한 살인자의 이야기, 오염되어가는 강에 대한 과잉 애도의 이야기라는 줄거리만 남는다. 예술에서 스타일은 예술가의 감수성과 의식, 세계에 대한 주체의 태도를 드러낸다. 그것은 하나의 심미적 원칙이며, 배치의 규범이기 이전에 예술 창조 주체의 본능이며 기질에 속하는 것이다. 신체가 존재의 구현이듯, 스타일은 곧 예술의 구현이다. 그러므로 신체 없는 존재가 있을 수 없듯이 스타일을 선행하는 내용이란 있을 수 없다.

거칠게 요약하자면 일본 근대문학의 출발점인 나쓰메 소세키에서부터 기쿠치 간, 아쿠타가와, 가와바타 야스나리, 미사마 유키오, 다니자키 준이치로, 다자이 오사무, 오에 겐자부로 등을 관통하는 일본 사소설의 전통, 미적 근대성과 한국소설들은 해방 이전까지 활발한 소통과 영향의 관계에 놓인다. 하지만 그 상호소통과 영향은 동질적이고 항상적인 체계로서가 아니라 해체와 초극의 형식으로 나타난다. 상호 영향 관계는 대체적으로 모호하다. 일본 식민지에서 해방된 이후 한국문학은 일본문학과의 '영향의 불안' 속에서 비활성적 관계에 놓인다. 다시 우리 문학과 일본문학 사이에 상호 소통과 영향의 관계가 활발해진 것은 1990년대로 접어들 무렵 무라카미 하루키, 무라카미 류, 요시모토 바나나, 야마다 에이미 등이 본격적으로 소개된 뒤의 일이다.

하루키의 '청춘 3부작'

하루키의 등단작 『바람의 노래를 불어라』는 기억과 회상의 형식을 취하고 있다. 이 소설은 '나'와 '쥐'라는 두 작중인물의 기억과 회상을 중요한 줄거리로 삼고 있다. 기억과 회상은 '나'의 기원을 응시하려는 욕구를 반영한다. 기원을 응시하려는 욕망은 존재의 불확실성이 만든 위기에 대한 주체의 소극적 대응이다. 타인과 단절된 고독한 존재의 발견이라는 주제는 하루키의 소설에서 반복되는데, 그것은 전후 체제와 가치관의 소멸과 연관되어 있다. 전후 일본사회는 선진자본주의로 도약하려는 일원화된 국가적 집단체제의 성격이 강하다. 고도성장을 통해 서구 자본주의 국가의 수준에 들어서는 것이 일본 근대 기획의 완성이었기 때문이다. 대학의 커리큘럼마저도 일본의 산업시스템이 요구하는 노동자원의 배출이라는 구심점에 맞춰져 있었다. 전공투는 바로 이런 일원화된 국가적 집단체제에 대한 반발이자 해체의 요구였다. 그러나 노동 자원을 공급하는 생산 공장화한 대학의 해체, 대학의 혁명에서 더 나아가 일본의 관리조작 사회와 권력의 재구축을 목표로 한 전공투는 실패로 끝난다.

작가는 일본의 전공투 세대 출신이다. 전공투의 이념은 1960년대 말 도쿄대 강당 벽에 쓰여 있던 "연대를 추구하되 고립을 두려워 않고, 힘이 다해서 쓰러지는 것을 사양하지는 않으나, 힘을 다하지 않고 무너지는 것은 사양한다"는 슬로건에 함축되어 있다. 기성체제에 대한 반항은 실패로 돌아가고 정치의 대안들은 무산된다. '전공투' 운동의 종언, 진보 정치가 낳은 낙관주의의 좌절이라는 역사 경험은 허무주의와 탈이데올로기로 치닫게 한다.

현실을 개혁하겠다는 영웅은 죽고 남은 것은 연대에서 떨어져 나와 고립된 외톨박이들의 무정부주의적인 욕망과 환멸뿐이다. 사소한 것에 집착하는 심리학은 『바람의 노래를 들어라』에서 가장 극적으로 드러난다. 이 소설에서 하루키의 작중인물은 일상에서 겪는 사소한 행위를 수치로 옮겨 적는다. 이를테면 피운 담배의 개비, 올라간 계단, 페니스의 크기 따위를 숫자로 옮겨놓는 것은 거의 무의미한 행위에 지나지 않은 것이다. 그 사소한 것들의 수치화는 "타인에게 전할 수 있는 무엇", 즉 타인과 소통할 수 있는 생활의 구체적 실감인 것이다. 하루키는 사소한 것에서 사소하지 않음을 찾는데, 그것은 중심과 권력을 지향하는 근대 이념의 붕괴와 근대적 자아의 해체라는 접점에서 발생한다.

하루키가 1979년에 내놓은 사소한 것의 수사학은 한국에서는 이미 1960년대에 김승옥이 「서울, 1964년 겨울」에서 탁월하게 드러낸 바 있다. 하루키의 작중인물이 겪는 압도적인 권태와 환멸은 초기 김승옥의 작중인물과 놀랍도록 닮아 있다. 하루키에게서 한국 현대문학의 대표적인 작가의 한 사람인 김승옥의 직접적인 영향을 찾기는 쉽지 않을 테다. 마찬가지로 김승옥의 초기 단편들에서 일본 근대문학에서 받은 영향의 흔적을 찾는 일은 쉽지 않은 일이다.

영향과 소통

하루키는 동시대성과 대중의 무의식을 선취하며 20세기 후반기를 가로질러 간다. 아마도 한국의 젊은 작가들에게 영감을 준 하루키의 소설을 굳이 꼽자면 『바람의 노래를 들어라』를 포함해 이어지는 『1973년의 핀볼』 『양을 쫓는 모험』과 함께 '나'와 대학동창인 '쥐'가 함께 등장하는 연작형식으로 쓰인 3부작이다. 사실 '나'와 '쥐'는 같은 '전공투' 세대로서 일란성 쌍둥이와 같은 존재다. 그렇다면 왜 이들 작품인가? 이들 작품들이 다루는 전공투의 실패 이후 작중인물들이 겪는 내면의 공황 상태, 방황, 죽음, 불모성에 대한 경험과, 1980년대 한국에서 태풍의 눈이던 학생운동과 그 이념이 갑자기 소멸하며 겪은 경험의 동질성에서 비롯된 것은 아닐까?

기억과 회고는 그 자체로 소설이 되지 못한다. 그것이 이야기로서의 조건들을 충족시킬지는 모르지만 이야기의 잉여성을 획득하지 못하기 때문이다. 그 잉여성은 플롯의 발생론적 근거이다. 이야기의 잉여성이 발화의 형식으로 구현될 때 비로소 소설이 탄생한다. 1982년에 내놓은 『양을 쫓는 모험』에서 하루키는 소설다운 소설을 완성한다. 일본 근대문학의 사소설적인 지평에서 도약해 이야기를 뚜렷하게 드러나는 서사적 플롯으로 견인해낸다는 점에서 이 작품은 인생의 지향점을 상실한 청춘이 겪는 환멸과 연애담인 앞선 작품의 수준을 훌쩍 뛰어넘는다. 『양을 쫓는 모험』은 전공투의 실패에서 비롯된 환멸과 자기 부정의 본격적인 서사다.

'양'은 세상을 지배하는 어두운 권력에 대한 기호다. 그것이 가리키는 것은 '무정부주의적인 관념의 왕국의 지배자'이다. 1930년대 양 박사의 몸에 들어간 '양'은 얼마 뒤에 양 박사의 몸에서 빠져나가 우익 거물의 몸속으로 들어간다. 인간의 몸속으로 들어간 '양'은 불가사의한 힘을 발휘하는데, 우익 거물의 몸에서 빠져나와 다시 '나'의 친구인 '쥐'의 몸으로 들어간다. 일본사회 전체에 영향력을 끼치는 우익 조직은 우익 거물에게서 빠져나간 '양'을 찾는데 '나'를 협박하는 것이다. 양 찾기 모험은 그렇게 시작된다. 결국 '쥐'는 제 몸에 들어온 '양'과 함께 자살하는 길을 선택한다. '양'을 찾는 모험은 친구인 '쥐'를 찾는 여행이며, 그 '쥐'와 함께했던 봉인된 과거로의 여행이고, 동시에 잃어버린 존재 이유를 찾는 여행이다.

'양'은 일상 저변에 미만해 있는 자본주의적 권력의 부정형성을 상징하는 기호다. '쥐'의 자살은 이타성을 실현하는 순결한 죽음이다. '양'의 감염에 대한 책임을 지고 스스로 문제를 해결하는 방식의 죽음이다.

하루키는 고도자본주의 사회로 진입한 일본사회가 직면한 우연의 메커니즘과 동기가 없는 행동, 근원이 없는 권력이 일으키는 폭력과 같은 문제들을 우의적으로 경고한다. 하루키의 소설 세계에서 '세계의 끝'과 '하드보일드 원더랜드'는 불연속적이며 단절되어 있는데, 그 불연속과 단절을 매개하는 존재가 있다. 『양을 쫓는 모험』에서 그것은 '양'이다. 다른 소설에서 그것은 고양이이거나 여자인데, 영매의 능력을 갖고 있다. 하루키의 작중인물은 늘 어느 날 갑자기 낯선 존재에게 호명되어 현실의 바깥, 저 너머, 세계의 끝을 향하여 나아간다. 현실과 비현실의 접점에는 '우물' 혹은 '거대한 웅덩이'가 있다. 그들은 비현실로 나아가는 입구에서 문득 뒤를 돌아보며 현실을 낯설게, 바라본다. 그것은 잔존 기억을 버리고 존재의 생성을 일구기 위한 전제 조건이다.

하루키 소설이 보여주는 물질주의에 대한 염증, 아버지의 부재, 반권력적 지향, 근원적 상실에 대한 예민한 감각은 이들 미국작가들의 영향력 아래서 동시대성을 교감한 흔적들이다. 이러한 특징들은 윤대녕, 구효서, 배수아, 조경란, 김연수 같은 작가들의 초기 소설에서도 찾아볼 수 있다. 그렇다고 이들 작가들이 하루키에게서 일방적으로 영향을 받았다고 단정짓는 것은 경솔하다. 영향은 상상적 공동체 사이에 있는 내적 국경을 넘는 힘들에 의해서 이루어진다. 그것은 타자를 받아들이고 그 차이를 주체의 것으로 내면화하는 과정이다. 하루키와 한국의 젊은 작가들은 더 넓은 세계문학의 장 안에서 상호 영향과 소통 관계에 있다고 말하는 것이 맞다. 현대문학의 장 안에서 상호 영향의 수수 관계는 어느 한 쪽의 일방성에서 벗어나 다원화되고 여러 겹으로 간접화되기 때문이다.

아버지 없는 세계에서 사는 일

하루키의 많은 소설들에서 아버지는 이미 죽었거나 무력해진 존재들로 나타난다. 그 아버지들은 현실에서 아무것도 하지 못하는 무능 그 자체다. 하루키가 그려내는 아버지들은 "'무능한 신' '상처 입은 예언자' '머리가 잘린 왕' '기능하지 않는 보이지 않는 신의 손' '힘없는 아버지' '억압적인 혁명당파'" 같은 모습이다.• 아버지가 부재하는 세계는 조지 오웰이 묘사한 디스토피아와 똑같지는 않지만 또다른 디스토피아이다. 아버지의 보호와 훈육의 세계에서 떨어져나온 손상된 소년들(『해변의 카프카』에서 '소년'은 다중인격과 해리성 정체감 장애를 갖고 있다), 혹은 외톨이들(『태엽 감는 새』)은 아버지가 사라진 세계에서 지도나 올바른 삶에 대한 어떤 매뉴얼도 갖지 못한 채 혼돈과 무질서 속을 가로질러간다. 이들이 마주치는 현실은 끊임없는 악과 음모가 도사리고 있는 언더그라운드의 세계다. 이들의 과제는 유사 아버지들을 죽이고 —"너는 언젠가

• 우치다 타츠루, 『하루키 씨를 조심하세요』, 김경원 옮김, 바다출판사, 2016, 114쪽.

그 손으로 아버지를 죽이고"(『해변의 카프카』) — 뒤틀린 세계를 다시 정상으로 되돌려놓는 일이다.

어느 세계이든 자기만의 아버지를 갖고 있다. 이때 "아버지는 '세계의 의미를 담보하는 자'를 말합니다. 세계의 질서를 정하고 모든 의미를 확정하는 최종적인 심급, 즉 '신성한 천개天蓋'인 것입니다."• 『해변의 카프카』는 상징적 '아버지 살해'를 다룬다. 카프카 소년의 '아버지 죽이기'는 실제로 일어난 일이 아니다. '아버지 죽이기'는 그림자의 대행 행위로 이루어진다. 왜 '아버지 죽이기'인가? 이 아버지는 하루키의 신작 『기사단장 죽이기』에 비판적으로 언급된 '난징대학살'을 저지른 악의 존재다. 하루키의 상징적 '아버지 죽이기'에서 아버지는 그냥 타자가 아니라 내 안에 폭력의 주체로 들어앉은 타자다. 이 타자는 동아시아 국가들에 대한 전쟁 가해자인 '일본'이라는 표상 그 자체다.

아버지 없는 세계에서 산다는 것은 곧 무질서와 혼돈의 세계 속에서 암중모색을 한다는 의미다. 이 세계에 무질서와 혼돈이 도래하는 것은 가짜 아버지들에 의한 현실 왜곡과 변질이 그 원인이다. 하루키 소설에서 아버지의 부재는 중요한 의미를 품는다. 아버지는 세계를 지배하고 움직이는 숨은 원리로서의 신, 법, 도덕 등의 표상이다. 이 대타자가 부재하는 현실에는 그것을 떠받치는 규

• 우치다 타츠루, 앞의 책, 76쪽.

범과 질서가 무너지고, 따라서 잘 아는 "세계는 소멸"하고 이 소멸의 자리에 무질서와 혼란으로 얼룩진 "다른 세계"가 온다. 또한 아버지의 대체자들이 나타난다. '큰 아버지'가 사라진 자리에 잘게 쪼개진 무수히 많은 유사 아버지들이 온다. 이들은 지하계에 숨어 있던 아버지들이다.

『1Q84』에서 이들은 사이비 종교단체의 리더나 '리틀 피플' 혹은 '노부인'들로 변주된다. 하루키는 독자에게 다음과 같은 질문을 던지는 셈이다. "아버지가 없는 세계에, 지도도 없고, 가이드라인도 없고, 혁명 강령이나 '정치적으로 올바른 행동 방식' 매뉴얼도 없는 상태에 내던져졌음에도 우리는 '무언가 좋은 일'을 실현할 수 있을까?"•

신화의 세계에서 아버지는 남성의 원형이고 남성 원리를 표상한다. 가부장제 사회에서는 법과 규범의 창시자이고, 현실의 지배자다. 이 아버지의 지배 권력은 "태양과 하늘의 힘, 도덕적·시민적 권위, 이성, 의식, 법률, 공기와 불의 원소, 호전적 정신, 번개" 같은 상징을 얻는다. 구체적으로 보자면 "태양, 불, 번개, 화살, 원뿔, 창, 링감, 오벨리스크, 원기둥, 장대, 막대, 삽, 창, 칼, 번개, 횃불" 따위가 남성 상징으로 쓰인다.•• 남성 원리는 여성 원리와 대립이나, 보완 관계를 이룬다. 여성 원형은 대지모신, 여왕, 우주적 어머니

• 우치다 타츠루, 앞의 책, 115쪽.
•• 잭 트레시더, 『상징 이야기』, 김병화 옮김, 도솔, 2007, 18쪽.

들이다. 여성 상징물은 "샘물과 호수, 대양, 강물, 달, 특히 초승달 모양, 그리고 바구니와 컵 같은 그릇 따위"이고, 이것은 고대로부터 "받아들이는 자, 운반자, 생명을 주는 자, 보호자, 양육자"라는 의미를 갖는다.• 아버지는 그 양태가 다르지만 일반적으로 아버지는 힘을 가진 유일성의 존재, 사회 체제와 질서의 수호자, 선악의 기준을 제시하고 그것을 심판하는 자, 더러는 자식의 자유를 억압하고 통제하는 권력자다. 이 아버지가 죽은 세계에는 선악의 경계가 사라지고, 옳고 그름의 기준이 흐트러진다. '아버지 부재'의 세계는 지도 없는 세계이고, 나침반을 잃어버린 상태나 마찬가지다. 이 세계에서는 모든 것은 모호하고 불확실해지는 것이다.

아버지는 항상 명령하고, 아들은 그 명령에 따른다. 우리는 그 아버지의 명령과 법을 따르거나 혹은 그것에 반항하고 방기하면서 오늘의 '나'를 빚는다. 하루키 소설에 아버지가 나오지 않을뿐더러 나오더라도 부정적 이미지로 그려지는 경우가 대부분이다. 이것은 하루키 문학세계를 이해하는 데 아주 중요한 요소다.

우치다 타츠루는 『하루키 씨를 조심하세요』에서 하루키 문학에서 아버지가 상징하는 바를 해명하는 두 꼭지의 글을 보여준다. 「'아버지'로부터 벗어나는 영향」과 「'아버지'의 존재」가 그것이다. 일반적으로 '아버지'는 신이거나 하늘이고, 왕이고 예언자로 "절대 정신"이나 "역사를 관통하는 철의 법칙성" 같은 전일적 존재다. 아

• 잭 트레시더, 앞의 책, 16~17쪽.

버지가 없는 세계란 질서를 제정하고, 감독하며 관리하는 힘이 사라진 것을 뜻한다. 그런 세계에서 "우리는 아무런 의미도 없이 불행에 처하고, 이유도 없이 학대당하며, 어떤 교화의 의도도 없이 벌을 받고 농담처럼 살해당하는" 것이다. 그러나 '아버지 없는 세계'의 무질서와 비극에 대해 쓴다고 하더라도, 하루키가 부권제 이데올로기의 세계를 갈망하는 것은 아니다. 아버지들은 언제나 억압적이고 교화적인 폭력을 쓰는 악으로 변질될 수도 있는 존재이기 때문이다.

『1Q84』에는 수많은 아버지들이 나온다. 바로 아오마메, 덴고, 후카에리, 다마루의 아버지들이다. 이들은 자식을 유기하고, 자식의 내면에 씻을 수 없는 깊은 상처를 남긴다. 이 아버지의 상징을 집약하고 극대화한 게 '리틀 피플'이다. 이들은 '큰 아버지'를 쪼개서 만들어진 '작은 아버지'이다. 이들은 '사악한 것'을 대표하며, "'눅눅한 악의'의 집합표상"이다. 이렇듯 아버지는 이중적 표상이다. 하루키는 '아버지 없는 세계'를 소설로 창조하며, 선과 악의 차이, 절대적인 올바름의 기준이 사라진 혼돈의 시대에 어떻게 사는 것이 잘 사는 것인가, 라고 물음을 던진다. 하루키는 그동안 부재로 처리하던 아버지를 『1Q84』에서 왜 불러냈을까? 아버지는 살, 지방, 근육, 피, 뼈로만 이루어진 존재가 아니다. 아버지는 거기에 근엄한 얼굴, 권위와 권력을 더해야 완성되는 존재다. 아버지는 삼촌보다 재미없고 어머니보다 덜 애틋한 존재다. 그는 규범을 세우고 행동 강령을 일러주며 늘 무언가를 명령한다. 그 규범, 행동 강령, 명령을 어기면 그에 따라 벌칙을 내린다. 집을 비운 아버지가 돌아오면 권위闕位의 자리가 채워지면서 현실은 합리적 질서를 되찾는다. 아버지의 재림再臨이다. 집 안팎에 기물을 어지럽히고 제멋대로 뛰놀던 아이들이 얌전해진다. 무서운 아버지의 권위가 작동하면서 현실의 혼란은 잦아들고 예전의 질서로 돌아가는 것이다. 『1Q84』에서 아버지는 사교집단 '선구'의 교주다. 하루키 소설은 서사적 원형을 반복하고 있는 듯 보인다. 그 신화적인 서사의 원형은 우치다 타츠루에 따르면 "'우주론적cosmological으로 사악한' 것이 침입하지 못하도록 '보초sentinel' 역할을 맡은 주인공들이 팀을 짜서 방어해낸다"는 것이다. 이 '사악한 것'은 소설마다 다양하게 변주하는 것이다.

하루키 소설들은 여기가 아니라 저기, 지금 이곳이 아니라 현실 저 너머의 "다른 세계"를 자주 그린다. 초기 단편인 「장님 버드나무와 잠자는 여자」에 나오는 장님 버드나무가 자라는 언덕과 집역시 "다른 세계"의 풍경이다. 언덕 위의 작은 집 주변에 장님 버드나무가 무성하다. 진달래 크기의 작은 나무지만 그 뿌리는 상상도 할 수 없을 만큼 깊은 곳으로 뻗어간 장님 버드나무는 성장을 멈추고 그 대신 뿌리 쪽으로만 계속 성장한다.

장님 버드나무는 지하의 어둠을 양분 삼아 자라는 것이다. 장님 버드나무의 꽃가루를 묻힌 작은 파리가 여자의 귓속으로 들어와 여자를 잠재운다. 이 얘기를 들려주는 것은 친구의 여자친구다. '나'와 친구 두 사람은 병원에 입원해 있는 친구의 여자친구

병문안을 갔다가 그 얘기를 듣는다. 여자친구가 왜 그 얘기를 꺼냈는지 그 의도는 모호하다. 이 "다른 세계"는 현실에는 없는 환상 세계, 하루키가 상상하는 현실 너머의 현실이다.

하루키는 우리 현실이 아버지가 부재하는 세계와 아버지 권력이 작동하는 세계로 나뉜다고 말한다. 투박하게 말하자면, 전자의 세계를 지배하는 시간이 쾌락 원칙의 관용 속에서 욕망을 발산하는 놀이의 시간이라면 후자를 지배하는 시간은 현실 원칙의 지배 아래 욕망을 제어하는 규범과 윤리의 시간이다. 우리는 아버지를 원하면서도 아버지를 거부한다. 아버지로 인해 세상에 나왔지만 그 아버지가 우리를 억압하기 때문이다. 우리는 이 폭력의 존재로 말미암아 두 개의 존재로 분열된 채 두 개의 시간이 만드는 장력 사이에 있다.

"그 마을에 살러 가시지 않을래요?/ 흰 눈 종일 조용조용 내리고/ 상처들이 비밀스럽게 편지를 주고받는 곳/ 당신도 나도 다른 사람들과 함께/ 이상한 빛을 생산하는 기이한 발전기가 되는 곳"(김정란, 「눈 내리는 마을」 부분) 시인은 이 세상 어딘가에 "눈 내리는 마을"이 있다고 속삭인다. 서로가 빛을 만들어 상대를 환대하는 세계! 그 부재의 유토피아를 그리워하지만 우리가 발 딛고 있는 곳은 아버지의 세계다. 오, 아버지, 움직이는 성채여! 아버지는 보이지 않는 감옥이고, 지옥 그 자체다. 그랬으니 아버지라는 대타자의 그늘 벗어나기는 내 인생의 출애급出埃及, 즉 가장 큰 이성의 기획이었다. 하루키는 지금 여기와는 다른 세계가 어딘가에 있다는 것, 그리고 그 세계로 안내하겠다고 약속한다.

하루키는 『세계의 끝과 하드보일드 원더랜드』와 『해변의 카프카』를 거쳐서 『1Q84』에서 두 개의 달이 뜨고, 다른 세계에서 온 리틀 피플이 존재하는, 그 실체를 알 수 없는 "다른 세계"로 우리를 데려간다.

하루키 소설들은 여기가 아니라 저기,
지금 이곳이 아니라 현실 저 너머의 "다른 세계"를 자주 그린다.
이 "다른 세계"는 현실에는 없는 환상 세계,
하루키가 상상하는 현실 너머의 현실이다.

날씨도 좋은데 하루키 소설이나 읽어볼까요?

○

봄날 햇볕 아래서 무릎 위에 책을 올려놓고 읽으면 행복해질 작가를 꼽자면 나는 망설이지 않고 하루키를 꼽겠다. 나는 『바람의 노래를 들어라』에서 『노르웨이 숲』을 거쳐 『기사단장 죽이기』에 이르기까지 하루키 소설을 맛있는 빵을 조금씩 떼어먹듯 읽었다. 소설에 맛이 있다면 하루키 소설은 봄날 햇빛의 맛이다. 그것은 상큼하고, 아릿하고, 슬프고, 허무하고, 웃음을 짓게 하는 복잡한 맛이다. 반쯤 감은 눈의 속눈썹에 엉기는 햇빛 알갱이의 찬란함! 하루키 소설의 인상은 그런 것이다. 그의 소설엔 살아 있음이 주는 기쁨과 상실로 빚어진 비애, 그리고 적당량의 멜랑콜리가 버무려져 있다. 그것은 밝되 슬프게 빛난다.

내 기억에서 하루키는 언제나 '젊은' 작가다. 사물과 세계를 대하는 작가의 감성도 젊고, 폭주하는 세계와 떨어져서 혼자 음식을 만들고 맥주를 마시며 고립된 삶을 꾸리는 그의 작중인물도 대개는 젊다. 나는 하루키 소설 저 깊은 곳에서 울려나오는 현실의 칙

칙함을 물리치는 명랑한 심벌즈 소리에 귀를 기울였다. 그 소리는 도약하려는 젊음의 풋풋함과 역동성을 품고, 이 세계를 떠나서는 어떤 구원도 없음을 암시한다. 나는 하루키 소설을 읽으며 작중인물이 겪는 기쁨과 비애에 공감하고, 상실과 공허가 빚는 고통을 다독이는 달콤한 위로를 구했다. 평탄하던 인생이 요동칠 때조차도 나는 하루키 책을 손에서 놓지 않았다. 하루키 소설을 읽는 사이 내 머리 위에 있는 운명의 먹구름을 잠시 잊을 수 있었다. 그리고 눅눅한 불행이나 음습한 우울도 가볍게 날려버리고 나는 애초의 명랑성을 찾고야 만다.

하루키 소설이 우리나라에 처음 소개된 지 어느덧 서른 해쯤 지났다. 꽤 괜찮은 소설가라고 판단했기 때문에 서른 해 동안 줄곧 하루키 소설을 부지런히 찾아 읽고, 이런저런 지면에 글을 써 왔다. 이 책은 그 결실이다. 하루키는 '페이지터너'다. 그는 둔중한 파괴력을 가진 인파이터가 아니라 경쾌한 스텝을 밟으며 잽을 날리는 아웃복서에 가깝다. 무겁고 심오한 주제를 가볍게 전하는 능력을 갖췄다. 그런 까닭에 하루키 소설과 에세이는 부담없이 잘 읽힌다. 그의 소설에 성 묘사가 빈번해서 더러는 서구의 퇴폐 풍속에 물든 작가라는 편견과 함께 불편함을 느끼는 이도 없지 않을 테다. 하지만 많은 이들이 놓치는 부분인데, 하루키 소설에는 뜻밖에도 청신한 윤리성이 있다. 그 윤리성은 풍부한 스토리텔링의 재미와 철학적인 성찰, 동시대에 대한 유의미한 전언 속에 녹아 있다. 나는 하루키 책을 읽으면서 지루했던 적이 없다.

당신도 알다시피 소설은 '이야기'다. 호메로스의 후예인 모든 소설가는 세상에 없는 이야기를 창조한다. 이야기는 우리 내면에 있는 어리석음, 오만, 편견을 비춰보게 한다. 아울러 이야기는 타자와 사회를 더 잘 알 수 있고, 우리가 모르는 미지의 저편에 대한 왕성한 호기심을 충족시킨다. 우리가 얇은 경험과 진부함에 빠져 허우적댈 때 이야기의 자양분은 우리 내면의 기초 교양을 두텁게 하고 취향을 풍성하게 한다. 이야기는 자주 세계의 부조리함과 우연에 대해, 운명의 불가해함과 불행의 그림자에 대해 깨닫게 하고, 우리가 꿋꿋하게 살아야 할 이유를 찾게 해준다. 우리는 이야기를 통해 고매한 인격을 기를 수 있는 기회를 잡는다. 그리하여 우리를 어제보다 오늘 더 나은 사람이 되도록 이끌어간다.

2009년 2월, 예루살렘 상 수상 연설에서, 40년 차 작가 하루키는 말한다. "내가 소설을 쓰는 이유를 요약하자면 단 한 가지입니다. 개인이 지닌 영혼의 존엄을 부각시키고 거기에 빛을 비추기 위함입니다. 우리 영혼이 시스템에 얽매여 멸시당하지 않도록 늘 빛을 비추고 경종을 울리자, 이것이 바로 이야기의 역할입니다."(『잡문집』) 쾌락과 금욕, 불행과 지복, 참수된 자와 그 가해자 사이에서 향일성 식물같이 인간의 선의를 향해 나아가는 동안 영혼의 존엄은 깃든다. 또한 영혼의 존엄은 증오와 불의, 모든 광기와 폭력을 무찌르고 생명의 오롯함과 기쁨을 드높여 노래하는 데서 빛난다. 하루키는 높고 단단한 벽이 아니라 깨지기 쉬운 알의 편에 서고 싶다고 말한다. "아무리 벽이 옳고 알이 그르더라도" 기꺼이 그렇게 할 품성을 가진 작가다. 최악의 세계에 던져졌다 하더라도 이 세계는 우리가 살아야 할 세계다. 그런 까닭에 세계를 긍정하고 아름답다라고 말하는 사람이라면, 그는 삶을 향한 건강한 의욕과 세계에 대한 근본적인 신뢰를 가졌다고 할 수 있다.

하루키는 "새 소설이 나올 때마다 곧바로 서점으로 달려가 책을 사고, 읽고 있던 다른 책은 도중에 멈추고, 딴 일은 모두 제쳐두고 책장을 펼쳐 읽기 시작하는 작가가 몇 명쯤 있다"고 말한다. 하루키에게 스콧 피츠제럴드나 레이먼드 카버, 그리고 2017년 노벨문학상 수상작가인 일본계 영국작가 가즈오 이시구로 등이 그런 작가다. 하루키의 새 소설이 나올 때마다 나는 설레는 마음을 안고 곧바로 서점으로 달려가 그 책을 사고 밤새워 읽었다. 누군가 오늘 처음으로 하루키 소설을 읽는다면, 나는 그에게 "당신은 행운아!"라고 말하겠다. '하루키 월드'를 창조해 이야기의 즐거움 속에서 동시대를 조망하도록 이끈 작가 하루키! 아, 마침내 당신도 하루키 소설을 읽는군! 친절한 누군가가 나에게 "저, 오늘 날씨도 좋은데 동물원이라도 가볼까요?"라고 말한다면, 동물원도 좋지만 나는 "오늘 날씨도 좋은데 하루키 소설이라도 읽어볼까요?"라고 말할 테다.

파주 교하에서
장석주

1949년
1월 12일

무라카미 지아키와 미유키 부부의 장남으로 교토에서 태어나다. 아버지 지아키는 일본 정토종 고묘지의 주지 가문 사람으로 교토 대학 문학부를 졸업하고 대학원에서 근세의 하이쿠에 대해 연구한다. 하루키는 태어나자마자, 국어교사를 하는 아버지의 직장을 따라 효고현 니시노미야 시 가와조에 초로 이사하다.

1955년
6세

니시노미야 시립 고로엔 초등학교에 입학하다. 열 살 무렵부터 책읽기에 취미를 붙여 쥘 베른이나 알렉산더 뒤마, 홈스나 뤼팽 시리즈의 소설들을 읽다. 아버지와 함께 자주 영화를 보러 다녔는데, 그 덕에 영화 관람을 좋아하게 되다.

1961년
12세

효고현 아시야 시 우치데 니시구라 초로 이사하다. 4월에 아시야 시립 세이도 중학교에 입학하다. 이 무렵 국어교사인 아버지는 일본 고전문학을 가르쳤는데, 그 반동으로 외국문학을 주로 읽다. 러시아 작가 숄로호프의 대하소설 「고요한 돈강」을 감명 깊게 읽다. 엘비스 프레슬리와 비치 보이스 따위의 팝송도 즐겨 듣다.

1964년
15세

효고 현립 고베 고등학교에 입학하다. 고등학교 신문부에 소속되어 2학년 때 편집장이 되다. 재즈와 고전음악에 심취해 고베 산노미야 역 앞의 클래식 전문 레코드 가게 〈마스다 명곡당〉을 자주 드나들다. 고전음악과 더불어 재즈에도 심취해 존 콜트레인의 연주를 들으며 『세계문학전집』을 탐독하다.

1968년	재수생활을 거쳐 와세다 대학 제1문학부에 입학하다. 재수하는
19세	동안 수학과 생물 과목에는 흥미를 느끼지 못해 아시야 시립 도

1968년
19세

재수생활을 거쳐 와세다 대학 제1문학부에 입학하다. 재수하는 동안 수학과 생물 과목에는 흥미를 느끼지 못해 아시야 시립 도서관에서 빈둥거리며 지내다. 대학 입학과 동시에 메지로의 사립 기숙사 와케이주쿠에 들어가다. 학원 분쟁으로 강의가 없는 날이 잦았는데, 이때에는 주로 영화를 보거나 연극박물관에서 시나리오를 읽다. 기숙사를 나와 네리마의 다다미 석 장짜리 하숙방으로 이사하다. 신주쿠에서 밤샘 아르바이트를 하면서 부지런히 극장을 드나들며 영화를 보다.

1969년
20세

4월, 영화연극과를 선택하다. 「문제는 하나. 커뮤니케이션이 없는 거야! ― 1968년의 영화군에서」를 『와세다』에 게재하다. 마타기 시의 다다미 여섯 장짜리 아파트로 이사하다.

1971년
22세

10월, 와세다 대학 동문이자 스물두 살 동갑내기인 다카하시 요코와 결혼하다. 두 사람은 구청에 혼인신고를 하고 아내와 사별한 채 장인 혼자 살고 있는 분쿄구 센고쿠에 있는 처갓집에 들어가 살다.

1972년
23세

재즈 카페 개업을 위해 낮에는 레코드 가게에서 일하고, 밤에는 찻집에서 아르바이트를 하다. 재즈 카페 운영에 필요한 것을 습득하기 위해 스이도바시에 있던 재즈 카페 〈스윙〉에서 일하다.

1974년
25세

고쿠분지 역 근처에 재즈 카페 〈피터 캣〉을 열다. 아르바이트를 해서 번 돈과 은행에서 빌린 돈을 더하고 나머지는 장인의 도움을 받다. 재즈 카페 실내는 스페인풍의 흰 벽에 나무 테이블과 의자로 꾸미고, 가게 이름은 미타카 시절부터 길러온 반려묘의 이름에서 따오다.

1975년	3월, 와세다 대학 제1문학부 영화연극과를 졸업하다. 졸업 논문
26세	은 「미국영화에 나타난 여행의 사상」이다.

1977년	재즈 카페 〈피터 캣〉을 센다가야로 이전하다.
28세	

1978년	재즈 카페 근처의 진구 구장에서 일본 프로야구 개막 시합을 보
29세	다가 돌연 소설을 쓰겠다고 결심하다. 재즈 카페 영업을 끝낸
	뒤 집에 돌아와 부엌 테이블에 엎드려 소설을 쓰다.

1979년	6월, 첫 소설 「바람의 노래를 들어라」로 제22회 군조 신인문학
30세	상을 수상하다. 7월에 『바람의 노래를 들어라』가 고단샤에서 단
	행본으로 나오다. 9월에 같은 소설이 제81회 아쿠타가와 상 후
	보에 오르지만 수상에는 실패하다.

1980년	재즈 카페 〈피터 캣〉의 운영과 소설 쓰기를 겸하다. 3월, 「1973년
31세	의 핀볼」을 『군조』에, 4월, 「중국행 슬로보트」를 『우미』에 발표
	하다. 9월, 「1973년의 핀볼」로 제83회 아쿠타가와 상 후보에 오
	르지만 이번에도 수상에 실패하다. 같은 달에 「거리와 그 불확
	실한 벽」을 『군조』에, 12월, 「가난한 아주머니의 이야기」를 『신
	초』에 발표하다. 스콧 피츠제럴드의 단편을 『우미』에 번역해서
	싣다.

1981년	전업작가로 살기로 결심하고 재즈 카페 〈피터 캣〉을 타인에게
32세	양도하다. 그뒤 지바현 후나바시 시로 이사하다. 3월에 「뉴욕 탄
	광의 비극」을 『브루터스』에, 4월에 「캥거루 날씨」를 『트레블』에
	발표하다. 7월에 동년배 작가인 무라카미 류와의 대담집 『Walk
	Don't Run』를 주오고론샤에서 내놓다. 이해 중학교 후배인 오
	모리 카즈키가 각본을 쓰고 감독해서 『바람의 노래를 들어라』
	가 영화로 만들어지다.

1982년 33세	8월에 장편소설 「양을 쫓는 모험」을 『군조』에, 「오후의 마지막 잔디밭」을 『다카라지마』에 내놓다. 10월 『양을 쫓는 모험』을 고단샤에서 출간하고, 12월에는 「시드니의 그린스트리트」를 『코도모노우츄』에 발표하다. 장편소설 『양을 쫓는 모험』으로 제4회 노마 문예 신인상을 수상하다.
1983년 34세	첫 해외여행에 나서다. 그리스에서 아테네 마라톤 코스를 완주하다. 호놀룰루 마라톤 코스를 달리다. 1월에 인터뷰 시리즈 「동시대 작가에게 듣다 1:무라카미 하루키 편」이 도쿄신문에 게재되다. 단편 「반딧불이」와 「헛간을 태우다」 등을 발표하다. 5월에 『중국행 슬로보트』를 주오고론샤에서 출간하다. 레이먼드 카버의 단편을 번역해서 『주오고론』에 발표하고, 7월에 단행본 『내가 전화를 거는 곳』을 주오고론샤에서 내놓다. 9월에 『캥거루 날씨』를 헤이본샤에서 간행하고, 12월에 『코끼리 공장의 해피엔드』를 내놓다. 그사이 단편 「풀 사이드」와 「장님 버드나무와 잠자는 여자」를 발표하다.
1984년 35세	1월에 「춤추는 난쟁이」를 『신초』에, 2월에 「택시를 탄 남자」를, 4월에 「지금은 없는 공주를 위하여」를 『인 포켓』에 내놓다. 7월에 단편집 『반딧불이·헛간을 태우다·그 밖의 단편들』을 신초샤에서 내놓다. 12월에 나카가미 겐지와 대담을 하다.
1985년 36세	6월에 장편 『세계의 끝과 하드보일드 원더랜드』를 신초샤에서 간행하다. 8월에 단편 「빵가게 재습격」과 「코끼리의 소멸」을 내놓다. 10월에 『회전목마의 데드히트』를 고단샤에서 내놓다. 11월에 『세계의 끝과 하드보일드 원더랜드』로 제21회 다니자키 준이치로 상을 수상하다.

1986년
37세

1월 「태엽 감는 새와 화요일의 여자들」을 내놓다. 2월에 가나가 와현 오이소 초로로 이사하다. 4월에 『빵가게 재습격』을 분게이 슌주에서 간행하다. 10월에 로마와 그리스 여행을 시작하다. 11월에 『랑게르한스섬의 오후』를 고분샤에서 간행하다.

1987년
38세

1월에 이탈리아의 시실리섬으로 옮겨가다. 4월에 논픽션 『해 뜨는 나라의 공장』을 헤이본샤에서 간행하다. 9월에 시실리섬에서 로마로 돌아오는 것과 동시에 『노르웨의 숲』 상·하권이 고단샤에서 나오다.

1988년
39세

2월에 「로마여, 로마, 우리들은 겨울을 지낼 준비를 하지 않으면 안 된다」를 내놓다. 8월에 마쓰무라 에이조와 그리스, 터키 등지를 취재 여행하다. 10월에 장편 『댄스 댄스 댄스』가 고단샤에서 간행되다.

1989년
40세

5월에 그리스 로도스섬을 여행하다. 「TV 피플의 역습」과 「비행기」 등을 내놓다. 7월에는 독일 남부와 오스트리아를 자동차로 여행하다. 12월에 『노르웨이의 숲』의 한국어판이 『상실의 시대』라는 제목으로 문학사상사에서 나오다.

1990년
41세

1월에 단편집 『TV 피플』이 분게이슌주에서 나오다. 5월에 『무라카미 하루키 전집(1979~1989)』 전 8권을 고단샤에서 간행하기 시작하다. 6월에 그리스와 아탈리아 여행기와 아내 요코의 사진과 함께 실은 『먼 북소리』를 고단샤에서 내놓다. 「토니 다키타니」를 분게이슌주에 발표하다. 8월에 마쓰무라 에이조와 그리스, 터키 등지를 여행한 책 『우천염천』이 신초샤에서 출간되다.

1991년
42세

2월에 미국으로 건너가 뉴저지주의 프린스턴 대학에 객원 연구원 신분으로 거주하며 글을 쓰는 생활을 시작하다. 그뒤로 4년

반에 이르는 긴 미국 거주 기간이 이어지다.

1992년
43세

1월에 프린스턴 대학 대학원에서 현대 일본문학 세미나를 담당하다. 이는 미국 체류 기간을 연장하기 위한 수단이다. 10월에 「태엽 감는 새」 제1부를 『신초』에 연재하고, 『국경의 남쪽, 태양의 서쪽』을 고단샤에서 간행하다.

1993년
44세

7월에 매사추세츠주 캠브리지 대학으로 이사하다.

1994년
45세

2월에 『슬픈 외국어』를 고단샤에서 내놓다. 3월에 뉴 베드포드 하프 마라톤에 참가하고, 이어 보스턴 마라톤 대회에 참가하다. 4월에 『태엽 감는 새』 제1부 '도둑까치 편'과 제2부 '예언하는 새'가 신초샤에서 나오다. 6월에 몽고와 중국 내몽고 자치지구로 취재 여행을 다녀오다.

1995년
46세

3월에 일본으로 돌아와 가나가와현 오이소의 자택에 머물다. 6월에 『밤의 거미원숭이』를 헤이본샤에서 간행하다. 마쓰무라 에이조와 자동차로 미대륙을 횡단하는 여행에 나서, 하와이 카우이섬에서 한 달 반 체류한 뒤 일본으로 돌아오다. 8월에는 『태엽 감는 새』 제3부 '새잡이꾼'을 내놓다.

1996년
47세

1월에 지하철 사린가스 사건의 피해자 62명의 인터뷰를 시작하다. 2월에 『태엽 감는 새』로 제47회 요미우리 문학상을 수상하다. 11월에 단편집 『렉싱턴의 유령』을 쥬오고론샤에서 간행하다.

1997년
48세

3월에 지하철 사린가스 피해자 인터뷰를 엮은 논픽션 『언더그라운드』가 고단샤에서 나오다. 9월에 국제 트라이애슬론 대회에 참가하다. 10월에 『젊은 독자를 위한 단편 소설 안내』를 분게이슌주에서, 12월에 『재즈 에세이』를 신초샤에서 내놓다.

1998년 49세	4월에 『근경·변경』을 신초샤에서 내놓다. 11월에 『약속된 장소에서』를 분게이슌주에서 간행하다. 뉴욕 시티 마라톤에 참가하다.
1999년 50세	2월에 신판 『코끼리 공장의 해피엔드』를 고단샤에서 내놓다. 3월에 호놀룰루 바이애슬론 대회에 참가하다. 4월에 『스푸트니크의 연인』을 고단샤에서 내놓고, 2주 동안 코펜하겐, 오슬로, 스톡홀름, 코펜하겐으로 이어지는 북유럽 일대를 여행하다.
2000년 51세	2월에 「지진 후에」 연작에 여섯번째 단편 「벌꿀 파이」를 추가해 연작 단편집 『신의 아이들은 춤춘다』를 신초샤에서 내놓다.
2001년 52세	1월 시드니 올림픽을 관전하고 그 감상기인 『시드니!』를 분게이슌주에서 내놓다. 4월에 『또하나의 재즈 에세이』를 신초샤에서 내놓다.
2002년 53세	9월에 『해변의 카프카』를 신초샤에서 내놓다. 11월에 『무라카미 하루키 전집(1990~2000)』 전7권을 고단샤에서 내놓다.
2003년 54세	「의미가 없으면 스윙은 없다」를 『스테레오 사운드』 2003년 봄호에서 2005년 여름에 걸쳐 발표하다. J. D. 샐린저의 『호밀밭의 파수꾼』을 새로 번역하여 하쿠스이샤에서 내놓다.
2004년 55세	9월에 『애프터 다크』를 고단샤에서 내놓다.
2005년 56세	3월에 「도쿄 기담집」을 『신초』에 6월까지 게재하다. 9월에 단편 「시나가와 원숭이」를 더해 『도쿄 기담집』을 신초샤에서 간행하다.

2006년 57세	1월에 『무라카미 하루키 번역 라이브러리』를 쥬오고론신샤에서 간행하다. 4월에 에세이 「어느 편집자의 삶과 죽음 — 야스하라 켄에 관하여」를 분게이슌주에 발표하다. 『어디 한번 무라카미 씨로 해볼까 — 세상 사람들이 무라카미 하루키에게 던지는 490가지의 질문에 과연 무라카미 씨는 제대로 답할 수 있을까』를 아사히신문사에서 간행하다. 프란츠 카프카 상을 수상하다.
2007년 58세	10월에 『달리기를 말할 때 내가 하고 싶은 이야기』를 분게이슌주에서 간행하다.
2008년 59세	3월과 4월 세 차례에 걸쳐 각 지방지에 「무라카미 하루키 인터뷰 : 이야기는 세 개의 공통 언어」가 실리다. 7월에 『노르웨이의 숲』이 트란 안 홍 감독에 의해 영화를 만들기로 결정되다.
2009년 60세	1월에 이스라엘 최고의 문학상인 예루살렘 상 수상자로 무라카미 하루키가 결정되다. 2월에 예루살렘 상 수상식에 참여하여 〈벽과 계란〉이라는 수상 소감을 발표하다. 5월에 7년 만의 신작 장편인 『1Q84』 Book 1, Book 2를 신초샤에서 간행하다. 11월에 이 신작 소설로 제63회 마아니치 출판문화상을 수상하다.
2010년 61세	4월에 『1Q84』 Book 3이 간행되다. 12월에 영화 『노르웨이의 숲』이 도호 계열 극장에서 공개되다.
2011년 62세	카탈로니아 국제상을 수상하다. 하루키는 영상 인터뷰에서 "저는 형제, 자매 없이 혼자 성장했습니다. 그래서 저에게 도움을 주었던 세 가지가 있었습니다. 바로 책, 고양이, 음악입니다. 음악은 지금까지도 저의 집필활동에 큰 도움을 주고 있습니다. 글을 쓰는 행위는 외로운 과정입니다. 혼자 걸어야만 합니다"라고

밝히다. 여름 오슬로 문학 페스티벌에 참여하고 강연을 하다.

2012년
63세

9월 센카쿠 열도(중국명 댜오위다오)를 둘러싼 중일 간 영토 분쟁이 치열해지자 "국경을 넘어 영혼이 오가는 길을 막아서는 안 된다"라고 발언하다.

2013년
64세

장편 『색채가 없는 다자키 쓰쿠루와 그가 순례를 떠난 해』를 내놓다.

2014년
65세

10월 영국 에딘버러 북페스티벌에 참가해 강연을 하다. 이때 주요 매체와 인터뷰를 진행하는데, 그중 영국 『텔레그래프』와의 인터뷰에서 이렇게 말하다. "전 항상 소설을 쓸 때면, 어두운 우물 바닥으로 내려가는 느낌을 가지고 작업을 진행해요. 오직 어둠 속에 들어가야만 다음에 올 이야기를 볼 수 있어요. (…) 그런데 저는 지하실에서 그 밑의 지하실로 다시 내려가게 됩니다."

2015년
66세

4월 도쿄 신문과 인터뷰를 하다. 하루키는 동아시아 국가들, 특히 한국과 중국에 대한 일본의 사과가 필요하다고 말하다. "역사인식의 문제는 매우 중요한 것으로 제대로 사과하는 것이 중요하다. 상대가 '개운한 것은 아니지만, 그 정도 사과했으면 알겠습니다. 이제 됐습니다'라고 말할 때까지 사과하는 것이 중요하다. 사과는 부끄러운 것이 아니다. 구체적인 사실이 어떻든 타국을 침략했다는 큰 틀은 사실이다." 9월 10일, 『직업으로서의 소설가』 발매를 시작하다. 일본 최대 서점인 키노쿠니야에서 초판 10만 부 중 90퍼센트를 매입해 유통한다고 밝혀서 화제가 되다.

2016년
67세

10월 덴마크에서 안데르센 문학상을 수상하다. 안데르센 문학상 심사위원회는 하루키를 수상자로 결정하면서 "고전적인 화

법과 대중문화, 일본의 전통, 꿈 같은 현실, 철학적인 논의를 대담하게 엮는 능력"을 높이 평가했다고 밝히다.

2017년
68세

일본 매체에서 "그야말로 무라카미 하루키의 베스트 앨범"이라는 평을 받은 신작 장편 『기사단장 죽이기』 1, 2권을 내놓다. 하루키는 문학동네와의 서면 인터뷰에서 이렇게 말하다. "사람들은 말을 돌멩이처럼 다루며 상대에게 던져댄다. 매우 슬프고 위험천만한 일이다. 소설은 그런 단편적인 사고에 대항하기 위해 존재한다. 그러려면 소설이 일종의 전투력을 갖춰야 한다. 말을 소생시켜야 한다. 그래서 필연적으로 '양식decency'과 '상식common sence이 요구된다."

외롭지만 힘껏 인생을 건너자,
하루키 월드

초판 1쇄 인쇄 2017년 12월 21일
초판 1쇄 발행 2017년 12월 28일

지은이 장석주

편집장 김지향 **편집** 이희숙 박선주 김지향 **모니터링** 이희연
디자인 엄자영 **제작** 강신은 김동욱 임현식
마케팅 방미연 강혜연 **홍보** 김희숙 김상만 이천희
경영관리 안대용

펴낸이 이병률
펴낸곳 달 출판사
출판등록 2009년 5월 26일 제406-2009-000034호
주소 10881 경기도 파주시 회동길 210
전자우편 dal@munhak.com
페이스북·트위터·인스타그램 dalpublishers
전화번호 031-955-1921(편집) 031-955-8889(마케팅)
팩스 031-955-8855

ISBN 979-11-5816-071-5 03810